U0554256

中国翻译家译丛

亨利四世

Henry IV

[英国] 威廉·莎士比亚◎著
吴兴华◎译

人民文学出版社

William Shakespeare
HENRY IV

图书在版编目(CIP)数据

吴兴华译亨利四世/(英)威廉·莎士比亚著;吴兴华译. —北京:人民文学出版社,2023

(中国翻译家译丛)

ISBN 978-7-02-017827-8

Ⅰ.①吴… Ⅱ.①威… ②吴… Ⅲ.①历史剧—剧本—英国—中世纪 Ⅳ.①I561.33

中国国家版本馆 CIP 数据核字(2023)第 062674 号

选题策划 欧阳韬
责任编辑 冯 娅
责任印制 任 祎

出版发行 人民文学出版社
社　　址 北京市朝内大街 166 号
邮政编码 100705

印　　刷 北京盛通印刷股份有限公司
经　　销 全国新华书店等

字　　数 237 千字
开　　本 710 毫米×1000 毫米　1/16
印　　张 19　插页 1
印　　数 1—4000
版　　次 1957 年 3 月北京第 1 版
印　　次 2023 年 10 月第 1 次印刷

书　　号 978-7-02-017827-8
定　　价 96.00 元

如有印装质量问题,请与本社图书销售中心调换。电话:010-65233595

出 版 说 明

　　人民文学出版社自一九五一年建社以来，出版了很多著名翻译家的优秀译作。这些翻译家学贯中西，才气纵横。他们苦心孤诣，以不倦的译笔为几代读者提供了丰厚的精神食粮，堪当后学楷模。然时下，译界译者、译作之多虽前所未有，却难觅精品、大家。为缅怀名家们对中华文化所做出的巨大贡献，展示他们的严谨学风和卓越成就，更为激浊扬清，在文学翻译领域树一面正色之旗，人民文学出版社决定携手中国翻译协会出版"中国翻译家译丛"，精选杰出文学翻译家的代表译作，每人一种，分辑出版。

人民文学出版社编辑部

二〇一六年十月

"中国翻译家译丛"顾问委员会

主　　任

李肇星

顾　　问
（按姓氏笔画排序）

于友先　　卢永福　　孙绳武　　任吉生　　刘习良
李肇星　　陈众议　　肖丽媛　　桂晓风　　黄友义

译　本　序

一

按照《出版物登记册》的记载，《亨利四世》"上篇"申请出版的日期是1598年2月25日，"下篇"是1600年8月23日。这两篇剧本写成的日期，像莎士比亚大部分的剧本一样，还不能确定。比较可靠的说法是"上篇"写成于1596年，"下篇"写成在不久之后，大约在1597年。

十六世纪的九十年代——伊利莎白悠长的统治已经接近结束，与无敌舰队斗争的年月里昂扬的民族情绪已经逐渐为一种普遍的厌战心理所代替，海外扩张和劫掠所带来的人为的繁荣已经像廉价的镀金一样开始剥落了，露出下面不体面的本质。不再是纯防御性的战争仍然断续地在海上、在法国和弗兰德斯进行着。在1588到1603年之间，政府为应付战争支出了四百余万镑，差不多全部是由议会在补助金的名义下通过征集或借间接税的方式向人民榨取的。大批的乞丐、囚徒和流浪人（其中绝大多数是因为圈地运动的急遽进行而无法生活的农民）被强征去当兵。频繁的集合、操练和守望任务破坏了农村的正常劳动。从1593年左右起，连续几年的收成都极不景气，谷物的价格升高到当时认为骇人听闻的水平，饥馑情况非常严重；再加上黑死病接二连三的侵袭，引起了社会上普遍的骚动不宁。

广大农村的人口开始流向海港和大城市，但那里的情况也是很恶劣的。为了缓和粮荒，阻止人口转移和消除可能发生的动乱，伊利莎白政府制定了"贫民法"和"游民法令"，用最露骨的敌对态度来迫害穷苦流离的群众。大小工厂的工徒们除了必须延长学手艺的年限，禁止集合喧扰，还经常面对着失业的威胁。当时得到相当发展的工业几乎全部是依照资本主义的方式经营的。"控制这些工业的人们,倚仗的仅仅是自己占有物资,或生产资料和工具,他们本人通常都不是工人。他们经营工业的目的是从全国市场里获得利润。"①伊利莎白把专利权大批赐给她左右的朝臣或者出卖给投机商人。到她统治的末年,差不多没有一件日用品不受到专利权特许证的影响:煤,肥皂,盐,淀粉,铁,皮革,书籍,酒,果品等等。另一方面,新的在政治上代表资产阶级利益的集团也开始形成了。他们都有工商业作后盾,并且很快在下议院里取得了优势。和统治阶级空前豪华淫逸的生活相对照,工人们的命运是极端困苦的。他们收入很低,而物价的上升很快。"十六世纪末年小麦的价格,比起前一世纪的平均价格来,至少要增长三四倍,但是技术工人的工资只是过去的一倍稍强,普通工人尚且还不到一倍。"②遇到萧条的年度,厂主常常停工或者大批地解雇工人。政府虽然有时也下令阻止,但是不发生多大效果。

　　农民和工徒的暴动,在这一段历史里是习见不鲜的事情。他们往往采取反对圈地、反对饥馑的口号,但也有几次起义具有比较大的规模和比较明确的斗争目标。一个典型的例子是1596年牛津郡的农民起义。起义者计划直趋伦敦,和城市里的工徒们联合,这是一个具有重大历史意义的行动路线。起义虽然遭到镇压,但统治阶级已经受到很大的惊吓。被捕者在口供里透露出强烈的仇恨:"过去在恩斯罗山有过一次暴动,可是听从劝说罢休了,结果一个个被像狗似的绞死。这回他们绝对要干到底,不能屈服。仆人们全像狗一样被拘禁着、看守着。现在他们准备割断主子们的喉咙。"③大约同时,在其他各地也有许多次示威和不同规模的骚动,农民们无所畏惧地谈论着摧毁圈地,消灭富人,夺取他们的积粮来解救辗转在饥饿中的群众的痛苦。他们愤怒地指责粮荒的主要原因是由于有钱的人(包括伦敦市长在内)都在进行疯狂的囤积。

　　旧的秩序正在崩溃,代之而起的新力量也开始露出了狰狞的一面。伊利莎白和她所代表的都铎专制王权威信日益降落,王位继承问题也还没有解决。《亨利四世》上下篇正是在这样的环境当中写成的。它虽然以历史事件作题材,却绝不是对当前现实的逃避,它是战斗和风暴中的产物,是它的时代深刻的反映。

---

① 奈茨(L. C. Knights):《庄孙时代的戏剧和社会》,第63页。
② 乔治·益温(George Unwin):"商业与币制"(《莎士比亚时代的英国》上卷,第十一章,第331页)。
③ 哈瑞逊(G. B. Harrison):《伊利莎白朝私记》第二卷,第161页。

二

《亨利四世》在莎士比亚剧作中间属于史剧一类。伊利莎白史剧现在还存有大约七八十种,它们都具有一些共同的特点:通俗易晓的形式,民族自豪的热情,反封建的倾向。这是可以从产生它们的时代背景来解释的。根据近代学者的研究,我们知道史剧这一文学形式的生长和全盛期是在十六世纪的下半期,那正是封建制度在英国开始瓦解,将要为资本主义所代替的时代,同时也正是(如斯大林指出的①)独立的英吉利民族国家形成的时代。资产阶级领导的反封建斗争现在已经逐渐推移到社会政治舞台的前方。在许多文学作品里我们可以找到对这场斗争不同角度的反映,史剧对群众的吸引力是以沸腾的爱国热情为基础的,这种爱国热情本身也是一个典型的时代产物。"民族自觉的觉醒也是新的,就本质来说是资产阶级的世界观的突出特色。随着民族的形成,出现了资产阶级爱国主义的情感,(资产阶级的)祖国的概念。"②史剧作家们用民族语把英雄的动人心魄的事迹带给广大的群众,在尊崇英明的专制集权君主的外衣下,抨击腐败的统治阶级,反对割据分裂的趋势和灾难性的内战。小市民和自耕农常常得到同情的甚至理想化的描写,而不法的贵族,寺院僧侣和大地主,则永远是辛辣的嘲讽的目标。莎士比亚是这种戏剧的奠基者之一,同时又是它最成功的代表人。第一对开本里收入他十篇史剧,几乎接触到中世纪以来英国历史上所有重大的事件,其他任何戏剧家都没有给我们留下这样丰富的一个宝库。

在着手写作《亨利四世》的时候,莎士比亚的史剧作家的声誉已经奠定了。他的《亨利六世》"上篇""中篇""下篇",以英法百年战争、凯特起义和玫瑰战争为题材,第一次向剧院观众和其他剧作家们显示了纪事史里的材料如何可以点化成为具有高度效果的戏剧。接着在舞台上出现的有他的《李查三世》《约翰王》和《李查二世》。从这些剧本里可以看出莎士比亚是如何敏锐地在观察和分析历史事件,摸索其中的规律,同时企图把历史和目前情况联系起来,相互印证。有一帮资产阶级学者专门喜欢戴起深度眼镜来"考证"莎士比

---

① 见斯大林:《马克思主义和民族问题》,《斯大林全集》第二卷,第300—301页。
② 《苏联大百科全书》选译:"文艺复兴",第15页。

亚史剧里的"时代错误",例如：在本剧里，莎士比亚把道格拉斯描写成一个使手枪的能手；严格讲起来，当然在那时候的苏格兰还没有开始使用小型火器，但这些学者们忘记了莎士比亚不是像他们一样在故纸堆里讨生活的人，他要向千万人说话。为了成功地这样做，他必须借助他丰富的想象力像望远镜一样把古老的事件摄取到观众面前来，并且使他们了解接受。在伊利莎白露天剧院简陋的舞台上，过去和现在永远是奇妙地糅合在一起的。莎士比亚的史剧是这方面尤其突出的例子；洋溢在这些史剧里面的蓬勃火热的现实感是它们力量的来源。作者的目的是提出并且谋求解决现实中发生的问题，而不是沉醉向往于过去；许多细节上带着的有心无心的现代色彩，如果作为一种艺术手段来看，无疑是有助于戏剧主题的阐明的，因此也是适当的。

《亨利四世》上下篇是这一系列史剧发展的最高峰。它们深刻地处理了王权和人民的关系问题，多方面地揭露了封建社会的矛盾。在解开剧本的最后纠结的时候，莎士比亚不但对封建统治阶级表示了态度，而且在模糊地意识到社会发展前景的同时，也对新兴资产阶级和广大人民的力量作下了估计。这两篇史剧和它们的续篇《亨利五世》标志着莎士比亚创作过程向一个新方向的演变，是对于莎士比亚达到全面了解不可缺少的珍贵材料。

《亨利四世》里面包括的历史素材主要是取自何林雪德的《纪事史》(1587)。在哈尔太子和福斯塔夫的形象塑造方面，作者还利用了一些广泛流传在民间的传说。另外有一篇早期的通俗剧本《亨利五世的辉煌战迹》，也给了他若干有关喜剧场面的暗示。当然，使《亨利四世》上下篇成为不朽的文学作品的主要因素——宏伟的结构，鲜明的人物形象，深刻的思想内容和丰富多彩的语言都是莎士比亚自己的创造，带有他个人天才独特的印记，不是任何原始材料里所能寻找得到的。

让我们先简略地叙述一下构成《亨利四世》的历史事实。

上篇包括的历史年代是自 1402 年何姆登战役到 1403 年 7 月舒斯伯利战役，一共不到一年。下篇要长得多，自 1403 年开始，以 1413 年亨利四世逝世结束，总共经历大约十年。

历史家霍尔在他的纪事史里把亨利四世的统治用"动荡不安"这个形容词概括起来，不是没有道理的。从篡夺了他的堂兄李查二世的王位的时候起，亨利始终是处在拆东补西、联此击彼的状态当中。另一方面他要满足那些推戴他的大贵族们无厌的需索；一方面他又要讨好议会以便取得财政上的便利。

他倚靠大多数人民的支援削平了波西家族和其他贵族的叛乱,但他心里惧怕人民过于惧怕他本阶级的贵族。历史上的亨利王虽然善于顺风转舵,改变他的手法,但是他一贯反动的立场却是很少动摇的。为了巩固自己集团的势力,他与强大贵族通婚,允许他们发展私人的武装力量;他向教会献媚,并且残酷地迫害主张剥夺教会地产的进步势力——罗拉派①执行这种政策的结果不可避免地促进了人民中间不满情绪的滋长。不同形式的暴动和骚乱层出不穷,使亨利疲于应付。尤其叫他伤脑筋的是:就在朝廷里,在他自己的周围形成了一个反对他的集团;他必须时刻戒备,惴惴不安;而这个集团的领导者就是威尔士亲王——国王的长子,未来的亨利五世。

在关于"荒唐的哈尔太子"的事迹当中,传说和可信的历史自很早时期起就已经是难于分辨地掺杂在一起了。但至少这点是肯定的:他的一生活动可以大致分为两个阶段:即位前和即位后;在这两个阶段里,他的政治表现有很大程度的不同。在做太子的年月当中,他曾靠近罗拉派,和罗拉派的首脑之一,约翰·欧尔卡苏爵士,结成亲密的友谊;同时他还经常和市民阶层来往,因此特别招惹到贵族集团的嫉视。他和他父亲中间的矛盾曾一度发展到相当尖锐的地步。太子的随从者曾企图逼迫国王让位,国王也用撤销太子枢密院的领导地位来作反击。由于太子的见解和行为,从"正统"的角度来看,在有些地方是违反常规的,所以给许多传说提供了基础。这些传说在人民中间散播极广;它们把太子形容为一个易于接近、喜欢"胡搞"的少年,一个封建统治阶级的"浪子"。抢劫上缴国库的税金和殴打大法官,是两个典型的事例。1413年亨利四世死去,太子继承了王位,议会在向新王致辞的时候,仍然把他看作他父亲政治上的反对派,因此坦白地对他指出亨利统治中的缺点和人民的痛苦。他们相信新王是同情他们的,一定会采取措施来改善这些情况。

出乎意料地,太子一登上王位,就改变了面貌。他放逐了一些旧日的党羽,重新与教会和大贵族合流,几乎在一切重要问题上他都成为他父亲旧日政策的忠实奉行者;对迫害异教徒,他仿佛比前人进行得更加热心。此外,为了便利自己和其他封建贵族在法国掠夺土地和财富,他更积极准备发动战争。这种路线所引起的反应是直截而迅速的。1414 年,在罗拉派的领导下掀起了

---

① 罗拉派(Lollards),十四、十五世纪时盛行于英国劳动群众中的教派。罗拉派主张不向教廷纳贡赋,剥夺教会地产,压抑贵族势力,因此被"正统"教会视为"异端"。

一次武装暴动,这次暴动的中心组织者就是国王旧日的好友欧尔卡苏。他们"利用 1381 年①的口号煽动农民,答应消灭地主,重分教会财产"。② 由于布置不够周密,消息泄露了,起义没有成功。但欧尔卡苏的活动并没有因为这次失败而终止。他仍然潜伏着与散居各地的罗拉派保持广泛的联系,直到 1417 年才被捕,在叛国和异教的罪名下牺牲。

亨利五世在对法战争里获得的胜利,是他的统治直到今日还存留在人们记忆里的主要原因。应该指出,胜利是以巨大的代价换来的。英国人民的苦难并没有因为艾金考特战役而减轻,相反地,反动贵族势力暂时的巩固和扩张,标志着更大规模的内战的开始。亨利五世死后,英国就陷入玫瑰战争的泥淖里,这泥淖也成为旧一代横行跋扈的公侯们的葬身之地。在法国方面,严重的挫败促成了政治上的若干改革和前所未有的民族团结,在贞德等英雄的鼓舞下,法国军队和游击队伍很快地重新夺回了失去的土地。百年战争和玫瑰战争最后以拖垮了大部分封建贵族的力量而终结,在英、法两国残破的疆土上出现了新的政权形式——君主集权制。

不难看出,贵族、王权和以新兴资产阶级为首的人民群众所形成的多角错综关系和力量对比的转化是这段历史里最富有兴味、值得注意的问题。

莎士比亚在他的戏剧里巧妙地收容了大部分重要历史事件,但是在他无可比拟的艺术和智慧的光辉照耀下,这些事实的进展和组合却获得了崭新的深邃的意义。在莎士比亚的笔下,亨利四世的英国和伊利莎白的英国已经融合在一起,每一行诗或散文里都可以听到时代的脉搏跳动。为了使戏剧的主题更明确,更能深入同时代的观众,莎士比亚在人物和情节的处理方面作了一些重大的改动。经过了这一番艺术的"重造",《亨利四世》就跳出了枯燥的纪事史范围,成为具有不可磨灭的伟大现实意义的文学作品。

三

"上篇"情节的枢纽是波西家族的叛变和失败。飞将军哈利·波西是一个刻画得非常鲜明的人物。他是一个典型的封建武士,一个已经过时的精神

---

① 1381 年,英国农民在瓦特·泰勒(Wat Tyler)领导下曾发动过一次规模极大的起义。
② 欧曼(Charles Oman):《英国政治史》第四卷,第 237 页。

和风气的化身。波西家族世代相传的根据地是在英国北部与苏格兰交界的地方,一个落后闭塞的、大体上还处于氏族社会的地区。飞将军和他的父亲、叔父把自己封建领主的利益看作是神圣不可侵犯的。国王可以轻易地废弑、拥戴,但他们永远必须保持自己的堡垒、军队和财政经济上极大程度的自由。中央王权如果企图提高自己的威信或扩大自己的力量,他们立刻会猜疑不满,口出怨言。年轻、爽朗、脾气火暴的飞将军,最喜欢谈论"荣誉",他整天仿佛沉浸在对"荣誉"的歌颂和追求里。为了获得并且独享最高荣誉,他不惜冒极其严重的危险;他认为他能——

> 轻易地跳起,
> 从苍白的月亮里一手把荣誉揪下来;
> 或者投身到海洋最深的地方——
> 深得连测量线都不能达到底层——
> 手绕着头发把淹死的荣誉捞起。①

而最后当他在太子的剑下受伤跌倒的时候,他所伤悼的不是生命的夭折而是被夺去的荣誉。这里需要给飞将军和其他大贵族所念念不忘的"荣誉"下一个注脚。"荣誉"对他们说来不只是一个抽象的道德标准,同时也含有具体的内容:这就是被长期的封建社会所肯定了的独立领主的权利。波西家族和大主教集团意识到自己所属的阶级在趋向没落,因此作出孤注一掷的最后的挣扎。这点在"下篇"四幕一场叛党和王军的谈判里看得很清楚。叛党的一个成员牟伯莱勋爵敏锐地感觉到:

> ……目前这种时代的趋势
> 正在用沉重不公平的手段压抑
> 我们每个人的荣誉。

而魏斯摩尔兰的回答是:

> 牟伯莱爵爷,
> 正确地认识到时代趋势的必然性,
> 你就会老实地承认,正是这时代,

---

① "上篇"一幕三场202—206行。

而不是国王,对你们有什么不公道。①

　　时代的趋势!这是值得深思的。横行不法的贵族正在逐渐地无可挽回地退出历史舞台;他们在社会和国家中占支配地位的时期已经应该结束了。波西诸人拼命想倒转历史的车轮,他们想把英国拉回到中世纪的分裂割据的局面里去。当我们看见飞将军、摩提麦和格兰道尔在"上篇"三幕一场里围着一张地图,指手画脚地争论如何瓜分英格兰和威尔士的时候,我们都不难认识到在这种野心驱使下的叛乱如果成功了,后果会是如何糟糕。

　　当时英国东南部是经济方面比较发达的区域。在那里市民、商人和自耕农拥有一定的势力。对这些新兴阶层的人物,飞将军丝毫不掩饰他的鄙视和敌意。他憎恶那些穿花绒绳边衣服的市民,他叫他的夫人不要学伦敦商人的妻子们习惯用的口头语。威尔士亲王爱和中下层的人民在一起厮混,从飞将军眼里看来,这正是一个非常没有出息的堕落的标志。

　　利用像飞将军之流的落后贵族中间存在的彼此疑忌和利益上的矛盾,倚靠大多数人民的支持,亨利四世终于将叛乱的火焰扑灭。历史发展的规律决定了王权的胜利。在《论封建制度的解体及资产阶级的发展》那篇著名论文里,恩格斯曾精辟地阐明王权在这过渡时期的混乱中所具有的相对的进步意义。王权,照恩格斯说来,是"正在形成中的国家的代表",在一定时期当中它能够吸引"封建主义外衣下所形成的一切革命因素"。② 但虽然渐行强大的王权在当时是唯一可能的先进的政权形式,虽然资产阶级和农民的软弱使他们不得不暂时和王权联盟,他们却也并不是准备向任何君主屈从的。莎士比亚把广大人民对亨利王的态度描写得很清楚。他所以能够登位是由于人民厌弃李查二世暴政的结果。在他还是年轻的赫佛德公爵的时候,亨利曾骗取人民的信任和爱戴。用魏斯摩尔兰的话说,那时全国人民"崇拜他,祝福他,赞扬他,远过于当时的国王"。在初执政的时候,他也曾"改革某一些法律和峻刻的条令,说是国民受不了那样的担负"。但是一旦身居王位,面对着封建制度本身带来的重重矛盾,亨利就发现自己找不出什么新颖的对策,只有遵循惯例,走抵抗力最弱的路线,与教会和部分大贵族

---

　　① "下篇"四幕一场99—104行。

　　② 恩格斯:《论封建制度的解体及资产阶级的发展》,《历史问题译丛》1953年第6本,第9—10页。

合流。于是重税和血腥的镇压又恢复了,幻想破灭后的人民的痛苦比过去反而更加深。在这种情况下,引起大主教感慨的人民态度上的改变——从欢呼到诅咒——是完全可以理解的。

当然,人民始终没有放弃对"清明政治"的要求。他们希望国王能够压抑贵族和教会,保护生产和贸易的发展。在亨利四世和叛乱贵族中间,他们不情愿地支援了前者。但亨利王的许多缺点使他不能够真正承担人民的信托。在这期间,人民的眼睛实际上是转向太子的。"这里,"他们可能说,"是一个长期和我们混在一起、了解我们、与正统的贵族王公有矛盾的未来君主,他将会成为我们理想的领袖。"

太子的成长和转变过程是全剧倾向性的钥匙。为了正确地理解这个过程,我们需要深入地分析太子和福斯塔夫这两个人物;他们像是两把火炬,使剧中其他人物都隐退到暗影里。他们的结合、分离和对立,构成了支撑一切的骨干。只有在很好地全面估计了这两个人物,他们所代表的力量和所起的作用之后,剧本的真实轮廓和丰富的思想内容才初次显示在我们面前。

莎士比亚所创造的哈尔太子是一个突出的复杂的形象,一个多方面矛盾的概括。首先,莎士比亚把他提到时代潮流的前端,使他从一个反动的"正教卫护者"、大封建主和军事冒险家变成一个新型民族国家的英明领袖。作者毫不吝惜地把许多优良品质加在他的身上:智慧、勇敢,坚定的自信心,宽厚可亲的脾气。尽管他的父亲和其他贵族把他看作一个不成器的"浪子",但最后他还是超越了众人的期望,以一个公正强大的统治者的面貌出现,并且通过军事胜利,给英国带来极高的荣誉。但这幅图画还有另外一面。正像历史上的亨利五世一样,剧中太子的突变也是建筑在牺牲若干旧日伴侣上面。这就把我们引导到他和福斯塔夫等人的关系问题。由于还有许多同时的材料足以证明在莎士比亚初写《亨利四世》的时候,他给这位肥胖的骑士起的名字恰恰就是约翰·欧尔卡苏爵士——罗拉派的领袖,而只有当这位爵士的后人提出抗议的时候,他才匆忙地把角色的名字改成约翰·福斯塔夫爵士;由于其他一些在民间流传的关于欧尔卡苏的故事和本剧福斯塔夫的性格完全符合;因此,我们有理由断定莎士比亚所描写的太子的"荒唐"行为,其实就是他在历史上和罗拉派接近的一种曲折的反映。当然,二者不能机械地印合;莎士比亚不是在影射暗喻,而是抓住二者趋向上的一致性,并且把它融化在主题里。他拒绝在宗教问题上浪费笔墨。因为我们知道:在都铎王朝统治下的英国,宗教改革的道路已经大致奠定了;罗拉派所争取的直接目标,割断和教廷的关系,没收寺院地产,以及关于教义方面更自由一些的解释等,都已经实现。莎士比亚正确地看到这些已经不是火热迫切的问题。但罗拉派借宗教名义进行的活动还有它更基本的政治意义,特别在一些比较急进的信徒领导下,它往往和农民起义沟通结合起来,成为更壮阔的一般性的对统治阶级的反抗。这一点莎士比亚并没有放过。他清楚地向我们揭露,太子转变的性质绝不单纯是道德上的浪子回头,而更主要的是一种政治上的选择。许多批评家由于忽视或者曲解了这点,所以得出一系列错误的结论。

问题的关键在于对福斯塔夫这不朽的形象的认识。

这历来被认为英国文学中最伟大的喜剧性格,同时也是资产阶级莎士比亚学者们一个热门的争辩焦点。从十八世纪到现在,出现了数以千计的关于福斯塔夫的考证、评论和研究。这些书籍文章大都是无中生有,故弄玄虚,根本没有接触到问题的核心。我们应该记得,福斯塔夫在莎士比亚活着的时候已经就受到观众热烈的欢迎。他的名字和活动很早就被人民广泛地引用。他的画像被作为招牌和装饰。在十六、十七世纪的文献里提到他的次数,超过任何其他莎士比亚创造的人物。对于这种魅惑力,只能作如下的解释:他的形象在某种意义上与整个时代的精神是合拍的,他反映了广大人民模糊意识到的一种愿望,他代表一定程度的反抗和解放,他的行为和言论在千万同时代人的心灵深处敲响了一个键子,引起共鸣。不可能想象一个简单的丑角能够发挥这样大的作用。

实际上,我们若仔细地阅读《亨利四世》,就会发现福斯塔夫决不是处身在贯穿全剧的政治斗争主流之外。他和他的伙伴们是一股不容轻易抹杀的社会力量。他的玩笑、嘲讽和胡闹都具有严肃的现实意义。他给予剧中的中心主题以一种新的深度。

像历史上的欧尔卡苏一样,福斯塔夫和太子也在早期结成亲昵的友谊。他不但自己对现存秩序和封建道德标准抱着敌意,并且还企图用他的看法影响太子。他对太子未来的统治寄予很大的期望,而最后太子的转变使他的期望遭到残酷的击碎。

在福斯塔夫和太子初次出现的场面里,我们就听到了这个乐章的主调。当谈话转到盗窃和绞架的题目上时,福斯塔夫曾这样表白自己的态度:

我问你,好孩子,等你做了国王,英国还要这些绞架吗? 你还让那老掉了牙的糊涂虫,王法,仗着他那长了锈的嚼子,像现在一样地约束年轻小伙子们的冲劲儿吗?你呀,等你做了国王,可别绞死一个贼。①

从这里我们可以看出福斯塔夫永远不忘记把自己列入年青一代的队伍里,尽管他已经是,用大法官的话来说,"浑身都写满了老年的字样了"。在他看来,当前的社会是由少数垂死的老年人把持着,他们用"王法"和其他统治阶级的工具把年轻人驱迫得走投无路,但年轻人迟早总要翻身的。福斯塔夫看到在他周围好人差不多已经全被绞死,有勇气的只好去耍狗熊,有口才的只好去当酒保;这种情况必须改变。太子是他们自己人,他即位的日子应该就是一个新时代的开始。

财富的集中也是使福斯塔夫感觉气愤的事情。他最喜爱引用《圣经》里关于大肚子财主和拉撒路的故事,指出前者最后终于宛转在地狱的烈火里,而后者则得到幸福的永生。但他并不满足于口头上的咒骂,有时也采取实际行动来纠正这种不均的现象。当他和巴道甫等人在盖兹山公路上抢劫腰包满满的税吏和商人的时候,他高声威吓的方式是滑稽绝伦的:

哈,婊子养的寄生虫!镇天吃肉的坏蛋!他们一意要跟我们年轻人作对!……你们这帮肥胖的守财奴!你们要把全份家私都带来才好呢。……怎么啦,王八蛋?年轻人总要活命的……②

这里面变相地隐藏着真正被压迫者的声音。当然,福斯塔夫自己靠吹牛撞骗维持生活的方式也不是无可非议的;当然,事实上他比别人吃得更胖;但是福斯塔夫认为这些并不妨碍他理直气壮地向不合理的社会提出抗议。我们在这里通过情不自禁的哄笑,窥见了亨利四世统治下的一个黑暗角落。正像在许多其他地方,莎士比亚的丑角、弄人和疯子常常是没有发言权的旧社会叛徒的喉舌,用他们的打诨、反话和片面的夸大传达出人民的痛苦和反抗的意志;同样,在福斯塔夫的荒谬歪曲和自我暴露的言辞重重掩盖下,我们永远可以发现一个颠扑不破的真理的内核。

在和福斯塔夫相处的日子里,太子与下层人民发生了广泛的接触。他跟酒保们拜了把子,学会了和补锅的聊天饮酒,得到了东市所有年轻小伙子们的友谊;对一个将要走上王位的统治者来说,这是一种宝贵的训练和收获。在实

---

① "上篇"一幕二场48—52行。
② "上篇"二幕二场73—80行。

际行动方面,他也时常和福斯塔夫采取一致的步调。尽管他没有发展到真正进攻国库,像福斯塔夫在"上篇"三幕三场里劝他所做的,但为了袒护巴道甫,他竟不惜殴打代表尊严的封建法统的大法官。难怪一直到他即位的前夕,许多大贵族都为之战战兢兢,生怕一切都会颠覆,他们自己的地位不再能保持,而他们"要向下贱的人们屈膝"了!

福斯塔夫有许多明显的缺点,他自己也并不急于掩盖它们,因此任何批评家善意的粉饰都是多余的。他虽然不属于世袭贵族,但终究是一个"爵士"。他是从瓦解的封建社会内部分化出来的,旧日的坏习惯不可避免地还沾染在他身上。跌入深渊里,长期和贫苦的人民混在一起,他并没有把这些坏习惯全部洗掉。撒谎,欺骗,想向上爬,浑水摸鱼……这个单子还可以开得更长。在讽刺统治阶级的罪恶和拆穿他们伪善的面目的时候,福斯塔夫没有忘记他的口袋是空空的,下一顿晚餐还没有着落,因此他从不肯放过自己捞一笔的机会。他对战争的态度是一个很好的例子。在有名的荣誉独白里("上篇"五幕一场),他谴责了封建内战的无聊,在自己和一班恃战争发身立命的贵族武士中间划开一条界限。他甚至拒绝计较哪方算正统,哪方算叛乱。在环绕着他进行的骚动当中,他看不出什么是非曲直。他这样教训大法官的仆人:

> 这儿不是打着仗吗?不是有的是活儿干吗?国王不是正缺人吗?叛徒们不是也在招兵吗?当然啦,这两方面只应该投奔一方面,投奔到另外那一方面去是丢脸的事;可是要饭这事儿比起投奔最坏的方面来还要丢脸,如果天下还有比叛乱这名字更丢脸的事儿的话!①

换句话说,只要肚子能吃饱,投奔哪一方都是没有关系的。战争反正是一个火海,穷人们"都是血肉的"——"用他们来填万人坑也还将就"。这里,他传达了广大人民对战争的痛恨和厌弃。但是战争,对福斯塔夫说来,也是一笔横财。在抓壮丁的场面里,大小金币不停地叮叮当当落在他手中。人民不愿意打仗,他就拿打仗来要挟恐吓;特别是对那些"家业不错的人""富农的儿子",他更是毫不留情,非要他们吐出大笔款项来买脱不可。有钱的全溜掉了,剩下的当然是一帮褴褛汉。于是福斯塔夫兴高采烈地把他们带上战场去——"供枪挑""充炮灰"。

---

① "下篇"一幕二场65—70行。

对福斯塔夫性格恶劣的一面感觉失望,是一种过度天真的表现。莎士比亚不是在创造一个值得全面效法的新型正面人物。新的和旧的,先进的和落后的品质互相依附,结合成这个活生生的人。他是时代的产物。如果说有些时候在他身上几乎嗅不到一丝殉教者欧尔卡苏的气息了,那么我们的回答就是:在十六世纪的九十年代,殉教者欧尔卡苏不但不能解决问题,而且根本无法生存。我们不应该脱离全剧的情节发展和时代意义来给福斯塔夫下判断。

现在我们来到最后的高潮场面:对福斯塔夫的斥逐。它照亮了全剧,使复杂错综的现象归于条理化,并且深刻地指出了历史必然的动向。

我们看见戴着王冠的新王,随着贵族、卫士和仪仗的行列走上舞台。然后我们听到遍身灰土的福斯塔夫狂热的呼唤:“上帝保佑你,我亲爱的孩子!”这是紧张的一刻,福斯塔夫盼望的日子到来了,他要给大法官等人一些颜色看,他要让体面的绅士们倒霉,他要让盗贼、骗子和流浪汉开始走运。在一刹那间,历史仿佛在天平上静止了,但很快地它就倾向一方。国王的回答是斩钉截铁的:“我不认识你,老头子,去跪下祈祷吧……”然后是一大堆训诫的言语:你们是我旧日荒唐行为的策动者,所以我要把你们全部放逐,等你们改过自新了,我可以再考虑提拔你们。然后在鼓角齐鸣中,国王和他的随从们庄严地退场,留下像被霹雳轰击了一下的福斯塔夫,最后被法官和警士押到监狱里去。

这一场应该怎样解释呢?这是我们大家所认识的太子吗?莎士比亚在这奇怪的收尾场面里打算说明什么问题呢?

首先,应该肯定,过去在和福斯塔夫等人交往的日子里,太子的态度始终是有保留的、若即若离的。福斯塔夫对太子表现出一种几乎是盲目的迷恋和信任,而太子则好像经常记得他自己的地位和相应的责任。在“上篇”一幕二场末了,太子通过一段独白曾吐露过自己的计划:

> 我就要胡闹,把胡闹作一种计策,
> 在人们料不到的时候洗手改过。

在太子眼里看来,一切都服从于一个最终目的:他要做一个强大的君主,如果必须用福斯塔夫等人来作阶梯,他是准备践踏着他们登上去的,因此最后的转变不能说是完全出乎意料。

其次,福斯塔夫缺乏正面的理想和品质。他善于暴露、摧毁而不善于组织、重建,不能倚仗他在剧末纷纭的局面里找寻出路。太子把他斥逐了,这诚然是一个冷酷的打击,但现实的分析情况就会告诉我们也没有其他更好的办法。不可能想象福斯塔夫和他的伙伴们代替大法官等人掌握政权。如果我们承认专制君主的政体在当时是必需的,那么斥逐像福斯塔夫这样的人就是一个随之俱来的结论。

但莎士比亚天才的伟大胜利就在于他没有停留在这里,而更深地向根源探索。他并不轻率地认为亨利五世登位,叛乱平息,一切矛盾就都已解决,天下就自此太平了。为了表面的调协而粉饰现实是一种很强的诱惑,但莎士比亚抗拒了这种诱惑。他向我们暗示:亨利五世斥逐了福斯塔夫,也就意味着在一定程度上背叛了人民的信托。福斯塔夫失势了,绞架和重税就又活跃起来。这在"下篇"五幕四场里看得很清楚,桂嫂和桃儿被饿狗似的衙役拖去鞭打。这巧妙构筑的一场安排在新王加冕前不是无意的,它象征着在亨利五世统治期间人民仍然必须忍受的灾难。太子的选择是被现实要求所决定的,但在这种选择之上,还有历史更高的裁判。斥逐福斯塔夫和杀害欧尔卡苏一样,并不能改变历史的途径。庆祝新王登位的喧天的音乐和歌颂并不能淹没另一个坚定地持续下去的声音——人民解放自己的意志和没有得到满足的期望。剧本就是在这种悬而未决的情调里结束的。从后来的《亨利五世》里,我们知道福斯塔夫并没有向道德和秩序投降。如果他肯"改造"一下自己,他是不难重新获得国王的欢心的,剧末约翰王子的话也证实了这点。但他拒绝了,因此最后贫苦无告地死在他心爱的酒店里。他的伙伴的话是公正的:"国王杀死了他的心。"巴道甫等人的下场也都很悲惨。那些把福斯塔夫贬低为一个彻头彻尾的懦夫的批评家们可以对这点再进一步考虑:由于不肯改变自己的生活、出卖自己的理想而把背转向富贵的大路,这种勇气并不是每个人都有的。

四

马克思和恩格斯在写给拉萨尔的信里,都曾指出他的戏剧《西金根》的主要缺点在于不够"莎士比亚化",只集中描写贵族而忽略了农民和市民的活动所构成的五光十色的背景。恩格斯天才地称呼这种背景为"福斯塔夫式的背景"[①]。把《亨利四世》和莎士比亚以前写作的史剧比较一下,就可以看出作者

---

① 《马克思恩格斯列宁斯大林论文艺》,第7—14页。

是在发展中逐渐体会到这幅背景的积极意义的。日益抬头的中下层人民的形象在莎士比亚对历史的处理里取得了越来越大的分量；直到最后，在《亨利四世》和《亨利五世》里，他们走到前方，成为影响戏剧主题的一个重要部分。《亨利四世》表面上呈现了王权对大贵族的胜利，描写了一个英明君主的成长，但在更深入的一层，它还揭露了人民和一切形式的剥削统治阶级中间存在的矛盾。诚实地面对这种矛盾，认识到人民不屈不挠的意志会使这种矛盾继续深化下去，这是莎士比亚伟大的地方。在这点上，他远远超过了其他一些同时代的剧作家们。

让我们举一个例子。1599 年，伦敦上演了一出新戏《约翰·欧尔卡苏爵士的一生·上篇》。这是海军大臣剧团组织一批剧作家写成的，目的就在和莎士比亚所属的御前大臣剧团竞争。在这个剧本的开场白里，作者强调他们将尊重欧尔卡苏的记忆，而不把他的形象歪曲成为"一个诱导青年为恶的老坏人"。欧尔卡苏被写成一个向腐败的天主教会展开斗争的正人君子。剧本最精彩的部分是对贵族和僧侣猛烈的攻击和讥嘲。但是由于这些剧作家世界观方面的局限，他们没有能够给问题以彻底的剖析；他们闭眼不看欧尔卡苏活动的政治一面，以及这些活动和1414 年起义的逻辑关联。起义者被丑化成一堆不知道自己要什么的糊涂虫，而欧尔卡苏则是一个完全置身事外的驯顺的臣仆。道理很明显，这些剧作家——蒙第·德累吞等——都是新兴资产阶级的代言人。在反对教会和封建贵族的斗争里，他们的态度是进步的；但他们的要求达到了君主专制的地步就谨慎地停止了。轮到王权本身受到人民革命浪潮的威胁的时候，他们就企图冲淡人民的力量，削弱矛盾的尖锐性。

假使莎士比亚的立场和这些剧作家是一致的，我们就不会有福斯塔夫。在亨利五世身上，新兴资产阶级可能会看到一个理想的君主；他的统治会被认为是人民大众的幸福，没有丝毫暗影。但莎士比亚的看法却不是这样。缺乏明确的科学的正面理想并没有妨碍他深刻地认识到君主专制的缺点和不巩固性；同时，他也没有抬出任何正直的商人和勤俭的自耕农来作为正面理想的廉价的代替品。相反地，他给了我们福斯塔夫，一个身兼嘲笑者和嘲笑对象的双重品质的、能够揭露矛盾但是没有能力解决矛盾的人物。

把剧本放回到前面所大致描述的时代背景的框子里，我们就不难看出莎士比亚自己对于贵族、王权和人民的错综关系所抱的鲜明态度了。对没落的贵族阶级，他是全面否定的。对都铎专制政体所代表的王权，莎士比亚的看法里存在着矛盾：一方面他承认它的历史作用和必然性；一方面他也意识到它不等于一切问题的圆满结束。在剧末莎士比亚呈现在我们面前的不是敌对力量的协调而是斗争的继续。对福斯塔夫和他的伙伴们，莎士比亚肯定了他们向现存秩序的挑战，同时也指出他们本身的缺点和所处的历史阶段将不可避免地导致他们的失败。但是对福斯塔夫的斥逐当然并不意味着人民力量的最后挫折。在福斯塔夫集团和人民中间简单地画起等号来无疑是不适当的。如果我们要在当时社会里寻找福斯塔夫集团的原型，我们就应该说他们代表的是一个特殊阶层，里面包括那些充斥各地的无业游民，从战场上退下来的伤兵，雇佣武士，失去耕地的农民，乞丐和冒险家。他们在当时是一个严重的社会问题，这问题在莎士比亚的剧本里得到高度艺术性的反映。这是一个复杂的、成分不纯的阶层，但是恩格斯认为正是从这个阶层里渐渐产生了现代无产阶级的先辈。① 当然，福斯塔夫在这些人物当中还有他自己的独特位置，就像我们在上面所分析的；但就总的倾向来说，那班被摈斥、畏惧和歧视的人们的愿望常常是通过他得到表白的。莎士比亚使这些人物得到以前所没有的戏剧地位，并且在揭示剧末矛盾的时候顾及到了他们。"福斯塔夫式的背景"在莎士比亚笔下不仅仅是一个壮丽的画廊，包括脚夫、店伙、酒保、盗贼、流氓、娼妓、衙役和善良可爱的农民，而且还形成一个坚实的社会基础；和它对衬着，公侯的盛衰和王朝的更换都显得只是短促的表面上的波动。稳定，不管是亨利五世还是伊利莎白赢得的稳定，都只是暂时的。冲突和反抗潜伏着，并没有消失。封建制度逐渐地趋向没落，但莎士比亚在基本上结束了史剧写作并开始过渡到悲剧阶段的时候，却已经对资本主义的道路有所怀疑。在这样一个其他作家可能认为是绝境的状况下，莎士比亚在广大无名的人民身上寄托了他遥远的理想。这使他成为不只是他自己时代最伟大的记录者和解释者，而且对我们今天也还是一个不可穷竭的学习和鼓舞的源泉。

吴兴华

---

① 见恩格斯 1895 年 5 月 21 日写给考茨基论他的《近代社会主义先驱者》一书的信。

关于版本、译文和注释的说明

　　(一)《亨利四世》"上篇"的标准版本是 1598 年出版的四开本。据现代学者的考证,这个本子是最接近莎士比亚原稿的,仅仅在散文和诗的混乱排列、误字和若干舞台说明方面,需要参照后来的版本作一些改动。"下篇"有两个来源:较早的是 1600 年的第一四开本,但是这个版本有好几处遭到了检查官严厉的删减(共约 170 行),这些删减的部分就需要依据 1623 年的第一对开本。"下篇"的问题较多,有些现在还没有得出定论。译文参考的现代版本主要有以下几种:戴吞注本(K. Deighton,1927,初版于 1893);考尔和摩根编订的亚屯版(R. P. Cowl, A. E. Morgan,"上篇"1927,初版于 1914;"下篇"1923);契垂治全集一卷本(G. L. Kittredge,1936,又"上篇"加注单行本,1940);杜佛·威尔逊编订的新剑桥版(J. Dover Wilson,1946);法琴编订的四卷本(Herbert Farjeon,1953 年新版,依据对开本,附四开本异文);西松全集一卷本(C. J. Sisson,1954)及海明威编订的集注本"上篇"(S. B. Hemingway,1936;"下篇"未见,仅自他书转引)。现代莎士比亚版本学发展的情况,使机械的根据一个版本成为不可能,因此译者除了对以上诸家版本加以综合取舍之外,还采纳了一些较新的考证和研究成果。这些在注释里都有说明。

　　(二)古四开本和第一对开本里只有极少的舞台说明,但由于这些少数说明可能出自莎士比亚亲笔或者至少有助于了解当时上演的情况,所以它们应该得到尊重。18 世纪以来的编订者开始逐幕逐场标明地点,并且补充了大量的舞台说明。为了尽量少更动莎士比亚的原来面目,译本在舞台说明方面比较简略,仅仅保持幕场的划分,标明地点和上下场,在可能引起误解的地方注出"旁白"或"向某"。至于有关动作、表情、服装、道具的说明,除古本原有的及已被普遍接受的之外,不作任何臆测性的增添。在注释里,读者可以找到一些演出动作的描写;这些大都在舞台上已经成为传统,所以有一定的参考价值。但是,很显然,如果把这些描写以及"惊慌失措地""冷笑一声"之类的现代导演词都掺入正文里,是严肃地处理经典文学作品所不能允许的。

(三)诗和散文的配合与交替是伊利莎白戏剧的突出特色。译文在形式方面尽量遵照原文。诗用相当于原来格律的五步无韵诗体,散文用现代口语。在诗行里出现人名地名有时会破坏韵律,但这是在原作里也不能永远避免的现象。遇到这些专有名词出现的时候,四个字以下的作一步读,五个字和五个字以上的作两步读。如果原文有些诗行过长或过短,译文也作相应的变化。

(四)译文后面附有详尽的注释。这些注释包括:对剧本结构的说明,历史考证,典故和背景的解释,个别重要的版本异同,有兴味的戏剧动作和一般性的批评解说。

(五)关于剧中人物的历史事实和相互关系,可以参考本书"附录""主要历史人物"和"世系表"。

上　篇

亨　利　四　世

剧 中 人 物

亨利四世

亨利　威尔士亲王 ⎫

约翰　兰开斯脱公爵 ⎭ 国王之子

魏斯摩尔兰伯爵

倭尔脱·布伦爵士

汤玛斯·波西　吴斯特伯爵

亨利·波西　诺桑伯尔兰伯爵

亨利·波西　绰号飞将军,诺桑伯尔兰之子

爱德门·摩提麦　马区伯爵

李查·斯库普　约克大主教

阿齐勃　道格拉斯伯爵

欧文·格兰道尔

李查·维农爵士

迈克尔牧师　约克大主教之友人

约翰·福斯塔夫爵士

爱德华·颇因斯　太子之随从

盖兹山

披多

巴道甫

法兰西斯　酒保

波西夫人　飞将军之妻,摩提麦之姊

摩提麦夫人　摩提麦之妻,格兰道尔之女

桂嫂　东市野猪头酒店之女店主

3

群臣,军官,郡将,掌柜,伙计,酒保,脚夫二名,旅客及
侍从等

地点 英格兰和威尔士

第 一 幕

第 一 场

伦敦。王宫。

亨利王、约翰·兰开斯脱王子、魏斯摩尔兰伯爵、倭尔
脱·布伦爵士及余人等上。

王　我们正处在动荡多难的日子里，
　　且让受惊的和平略微喘口气，
　　然后用断续的声音宣布：战争
　　即将在远方的国土里重新开始。
　　这片土地焦渴的嘴唇将不再　　　　　　　　　　5
　　涂满她自己亲生子女的血液。
　　战争将不再用壕沟把田野切断，
　　不再以敌对的铁蹄蹂践地面上
　　娇小的花朵。这些仇视的眼睛
　　像是阴暗的天空中纷飞的流星，　　　　　　　　10
　　原都是同一种气体、同一种本质，
　　不久以前在自寻干戈的屠杀中
　　曾面面相对，疯狂地短兵相接；
　　今后，它们将结合成堂堂的队伍，
　　向同一方向迈进，不再与任何　　　　　　　　　15
　　朋友、亲戚或同盟者火并相攻。
　　不容许战争像没有入鞘的宝刀

5

再割伤自己的主人。因此,朋友们,
我已在基督垂佑的十字架下面
应征为兵士,宣誓要为他作战;   20
为了直达基督的葬地,我将要
立刻集合起一支英国人的大军,
因为他们在娘胎里已经注定了
要负起从圣地驱除异教徒的使命——
我主的两脚曾行遍圣地的田亩,   25
一千四百年以前,为拯救我们,
被钉在伤心惨目的十字架上面。
我这番计划已经酝酿了一年,
不必再多费言语,肯定是要去。
今天的商谈不是为这个。那么,   30
魏斯摩尔兰妹夫,请你告诉我,
昨夜枢密院作出了哪些决定
来推动当前这件重大的任务。

魏　主上,我们正热烈地讨论这桩事,
指挥和调度的细节昨夜才部署好,   35
突然被一个来自威尔士的信差
以不幸的消息打断了我们的议程。
最坏的消息就是高贵的摩提麦
在率领赫佛郡兵士对那狂野的
出没无常的格兰道尔作战的时候,   40
被那个粗鲁的威尔士叛徒俘虏了。
他的部下有一千名遭遇到屠杀,
死者的尸体在威尔士妇人的手里
受到如此的凌辱,如此兽性的
无耻的阉割,以至于任何一个人   45
讲述或提起时都要感觉到羞耻。

王　看起来,关于这场乱子的消息
未免要中断我们去圣地的打算。

魏　再加上其他的消息,确是如此;
　　因为,主上,从北方传来了格外　　　　　　　　　50
　　坎坷恼人的信息,内容是这样:
　　英勇的飞将军,年轻的亨利·波西,
　　与那凶悍的久经战阵的苏格兰人,
　　猛锐的阿齐勃,就在圣架节那天
　　相逢在何姆登战场上,　　　　　　　　　　　　55
　　在那里进行了激烈而艰苦的战斗。
　　从双方隆隆的炮声听起来,再加上
　　大致的推测,目前的报道是如此;
　　因为传信的只是在他们的鏖斗
　　最火炽激烈的当口跨马奔回,　　　　　　　　　60
　　还不能肯定哪一边获得了胜利。

王　这里有一位亲爱的忠心的友人,
　　倭尔脱·布伦爵士,刚刚下马,
　　远自何姆登来到我们这里,
　　身上染满了不同地区的灰尘。　　　　　　　　　65
　　他带给我们平安可喜的信息。
　　道格拉斯伯爵已经遭遇到挫败;
　　在何姆登原野上,倭尔脱爵士看见
　　一万个凶猛的苏格兰人,二十二个骑士,
　　横陈在自己的血泊里。讲到俘虏,　　　　　　　70
　　飞将军捉到了弗爱夫伯爵墨台克,
　　战败的道格拉斯的长子;还有阿托尔、
　　慕瑞、安格斯以及门戴斯伯爵。
　　这批战利品可以算得上光彩吧?
　　这场胜仗漂亮吧,妹夫,是不是?　　　　　　　75

魏　说实话,
　　任何王公也值得引以自豪。

王　是啊,讲到这儿你反倒让我伤心,
　　让我妒忌诺桑伯尔兰伯爵

怎么偏偏就有这个争气的儿子—— 80
光荣的赞颂永远把他作主题，
他是丛林里挺出的最直的树干，
幸运也特别宠爱他，为他骄傲；
而我呢，越是听到人家夸奖他，
越是感觉到在我的哈利的脸上 85
满是下流的污点。啊，假使
能证明我俩的儿子卧在摇篮里
被某个夜半来去的仙灵调换了，
把我的叫波西，把他的叫普兰塔金尼！
那他的亨利就归我了，我的就送给他。 90
可是不想他也罢。妹夫，你觉得
小波西如此傲慢是怎么回事？
这场战事里他所捉到的俘虏，
全要留归自己，还传话给我说：
我只能得到弗爱夫伯爵墨台克。 95

魏　这全是他叔父教他的。他叔父吴斯特
在一切事情上对陛下都不怀善意，
才使得波西也这样趾高气扬，
以少年的任性来反抗陛下的尊严。

王　可是我已经召他来追究这点了； 100
不过既有了这桩事，我们短期间
势必要抛弃远征圣地的计划。
妹夫，下一个星期三我将在温莎
召开会议，请通知其他贵爵们；
可是你自己还得尽快地回来， 105
因为还有话要说，有事情要做，
在盛怒之下不能够一一细讲。

魏　遵命，主上。　　　　　　　　　　　〔同下。

第 二 场

伦敦。太子住所。

福斯塔夫在长凳上熟睡。太子上,将他推醒。

福　喂,哈尔,现在是什么时候了,孩子?

太子　你这家伙就会喝陈年的好酒,吃过了晚饭还得费一
道手解衣服扣子,大下午的也要在板凳上睡觉,简
直糊涂得把你真正想要知道的事情都问不清楚了。
现在是什么时候,你要管它干吗? 如果每一点钟变　　　5
成一杯甜酒,每一分钟变成一只烧鸡,钟变成窑姐
的舌头,日晷变成妓院的招牌,就连大好的太阳也
变成一个身披火红色软缎的风流俊俏的姑娘——
果真如此也还罢了,不然我看不出有什么理由你闲
着没事还要打听打听时间。　　　　　　　　　　　　10

福　有你的,哈尔,你说得还真是八九不离十;因为像我
们这班抢钱的就认得月亮和北斗七星,不认得什么
金乌——那个仪表堂堂,周游四方的骑士。我还对
你说,好孩子,等你有一天做了国王,愿上帝保佑
你——我应该说保佑陛下,其实为你祈祷也是　　　　15
白费——

太子　什么,不给我祈祷?

福　不,就是不;连吃一个鸡蛋一盘黄油以前的那点祈
祷你也不配。

太子　算了,然后怎么样呢? 快点,老实讲吧,老实讲吧。　　20

福　好吧,就是这个,好孩子。等你有一天做了国王,可
别让人家管我们这班黑夜的亲兵叫作白天的窃贼;
让我们做嫦娥手下的猎户,阴影的侍从,月亮的宠
臣;还要让人家说我们管教得好,因为我们就跟大
海似的,是受我们高贵贞洁的女主人月亮管着的,　　25

在她的关照之下,我们就——偷。

太子 你说得不错,比得也不错;我们这班赶月亮的好汉,运气的确是跟大海一样,有涨有落,因为我们跟大海一样是受月亮管着的。好比说吧,星期一夜里刚直眉瞪眼地抢来一袋金钱,星期二早上就挤眉弄眼地花光;到手的时候喊的是"拿钱来";脱手的时候叫的是"倒酒来";一会儿低落到梯子脚下,一转眼就涨高到绞架顶上。　　　　　　　　　　　　　　30

福 上帝在上,你说得真对,孩子——你看我们酒店的老板娘是不是一个娇滴滴、香喷喷的娘儿们?　　　　35

太子 是啊,我的老庄主,香得就跟海伯拉出的蜜一样——你看牛皮外套穿起来是不是挺结实的?

福 怎么回事,怎么回事,小疯子?什么,你的玩笑和俏皮话又来了?我没事穿牛皮外套干吗?

太子 那么我好好地找我们酒店的老板娘干吗?　　40

福 干吗?嗯——你不是有好几次叫她来给你算账吗?

太子 我叫你付过自己的账没有?

福 没有,我承认你这点是够朋友的,店里的钱照例是你付的。

太子 可不是吗?不只店里,店外也是一样,只要我的钱用得过来;用不过来的时候,我就赊着。　　45

福 可不是吗?赊着,赊得简直都不像话了,要不是人家都看得准准的,你这个太子是稳稳的——我问你,好孩子,等你做了国王,英国还要这些绞架吗?你还让那老掉了牙的糊涂虫,王法,仗着他那长了锈的嚼子,像现在一样地约束年轻小伙子们的冲劲儿吗?你呀,等你做了国王,可别绞死一个贼。　　50

太子 不,我让你去。

福 让我去?那太难得了!我当起审判官来准保神气十足。

太子 你头一下就判错了。我的意思是说让你去绞死那些贼,当一个难得的绞刑手。　　55

福	也好,哈尔,也好;这跟我的脾气倒也有些相投,比起老在朝廷里傻等也不坏,这是真话。
太子	傻等什么?等御赏?
福	可不是吗?等衣裳,不然绞刑手的衣箱怎么老是满满的呢?他妈的,我这会儿心里不痛快,就跟一只老公猫或者让人逗急了的狗熊似的。
太子	或者说跟一只老狮子似的,跟一个情人弹的琴似的。
福	可不是吗?或者说跟一个林肯郡的风笛吹起来那个哼哼调似的。
太子	你看比作一只兔子,或者慕尔沟的味道怎么样?
福	你专会打那些恶心的比方,简直真是个最会挖苦人、最淘气、最可爱的年轻太子。不过,哈尔,我求你,别再拿这些俗事来麻烦我吧。我真希望你和我知道上哪儿可以捞他一笔好名声。那天在街上就有一个枢密院的老爵爷跟我叨唠你来着,我可是没理他;不过他说的话很有道理,我可也没睬他;不过他说的话确是有道理,而且还是在大街上。
太子	你不理他是应该的,本来嘛,"智慧在街市上呼喊,无人理会"。
福	哎呀,你这引经据典的劲儿真不得了,简直能把一个圣徒也引坏了。你害我可不浅,哈尔——愿上帝饶恕你!在我认识你之前,哈尔,我什么坏事全不懂得,而现在呢,如果一个人说话应该老实的话,我简直比一个下流的人也好不了多少啦。我非得洗手改行不可,我一定要洗手改行!上帝在上,我要是还不,我就是个奴才!管你是基督教世界里哪个国王的儿子,也不能这样拖我下水!
太子	我们明天上哪儿抢劫去,贾克?
福	他妈的,你说哪儿就哪儿,孩子!哪儿全有我一份。要是我不去,你们就管我叫奴才,我这个骑士就算白当了。

太子 你倒是真能改过自新——刚祈祷完了,紧接着就抢劫。

福 唉,哈尔,这是我的本行啊,哈尔。一个人全心全意 90
搞他的本行不能说是犯罪呀!

颇因斯上。

颇因斯!现在我们可以知道盖兹山是不是又给我
们安排下一笔买卖了。哎呀,要是人类得仗着自己
行善才能得救,要把他打入地狱第几层的火坑里才
对得住他呢?对奉公守法的人大喝一声:"站住!" 95
谁也比不上他那么凶。

太子 早安,奈德。

颇 早安,好哈尔。忏悔先生有什么话说?喝甜酒加糖
的约翰爵士有什么话说?贾克,上一个基督受难节
你不是为了一杯马迪拉酒和一只冷鸡腿把你的灵 100
魂卖给魔鬼了吗?现在你跟他商量定了没有?

太子 约翰爵士说了话算话,魔鬼的买卖决不会落空,他
从来还没违背过格言的教导,什么该是魔鬼的,他
就老老实实地给魔鬼。

颇 你要是跟魔鬼这样守信用,可就要下地狱了。 105

太子 要不然欺骗魔鬼,他也得照样下地狱。

颇 伙计们,伙计们,明天早上四点钟在盖兹山那儿要路
过一帮带着贵重献礼到坎特伯利去进香的人,还有
一帮骑马到伦敦去的钱包装得满满的商人。我给你
们把面具全找好了,你们自己全有马,盖兹山今天晚 110
上就在罗却斯特过夜。我已经在东市把明天晚上的
饭订好了。这回这桩买卖闭着眼睛做也是稳稳当当
的。你们要去的话,我准保把你们的钱包装满了金
币;你们要是不去,就待在家里上吊好了。

福 听着,叶德华,我要是待在家里不去,你去了,我准 115
得让你上绞架。

颇 就凭你,肥猪?

福　哈尔,你算一份不算?

太子　谁,我?抢人?让我做贼?老天在上,我可不来。

福　你若是连十个先令都不敢弄到手,那你就不但没有　　120
信用,没有胆子,不够朋友,而且根本没资格说是王
家尊贵的血脉。

太子　好了,好了,就这一回我就荒唐一次。

福　哎,这还像话。

太子　不然,爱怎么着就怎么着,我还是待在家里。　　125

福　好,上帝在上,等你做了国王,我准给你来个造反。

太子　你去造反好了,我不在乎。

颇　约翰爵士,劳驾,让我跟太子单独谈谈。我可以给
他把这回事的道理说清楚,听了他准去。

福　好吧,愿上帝给你三寸不烂的舌头,给他能受善言　　130
的耳朵;使你说的能够打动,他听的能够接受;使一
个好太子,为了开心,能做一回恶贼;因为这年头,
为非作歹也挺惨,得不到上面什么鼓励。再见,我
在东市等你们。

太子　再见,垂尽的春天!再见,秋老虎! 〔福斯塔夫下。　　135

颇　亲爱的、甜蜜的好殿下,明天跟我们一块骑马去吧。
我要开个玩笑,可是一个人办不了。我们不是埋伏
好了等着要抢那帮人吗?让福斯塔夫、巴道甫、披
多和盖兹山去抢吧,你和我不出场。等他们赃物已
经到手了,如果你我不把他们又抢了,我脖子上这　　140
颗脑袋就不要啦。

太子　我们走的时候怎么跟他们分道呢?

颇　那好办,我们可以先走,或者后走,和他们约定一个
会面的地方,可是到时候我们故意不露面,那么他
们自己就会撞上那宗买卖;他们刚一得手,我们　　145
就给他们一下子。

太子　好吧,不过他们一看见我们的马、衣服和浑身上下
的打扮,多半就会知道我们是谁了。

颇	不,不让他们看见我们的马——我可以把它们拴在	
	林子里;我们的面具可以在跟他们分手之后换过;	150
	还有,伙计,我有几套粗麻布的褂子,专为这回用	
	的,可以把我们这些大家都知道的外衣遮盖起来。	
太子	好吧,不过我怕他们也许太凶,我们打不过他们。	
颇	咳,其中的两个人我准知道是地地道道、见人就跑	
	的天生的凤包;至于那第三个,他要是看见来势不	155
	对而还敢打下去的话,我就从此不动家伙了。这个	
	玩笑的好处就在看看等我们会在一起吃晚饭的时	
	候,那个混账胖子编些什么漫天的谎话:说什么他	
	顶少也跟三十个人交过手啦,他怎么招架啦,怎么	
	劈砍啦,怎么险些丢了性命啦;然后我们把他给戳	160
	穿了,这玩笑多好!	
太子	好吧,我跟你去。把一切要用的准备好了,明天晚	
	上在东市跟我见面。我到那儿去吃饭。再见。	
颇	再见,殿下。 〔下。	
太子	我早把你们看透了,不过暂时	165
	跟你们荒唐的把戏在一起凑趣。	
	在这一点上,我要学习太阳,	
	它也容许低下污秽的云彩	
	把它壮丽的容颜全然隐蔽,	
	这样,等它再想要恢复原形时,	170
	普遍的渴望会对它更加惊叹,	
	看它如何把那些又肮脏、又可怕,	
	仿佛要把它扼杀的烟雾冲开。	
	如果整年都是些闲逛的假日,	
	游戏会使人像工作一样厌倦;	175
	正因为稀罕,来时才受到欢迎,	
	只有少见的现象最博人喜爱。	
	因此,我一旦抛开这放荡的行为,	
	把本来没打算还的债务还清,	

大大地胜过我原来许下的诺言，   180
也就大大地超出人们的期望。
像明亮的金属放在暗淡的底子上，
我的自新，在我的过错上闪耀，
比起没有衬托的事物来一定
会显得更动人，吸引更多的注视。   185
我就要胡闹，把胡闹作一种计策，
在人们料不到的时候洗手改过。   〔下。

第 三 场

温莎。枢密院会议室。
国王、诺桑伯尔兰、吴斯特、飞将军、倭尔脱·布伦爵
士及余人等上。

王　　我的脾气太冷静，太过于平和了，
　　　碰到种种的触犯往往不发作，
　　　你们抓住了这一点，因此就这样
　　　欺负我能够忍耐；不过，记好，
　　　从今以后我要做真正的国王，   5
　　　强大而受人畏惧；改变我原来
　　　滑得像膏油、软得像茸毛的性格，
　　　这使我失去我应该得到的敬仰，
　　　因为凶傲只懂得敬仰凶傲。
吴　　至高的主上，我们的家族不应该   10
　　　蒙受到陛下如此严厉的鞭挞，
　　　特别是因为借助我们的力量
　　　陛下才有了今天——
诺　　主上——
王　　吴斯特，去吧，因为在你的眼睛里，   15
　　　我已经看出危险和抗拒的痕迹。

爵爷,你这种派头太凶,太顽强了,
身为人主的永远也不能忍受
臣子们脸上树立起怨愤的壁垒。
我给你走开的自由,等我再需要   20
你的力量或谋策时,我会召你来。 〔吴斯特下。
你刚才要说什么?

诺　　　　　　　　是的,主上。
哈利·波西在何姆登战役里捉到
一些俘虏,陛下曾派人去索取,
据他说他并没有像人家对陛下   25
所说的那样表示断然拒绝。
因此不知是恶意,还是传错了,
造成了这场误解,他并没有错。

飞　主上,我根本没拒绝交出俘虏来。
不过我记得在交战完了的时候,   30
正当我口唇干渴,疲劳不堪,
气息断续地无力地倚着长剑,
来了那么位爵爷,又利落,又漂亮,
神气得像一位新郎,新刮的下巴
就像是割走了庄稼之后的田地。   35
浑身喷香,亚赛个女装的裁缝,
大拇指食指中间还捏着个鼻壶,
闲起来没事只管一阵一阵地
送到鼻子尖闻闻,然后又拿开;
直到鼻子也惹恼了,下次再闻时,   40
狠狠地拿它撒气——他连说带笑;
可是等兵士们抬着死尸走过,
他又骂;不识体统的粗鲁的家伙们,
怎敢正顺着风向把一具脏臭的
丑陋的尸体运过他老爷面前。   45
然后又跟我瞎扯些不关紧要的,

娘儿们家的话，在谈话当中他用
陛下的名义索要我捉的俘虏。
那时候我的伤口冷得直酸痛，
他却还扬扬自得地纠缠不休， 50
我本来身上难过，再加上不耐烦，
随口回答了我也不知道什么话：
他可以带走俘虏，或者不可以；
因为他那番模样，又光净又香，
看上去就叫我有气；讲什么枪炮啦， 55
战鼓啦，创伤啦，——老天爷！——就像个女用人；
还告诉我说如果要医治内伤，
天下再没比鲸脑油更妙的灵药；
还说好好地偏要从土地腹中
掘出些可恶的硝石来造成炮弹， 60
这真是可叹的事情，可叹呀可叹！
多少结实的小伙子这样冷不防
就把命送掉了！要不是有这些玩意儿，
他自己本来也想做个军人的。
这一番枯燥的没头没脑的扯淡， 65
我刚才说过了，主上，我答得很冒失，
因此我请求你不要把他的回话
认为是当真的，构成一种指控，
来离间我对陛下所怀的忠心。

布伦　敬爱的主上，情形既然是如此， 70
哈利·波西爵爷那时候说的话，
对这样一个人，在这样一个地点，
当这样一个时机，都解释明白了，
就可以不再计较，不必再引来
冤枉他；既然他现在把话收回了， 75
当初的事情就不必过分地责备。

王　哪里？他现在还不肯交出俘虏，

硬要跟我讲价钱,先定下条件,
要我立刻用自己的钱去赎回
他的小舅子,那个糊涂虫摩提麦。 80
就是那家伙在率领他的兵士
和妖人格兰道尔作战的时候,故意
把他手下的部队性命都卖掉;
我听说马区伯爵新近还娶了
格兰道尔的女儿。难道国库的金钱 85
为的是用来赎回卖国的叛徒吗?
叛逆还要钱买吗? 卖身投靠的,
还要要挟我和他们订什么合同吗?
不,让他在光秃的山峰上饿死吧!
谁若是鼓唇弄舌劝我用一分钱 90
赎回摩提麦,我就永远不认为
他还是我的朋友! 叛徒摩提麦!

飞　叛徒摩提麦?
至高的主上,他这次战斗失利,
不过是兵家的常事。要证明这点, 95
也不必哓哓夸辩,只需要让那些
苦战中身受的创伤作他的喉舌。
在平静的塞汶河生满茂草的岸上,
他曾和凶猛的格兰道尔短兵相接,
单独一个对一个,各逞英勇, 100
来往厮杀了几乎有一小时光景。
三次因疲乏而住手,三次,约好了,
两人到塞汶的急流旁边去饮水。
河水被他们浴血的面目吓坏了,
胆战心惊,在颤抖的苇丛里奔流, 105
把波纹荡漾的颜面藏在堤下,
沾染着这些雄豪战士的鲜血。
卑鄙腐败的投机取巧绝不会

用这些巨创来装点自己的工作；
再说，高贵的摩提麦也绝对不会，   110
完全心甘情愿地承受这么多——
因此别让他受到叛逆的诬蔑。

王　你总是袒护他，波西，你总是袒护他！
他根本就没有和格兰道尔会战。
听我告诉你，   115
他不敢遇到格兰道尔那样的敌人，
正像他不敢独身与魔鬼相见。
你难道不害羞？从今以后，小伙子，
别让我听见你再讲什么摩提麦。
把你的俘虏火速地给我送来，   120
不然我采取下一步可能会使你
不大舒服。诺桑伯尔兰伯爵，
我现在容许你和你儿子离开——
把俘虏送来，不然你等着瞧吧。〔国王、布伦及群臣下。

飞　即使是魔鬼出马，呼叫着要他们，   125
我也是一个不放。我要追上去，
亲口告诉他；这口气非吐不可，
哪怕我这么做等于把脑袋当儿戏。

诺　怎么，气得糊涂了？慢点，等一等，
你看你叔叔来了。   130

　　　　吴斯特上。

飞　　　　　　不许讲摩提麦！
妈的，我偏要讲他；愿我的灵魂
永世不得救，如果我和他散伙。
不错，为了他，我准备倾干脉管，
让我滴滴的鲜血浸入土中，   135
只要我能把践踏下去的摩提麦
扶起到和这位忘恩的国王一样高；
这背信负义的败坏的波陵布鲁克！

19

诺	弟弟,国王把你的侄子气疯了。	
吴	谁在我走后惹起这么大火气?	140
飞	他认真想要我交出全部的俘虏;	
	可是我再一度提起把我的小舅子	
	赎回的问题时,他吓得面无人色,	
	用他惊怕得要死的眼睛望着我,	
	仿佛摩提麦的名字就使他发抖。	145
吴	这并不奇怪:死了的李查王不是	
	公开宣告过他应当继承王位吗?	
诺	一点也不错;这宣告我也听见过,	
	就是在那位不幸的国王——愿上帝	
	宽恕我们以往对他的过失!——	150
	出发到爱尔兰进行征讨的时候;	
	后来他计划中断了,回到英国,	
	被迫退位,不久就遭到暗算。	
吴	是啊,由于他的死,言论纷纷,	
	我们都受到唾骂,为众人所不齿。	155
飞	慢着点,等我问你们:李查王真的	
	那时候曾经宣告过我的小舅子	
	摩提麦应当继位吗?	
诺	真的,我听见的。	
飞	哦!怪不得他这位国王亲家	
	想要让他在光秃的山峰上饿死。	160
	可是你们呢,难道你们亲手把	
	王冠加在这善忘的人的头上,	
	为了他蒙受犯上弑逆的罪名,	
	永远也不得清洗;难道你们	
	担承全世界人们普遍的辱骂,	165
	给人做工具,卑下地供人驱使,	
	当绳索、梯子,简直不如说绞刑手——	
	请原谅我用这样低贱的譬喻	

来描写在那个奸猾的国王手下,

他们两人事实上担任的职位——   170

难道你们肯容忍今天人嘴里

以及未来的史书里这样谈论:

说你们这样高贵有能力的人,

竟然把身命投靠给不义的一方——

像你们事实上所做的,愿上帝宽恕吧!——   175

推翻了李查,芳香可爱的玫瑰,

扶植起有毒的荆棘,波陵布鲁克;

难道这耻辱还不够,还让人家说:

你们蒙受了耻辱而拥戴的人,

终归把你们骗了,撇弃在一边?   180

不,现在还不迟;你们还可以

挽救已失的荣誉,重新使自己

在世人眼里恢复善良的地位;

对这傲慢的君王的鄙夷和蔑视,

你们还可以报复;因为他日夜   185

就是在思量如何能杀害你们,

用你们的血答谢你们的功绩;

所以,我认为——

吴　　　　　　　　　　住口,侄儿,别说了:

我现在打开一册秘密的书籍,

把其中隐晦危险的内容读出来,   190

你失意的心情一定能很快地了解;

要干就需要冒险,勇往直前,

好比脚踩着一支不稳的长枪,

企图横渡过洪流怒吼的深涧。

飞　如果掉下去,再会!沉也好,浮也好: 195

让危险来吧,从东方一直到西方,

只要荣誉也能够从南到北

和它纠错在一起:与狮子搏战

比追赶野兔更使我勇气百倍！

诺　心里一想到什么伟大的事业，　　　　　　　　　　200
　　他就一点也不能控制自己。

飞　我敢发誓，我能轻易地跳起，
　　从苍白的月亮里一手把荣誉揪下来；
　　或者投身到海洋最深的地方——
　　深得连测量线都不能达到底层——　　　　　　　205
　　手绕着头发把淹死的荣誉捞起；
　　只是有一点：荣誉一旦到手了，
　　就得要一个人独享，没有竞争者，
　　像这样成群结伙真让我闷气！

吴　他在头脑里装满了千万种譬喻，　　　　　　　　210
　　可是没注意应该听取的意义。
　　亲爱的侄儿，请你听我说几句。

飞　对不起，原谅我。

吴　　　　　　　那些被你俘虏的
　　苏格兰贵人——

飞　　　　　　　我全要留住不放；
　　上帝在上，他一个也不能要去，　　　　　　　　215
　　即使要一个救他的灵魂也不成；
　　我要把他们全留住，你看吧！

吴　　　　　　　　又来了！
　　你发起脾气来就不肯听我讲话。
　　你可以把俘虏留下。

飞　　　　　　　当然要留下；
　　他说他决计不肯赎回摩提麦，　　　　　　　　　220
　　甚至禁止我张口提起摩提麦，
　　可是等他睡着了，我偏去找他，
　　在他耳朵里大声吆喝："摩提麦！"
　　这还不够，
　　我要养一只八哥，教它说话，　　　　　　　　　225

就教一句"摩提麦",然后送给他，
吵得他怒气永远也不得平息。

吴　侄儿，听我说。

飞　我现在宣誓把一切事务放弃，
　　专心一意和波陵布鲁克捣蛋；　　　　　　　230
　　还有那大剑小盾的威尔士亲王——
　　要不是因为我想他父亲不爱他，
　　巴不得要他遭逢到什么灾难，
　　我准会叫人用一壶烧酒毒死他。

吴　再见吧，侄儿；等你的脾气变好些，　　　235
　　能够听我讲话了，我再来找你。

诺　怎么了？瞧你这暴跳如雷的疯劲，
　　发作起来就像是一个娘儿们，
　　自己的耳朵里就听见自己说话！

飞　唉，是啊，我浑身像遭到鞭打，　　　　　240
　　背负着芒刺，让蚂蚁咬遍，只要
　　听见人讲起这奸贼波陵布鲁克。
　　李查王在时——那个地方叫什么？——
　　该死，想不起了，就在格劳斯特郡
　　他那位疯癫的公爵叔叔住在那儿——　　245
　　他叔叔约克公爵——在那儿第一回
　　我向这满脸笑容的国王屈膝——
　　妈的！
　　就在你和他从莱文斯波回来时——

诺　巴克莱城堡。　　　　　　　　　　　　　　250

飞　就是它，不错。
　　嗬，那时候这条摇尾乞怜的猎犬
　　送我的甜言蜜语可真算不少！
　　什么"等他幼年的命运长成了"，
　　什么"亲爱的哈利·波西""好兄弟"——　　255
　　愿魔鬼抓走这种假兄弟！——好吧！

叔叔,你讲吧! 我没有说的了。

吴　　不,你要没说完,尽管说下去。
　　　　我们听候你方便。

飞　　　　　　　　　　真的说完了。

吴　　那么再回到你的苏格兰俘虏,　　　　　　　　　　260
　　　　立刻把他们交回,不要赎款,
　　　　完全倚仗道格拉斯儿子的力量
　　　　帮你从苏格兰调过兵来;这点,
　　　　以后我要在信里进一步解释,
　　　　一定能容易地做到。你呢,伯爵,　　　　　　　　265
　　　　当你儿子在苏格兰作这番活动时,
　　　　你就悄悄地和那位众人热爱的
　　　　高贵的教士结交心腹的关系,
　　　　那位大主教——

飞　　约克大主教,是吗?　　　　　　　　　　　　　　270

吴　　不错,他兄弟
　　　　斯库普伯爵当年在布利斯突送了命,
　　　　他总是念念不忘。我不是在臆测,
　　　　也不是在瞎想,而是当真知道
　　　　有这么一回事,思考过,计划好,决定了,　　　　275
　　　　现在所以还潜伏着就是在等候
　　　　适宜于发动大事的时机来到。

飞　　我懂了,准能够成功,绝对没错。

诺　　你总是打猎没开始就把狗放开。

飞　　本来嘛! 这准是轰轰烈烈的大事。　　　　　　　　280
　　　　然后苏格兰军队和约克军队
　　　　都和摩提麦合起来,对不对?

吴　　　　　　　　　　正是。

飞　　没说的,布置得非常精密恰当。

吴　　紧急的局面使我们必须赶快
　　　　拿性命冒险来保全自己的性命;　　　　　　　　285

因为就算我们是万分恭顺，

国王总会想他没有报答我们，

总会觉得我们是怏怏不满，

直到他找个时期还债为止。

你们看，现在他不是已经开始   290

不再用恩宠的眼光看我们了吗？

飞   是啊，是啊！我们绝对要报复。

吴   侄儿，再见。在接到我的书信

指示你如何做之前，不要妄动。

时机一成熟——这时机会突然来到——   295

我就溜去找格兰道尔还有摩提麦，

那时候，照我的计划，你和道格拉斯，

以及我们的军队就聚齐在一起，

可以用雄强有力的臂膀来支援

我们现在这岌岌不稳的地位。   300

诺   再见，好兄弟。我相信我们会走运的。

飞   叔叔，再见。啊，但愿那一天

死伤枕藉的战场就在眼前！   〔同下。

第 二 幕

第 一 场

罗却斯特。某旅店院中。

脚夫甲提灯上。

甲　哎哟！要不是已经早上四点了，你就把我绞死。北斗星都高高地升到新的烟囱上头了，我们的马还没有装好。喂，看马房的！

马夫　（自内）来了，来了！

甲　劳你驾，汤姆，把我的短尾巴马的鞍子拍拍，前头垫　　　　5
上点羊毛；可怜的家伙，脖子后头的皮都擦破了——破得一塌糊涂。

脚夫乙上。

乙　给马吃的豆料潮得什么似的，马吃下去绝对立刻就长虫子。打从前在这儿看马房的那个罗宾一死，这个店简直就不像话了。　　　　10

甲　燕麦涨价之后，他就没过过舒服日子，就是那么死的。

乙　我看在整个去伦敦的道上就是这个店跳蚤最凶，咬得我跟一条鲤鱼似的。

甲　跟一条鲤鱼似的！妈的！打半夜起就咬我，哪个基　　　　15
督教的国王也没挨过像我这样的咬！

乙　哼，他们连把夜壶也不给我们，我们只好往壁炉里撒尿,尿里面长跳蚤就跟泥鳅身上长虫子似的。

甲 喂,看马房的!出来啊!该死的家伙,出来啊,你!

乙 我那块腌肉,还有两捆生姜,得一直送到却林克劳斯! 20

甲 哎呀!我那个柳条篮子里的火鸡都饿坏了。喂,看马房的!死鬼!你头上不长眼睛吗?你是聋子吗?我恨不得把你的头打破,那就跟喝酒似的是一桩天大的功德,不然我就是个混蛋!出来啊,该死的家伙!你怎么一点也靠不住? 25

盖兹山上。

盖 起来啦,大哥,几点钟了?

甲 我看有两点了。

盖 劳驾,把你的灯借我,我到马房里去瞅瞅我的骟马去。

甲 等着,别忙!你这种把戏我不是没有见过,哼! 30

盖 劳驾,把你的借我!

乙 你借得倒容易啊?"把你的灯借我!"说得倒好啊!妈的,等我看你绞死以后再说。

盖 脚夫老兄,你打算多咱到伦敦啊?

乙 到那儿反正得上灯了,这个错不了。(向甲)走吧, 35
莫格斯大哥,我们去把那些客人叫起来,他们带的钱财不少,要找人搭伴一起走! 〔脚夫甲、乙下。

盖 喂,伙计!

伙计 (自内)扒手的话:离你不远。

盖 这就等于店里的伙计说:离你不远。因为你跟扒手 40
的关系就和监工的跟做工的关系一样。你是那个出主意的。

伙计上。

伙计 早上好,盖兹山大爷,我昨天晚上告诉你的一点也不错。有一个从肯脱林子来的小地主,身上带着三百马克的金钱。昨天晚上吃饭的时候我听见他亲 45
口对他的一个同伴讲的;那家伙是一个查账的会

计,也有不少货色,天晓得是些什么。他们已经起来了,正在吆喊着要鸡蛋和黄油,眼看就要上路了。

盖　小子,他们要是不撞见圣尼古拉斯的徒弟,我这根脖子就算送你啦。　　　　　　　　　　　　　50

伙计　我才不要呢!你把他留着给绞刑手吧!我知道你作为一个没信用的坏人信奉圣尼古拉斯倒是非常真诚的。

盖　你干吗对我讲绞刑手呢?我要是绞死,可就给绞架找来一笔大买卖。因为我要是绞死,老约翰爵士也　　　55
得陪我,你知道他可不能说是一个饿得要死的瘦鬼啊。嘿,我们这一伙里还有一些你梦想不到的好汉,为了寻开心,他们也加入了我们这一行,给我们添了不少光彩。万一遭到查问,他们为了自己的名誉,总会设法保全,决不至于出差错。别当我是跟　　　60
那些地痞流氓、打闷棍儿的、吹胡子瞪眼的青面酒鬼们来往的人。跟我来往的全是些富贵闲人和财政人员。他们的嘴是很严的,讲究动家伙不讲究说废话;讲究吆喝不讲究喝酒;讲究喝酒不讲究祈祷。不过,他妈的,这么说也不对,因为他们整天对他们　　　65
的圣神,也就是说对全国人民的腰包祈祷。与其说祈祷,还不如说"骑倒",因为他们专会骑在人民头上,用他们的地位当靴子踩着人民。

伙计　用他们的地位当靴子?这种靴子在泥里走不透水吗?　　　　　　　　　　　　　　　　　　70

盖　不透,不透——王法早就给它上了一层油啦!我们这场抢劫就等于关起门来干,万无一失。我们全有羊齿草的秘方,可以隐身来去。

伙计　别扯啦!我看你们隐身来去不是什么羊齿草的功劳,而是因为有黑夜障眼。　　　　　　　　　75

盖　来,两人拉拉手,我以一个老实人的名誉担保,我们的买卖准有你一份。

伙计	别啦,你要是拿臭贼的地位向我担保,我倒更信得过你。	
盖	咳,算了,拉丁文的 homo,难道不是人类的总称吗?叫那看马房的把我的骗马牵出来。再见,糊涂虫!	80

〔同下。

第 二 场

盖兹山附近公路。
太子、颇因斯及披多上。

颇	快点,藏好,藏好!我把福斯塔夫的马牵走了,他气得说起话来带刺,就跟上了胶的绒布一样。	
太子	藏在这儿。　　　　　　〔诸人退至舞台后方。	

福斯塔夫上。

福	颇因斯!颇因斯!死鬼,颇因斯!	
太子	(出至前方)轻点,大肚子肥猪,瞧你这个嚷嚷劲儿。	5
福	颇因斯上哪儿去了,哈尔?	
太子	他先走到山顶上去了,我去找他。　〔退至后方。	
福	我和这个贼一块来抢劫算是倒运了,这个混蛋把我的马牵走,不知拴在哪儿了。要是拿木匠的尺量量,再让我往前走四尺路,我气就要断了——咳,随他捣蛋吧!只要我把这王八蛋杀了而不上绞刑台,我相信我还是会得到好死的。我老说再也不跟他一块混了,说了有二十二年了;可是这王八蛋就像把我迷住了似的。我敢拿我的性命打赌,这混蛋准给了我什么药儿吃,使得我喜欢他;不可能有别的原因——我准是吃了什么药儿了。颇因斯!哈尔!这两个该死的家伙!巴道甫!披多!我饿死认了,再让我往前走一尺去抢劫,我也不干了。我早就该	10 15

29

改邪归正,跟这些混蛋分家,这就跟喝酒一样,等于做下一桩功德——不然我就是那些红口白牙的瘪三当中最地道的瘪三。八码高低不平的路对我说起来,就等于步行七十里,那些硬心肠的坏蛋们知道得很清楚。真是该死,贼跟贼也不讲信用了。(太子等吹口哨)呼!你们这帮该死的家伙!把我的马给我,你们这帮混蛋,把我的马给我,然后找死去。

太子 　(出至前方)轻点,胖子!趴下来把耳朵贴着地听听,有没有行人的脚步声。

　福 　我趴下来之后你能找一副大杠子再把我抬起来吗?他妈的!下回就是把你爸爸库里所有的钱给我,我也不肯再扛着这一身肉走这么远了!你们捣的是什么鬼,看我好欺负?

太子 　一点也不错,你太好欺负了,所以现在连马都骑不上了。

　福 　劳驾,好哈尔太子,帮我把马找来,你是国王的好儿子。

太子 　去你的,混蛋!我是给你做马夫的吗?

　福 　拿你的太子的袜带去上吊吧!要是我被捕,冲这件事我就反咬一口!看着吧!我要不叫人编些歌儿来骂你们,配着顶下流的调子来唱,愿我喝一杯甜酒就会毒死。开这么大玩笑,害我走这么远!我就恨这个。

盖兹山及巴道甫上。

　盖 　站住!

　福 　我这不是站着吗?你当我乐意哪?

　颇 　这就是我们的眼线,我听得出来他的声音。(与披多同走出前方)有什么信儿?巴道甫?

　巴 　快蒙起来,快蒙起来,戴上面具!有一笔国王的钱下山来了,是运到国王的国库里去的。

福	放屁,混账东西,是运到国王的酒店里去的。
盖	这回我们全可以捞个够了。
福	——够上绞刑台的了。
太子	诸位听着,你们四个人在这条窄道上迎着他们,奈德·颇因斯和我到下面去看守着。要是他们从你们手里逃脱了,他们就会撞上我们。
披	他们有多少人?
盖	有八个十个光景。
福	嗬,他们不会反过来把我们抢了吧?
太子	怎么了,大肚子约翰爵士,胆小了?
福	不错,我是比不了你的祖父约翰·干寿,可是我也不胆小,哈尔。
太子	好,我们等着瞧吧!
颇因斯	贾克伙计,你的马就在篱笆后面,你要骑,就到那儿去找。再见,立定了脚跟。
福	如果我得上绞台,这回我可揍不着他了。
太子	(向颇低语)奈德,我们的伪装在哪儿呢?
颇	(低语)就在那儿,很近,藏起来。 〔太子及颇下。
福	现在,各位兄弟,听天由命,看谁走运;这就是我的话。每个人都要出力啊!
	众旅客上。
旅客甲	来,大哥,让那孩子牵着我们的马下山去吧! 我们不妨走走,让腿活动活动。
诸盗	站住!
众旅客	耶稣保佑我们!
福	揍他们! 开他们! 把这些混账的脖子抹了! 哈,婊子养的寄生虫! 镇天吃肉的坏蛋! 他们一意要跟我们年轻人作对! 开他们! 剥他们的皮!
旅客甲	哎哟,我们可完了,我们的钱财也完了!
福	该绞死的、肚子鼓蓬蓬的王八蛋,你们是完了吗? 还差得远呢,你们这帮肥胖的守财奴! 你们要把

50

55

60

65

70

75

全份家私都带来才好呢。走，肥猪们，走！怎么 | 80
啦，王八蛋？年轻人总要活命的，你们都是些高级
陪审官，是不是？我们这回就审你们一顿瞧瞧。

〔诸盗劫旅客财物，捆绑诸旅客，驱之下。太子
及颇因斯伪装上。

太子 强盗已经把安分的良民给捆起来了。现在只要你
我能再把这帮强盗给抢了，高高兴兴去到伦敦，那
么这回事足可以供我们做一星期的话题，一个月的
笑料，永远是一桩好把戏。 | 85

颇 藏好，我听见他们来了。 〔太子及颇退至后方。
诸盗重上。

福 来，兄弟们，把赃分了，然后趁天没亮就上马走吧。
太子和颇因斯要不是两个地道的尿包，天下就没有
公道的事儿了！那个颇因斯的胆子比一只野鸭子
也大不了多少。 | 90

太子 把钱留下！

颇 混账东西！（诸盗分赃时，太子及颇冲出。诸盗逃
散，福斯塔夫略作招架后亦遗弃赃物逃下。）

太子 得来毫不费力气。让我们快快乐乐地上马吧！这
帮贼全跑散了，吓得胆战心惊，彼此不敢照面，把伙
伴也当成官兵了。走吧，好奈德！福斯塔夫流得那 | 95
一身大汗，跑起路来倒给枯瘦的大地浇上不少油。
要不是看来好笑，我简直也要可怜他了！

颇 听那混账胖子的叫唤劲儿！ 〔同下。

第 三 场

华克渥斯城堡。

飞将军上，读信。

飞 不过，以我自己来说，世兄，我原来是很乐意参加的，

32

因为我和你家有世代深厚的交情。

他很乐意参加,那他干吗不来呢?因为他和我家有世代深厚的交情。从这封信里就可以看出来,他把我们的家看得还不如他家的堆房。让我再往下看看。

你这番举动是危险的。

嘿,那还用说吗?着凉也是危险的;睡觉,喝酒全是危险的。可是让我告诉你,傻大爷,我们就是要从这个危险的荆棘当中摘下安全的花朵。

你这番举动是危险的,你列举的朋友是靠不住的,时机尚未成熟,全盘计划对势力如此雄厚的敌人说来未免订得过于轻率。

你以为这样吗?你以为这样吗?让我再告诉你,你是个浅薄怯懦的蠢货,说的一句真话都没有。怎么会这样没脑筋呢!老天在上,我们的计划是再周密不过的了,我们的朋友全是真诚可靠的。好计划,好朋友,大有可为!非常高明的计划,非常好的朋友。这个混账东西真他妈没有血性!哼,连约克大主教都称赞这个计划和进行的方案哩!妈的,我要是现在在他身边,非得用他太太的扇子把他脑浆敲出来不可。有我父亲、我叔父和我,还不够吗?不是还有爱德门·摩提麦伯爵,约克大主教和欧文·格兰道尔吗?此外不是还有道格拉斯吗?难道他们不是都已经写信给我,说下月九日就兴兵和我相会吗?难道他们不是有的已经起程了吗?真他妈是个邪魔外道的混账,不信神的恶人!哼,你瞧着吧!他这会儿吓得心都凉了,准会跑去把我们的事情全部抖搂出来,告诉国王。哎呀,我真恨不得把身子一分为二,自己把自己狠狠揍一顿!怎么会想起用这样一桩光荣的大事来鼓动这样一个没骨头的家伙!去他的吧!让他去告诉国王好了,我们已经准备停当了。我今晚就出发。

波西夫人上。

喂,凯特! 我在两个钟头之内就要离开你了!

波西夫人 亲爱的丈夫,为什么如此孤独?

我犯了什么过错,两周以来 35

不能够与我的哈利同床共枕?

告诉我,好丈夫,什么剥夺了你的

胃口、欢乐以及酣适的睡眠?

为什么你总把眼睛俯向地面,

独自坐着时,常常惊恐四顾? 40

为什么你的脸上失去了血色,

撇开我对你珍贵的权利,去跟

眼光暗淡的沉思和忧郁做伴?

在你不安的睡眠中我曾守着你,

听到你喃喃讲述着战役、刀兵, 45

对你腾跃的战马呵斥号令,

喊道:"拿出勇气来,冲上去!"你又

说什么出袭、退却、堑壕和营帐,

密布的栅栏、壁垒以及堡墙,

还有各色的大大小小的战炮; 50

说什么俘虏的赎金、战死的士兵,

还有激烈的战斗中种种波折。

你的神魂完全向往于战争,

因此在睡眠里也使你激动不宁,

使你额上经常挂满了汗珠, 55

犹如新被扰乱的河里的泡沫。

从你的脸上也看出奇怪的表情,

就好像突然接到重大的使命时,

一个人紧张屏息的状况! 这些是什么预兆?

我丈夫手头准有重大的事情, 60

我也得知道,不然他就不爱我。

飞 来人啊!

仆人上。

吉廉带着信包走了吗？

仆　大爷，他在一小时以前就走了。

飞　勃特勒把郡将的马匹送来了没有？

仆　有一匹，大爷，他刚刚送来。　　　　　　　　　　65

飞　什么样子的？黑白条，短耳朵，对不对？

仆　正是，大爷！

飞　　　　　　　　马背上取得天下。

我这就骑上试试。啊，希望！
告诉勃特勒把它牵到院子里来。　　〔仆人下。

夫人　你听我说呀，爵爷。　　　　　　　　　　　　70

飞　你要说什么，夫人？

夫人　你为什么这样紧张兴奋？

飞　为了这匹马呀，亲爱的，我这匹马。

夫人　胡说，你这疯疯癫癫的猴子！
我看黄鼠狼也不会像你这样　　　　　　　　　75
充满了暴躁的脾气。说句老实话，
我非要知道你的事不可，哈利。
我看我兄弟摩提麦一定是又想
争他的名分，因此才把你找去
给他的举动作支援。如果你要走——　　　　80

飞　要走得太远，我就会累了，亲爱的。

夫人　讨厌，你这学嘴的鹦鹉，好好地
老老实实地回答我问的问题，
说真的，我会把你的小指头掰断，
如果你不肯对我吐露真情。　　　　　　　　85

飞　去你的，
去你的，捣乱鬼！爱？我才不爱你，
我并不心疼你，凯特。这个世界
不是让我们玩娃娃和拥抱亲嘴的；
我们要鼻子里流血，脑袋上开花，　　　　　90

让大家都闻到香气。天啊,我的马!
你要说什么,凯特? 你要我做什么?

夫人 你不爱我吗? 你真的不爱我吗?
好吧,不爱就不爱;你既然不爱我,
我也就不爱自己了。你不爱我吗?   95
不行,告诉我你说的是不是玩笑。

飞 来,你要看我骑马吗?
等我一跨到马背上,我就将发誓
我爱你没有限度。不过,凯特,
记好以后我不要你总打听我   100
去什么地方或者为什么事由。
我要去哪里,就去哪里。归结一句,
今天晚上我就得离开你,好凯特。
我知道你是明白人,但是再明白,
也不过是我的妻子;你是忠实的,   105
但是总是个女人;至于守秘密,
你是很谨慎的,因为我十分知道
你不会泄露自己不知道的东西。
我对你信任就到此为止,凯特!

夫人 怎么,就到此为止了?   110

飞 一点也不能多。不过,听好,凯特,
我到哪里去,你也准跟到哪里,
今天我出发,明天你也就动身。
这样做行了吧,凯特?

夫人   也只好如此了。 〔同下。

第 四 场

东市。野猪头酒店。
太子上。

太子　奈德,我告诉你,别在那间闷气的屋子里待着了,
　　　出来帮我笑一会儿吧!
　　　颇因斯上。

颇　　你刚才到哪儿去了,哈尔?

太子　跟三四个饭桶在六七十个酒桶中间聊天。我现在
　　　真可以算是把最低下的调子都弹出来了。小伙子, 5
　　　我跟那批酒保拜了把子啦,每个人的小名我都叫得
　　　出:汤姆,狄克,法兰西斯。他们已经在用他们的灵
　　　魂赌咒说,虽然我只不过是威尔士亲王,但是在谦
　　　恭下士这一点上,却有真正国王的风度;同时他们
　　　还老实告诉我说我不是像福斯塔夫那样一个摆臭 10
　　　架子的人,我"够朋友",有骨气,是个好孩子——
　　　上帝在上,他们确是这样叫我的! ——我要是一旦
　　　做了英国国王,东市所有的年轻小伙子一定全会为
　　　我尽力效劳。他们把大口喝酒叫作"上点大红颜
　　　色"。你喝酒要是一口灌不下去,喘一口气,他们 15
　　　就会喊:"嗨,叫你干了。"一句话,我在一刻钟里已
　　　经把门路都精通了,以后一辈子都可以和补锅的聊
　　　天饮酒。我跟你说,奈德,刚才你没有和我在一起,
　　　实在错过了一个可以获得无限荣誉的好机会。可
　　　是,好奈德,为了表示你奈德这名字有多好,我把这 20
　　　价值一便士的糖送你,这是一个倒酒的方才硬塞在
　　　我手里的。他一辈子就只会说这几句话,"八先令
　　　六便士""您来赏光",用尖嗓子再加上一句"来了,
　　　来了,先生""半月房间里甜酒一瓶记账"等诸如此
　　　类的话。不过,奈德,在福斯塔夫没来以前,我们先 25
　　　解个闷儿。请你上旁边那间屋子里待着,等我问问
　　　我那位小酒保,他送我这点糖是什么意思;你就一
　　　个劲儿地叫法兰西斯,让他没法跟我讲别的话,只
　　　能连声答应"来了"。快进去,我给你玩个新鲜把
　　　戏看看! 30

颇	法兰西斯！	
太子	好极了，就这样叫。	
颇	法兰西斯！ 〔下。	
	法兰西斯上。	
法	来了，来了，先生。到石榴房间里去看看，拉尔夫。	
太子	上这儿来，法兰西斯。	35
法	殿下？	
太子	你还得干多少年活啊？	
法	不瞒您说，还得五年，也就等于——	
颇	（自内）法兰西斯！	
法	来了，来了，先生。	40
太子	还得五年！圣母在上，提着锡酒壶叮叮当当地还要待那么久！可是，法兰西斯！你有没有胆子给你的学徒文书来个泄气，拔起两脚，溜之乎也？	
法	哎呀，说真的，殿下，我敢拿英国所有的《圣经》起誓，我心里真恨不得——	45
颇	（自内）法兰西斯！	
法	来了，先生。	
太子	你今年多大了，法兰西斯？	
法	让我看，到迈克耳节，我就——	
颇	（自内）法兰西斯！	50
法	来了，先生。请等一会儿，殿下。	
太子	不，慢着，法兰西斯；你给我的那糖值一便士，对不对？	
法	上帝在上，我但愿它值两便士，好表示我这点儿心。	
太子	为了这点儿糖，我要给你一千镑。随便你什么时候要，都可以立刻得到。	55
颇	（自内）法兰西斯！	
法	来了，来了。	
太子	来了，法兰西斯？现在来可不成，法兰西斯；可是明天来就成了，法兰西斯；要不然，法兰西斯，星期四	60

来也成;要不然,说真的,法兰西斯,随你什么时候来吧。可是,法兰西斯——

法 殿下?

太子 你肯给他亏吃吗?那个身穿皮背心,水晶扣子,头发短短的,玛瑙戒指,酱色袜子,毛绒袜带,快嘴利舌,挂着西班牙式腰包的——

法 上帝在上,殿下,你说的是谁呀?

太子 好,那你就等着卖你的红甜酒吧!因为你知道,法兰西斯,你这身白帆布的紧身衣早晚要葬的。就是在巴巴里,老兄,你也得不到这样好的价钱。

法 什么价钱,殿下?

颇 (自内)法兰西斯!

太子 快点走吧,糊涂虫,你没听见人家在喊你吗?

〔太子及颇两人同时喊酒保,法张皇不知所从。

掌柜上。

掌柜 怎么啦?听见人家这么大呼小叫,你还站着不动吗?进去看看客人。(法下)殿下,老约翰爵士,还有那么六七个人,都在门口哪,让他们进来吗?

太子 让他们等一会儿再开门。(掌柜下)颇因斯!

颇因斯上。

颇 来了,来了,先生。

太子 小伙子,福斯塔夫跟其余的贼都在门口呢!我们开开心好吗?

颇 跟蟋蟀一样开心,我的孩子。不过,我问你,你跟酒保的这场玩笑,有什么巧妙的用意?告诉我,是怎么回事?

太子 打老亚当的时候起,到目前这年青的时代夜里十二点钟为止,一切人们曾经有过的奇奇怪怪的寻开心的念头,我现在算全有了。

法兰西斯上,横过舞台。

几点钟了,法兰西斯?

法　来了,来了,先生。　　　　　　　　　　　　〔下。

太子　这家伙会说的话还不如一只鹦鹉多,可是也算是父
母养的!他干的活就是上楼下楼,他的口才就用来
算账,可是我还赶不上波西,就是北方的那位飞将
军:他吃早饭的时候一口气就杀死那么七八十个苏
格兰人,洗洗手,对他的夫人说:"这种安静生活真
没劲,怎么不给我一点事干?""啊,我亲爱的哈
利,"他的夫人说,"你今儿又杀了多少人啊?""给
我那匹黑白条的马来点麦芽水喝。"他说;然后过
了一个钟头才回答:"有那么十四五个吧,算不了
什么,算不了什么。"请你把福斯塔夫叫进来吧!
我就扮波西,让那个该死的肥猪装他的夫人,摩提
麦小娘子。"来呀!"醉鬼说。叫进瘦牛肉来,叫进
肥油汤来!

福斯塔夫、盖兹山、巴道甫、披多上,法兰西斯持酒随上。

颇　欢迎,贾克,你从哪儿来?

福　愿所有的厌包都他妈的遭瘟,都他妈的不得好死!
真是的,阿门!给我一杯酒,堂倌!我再也不干这
种活了,我还不如去缝袜子,补袜子,上袜底呢!
所有的厌包都他妈的遭瘟!给我一杯酒哇,混蛋。
哪儿找有胆量的人去?

太子　你看见过太阳跟一碟黄油接吻没有?软心肠的黄
油,一听见太阳的花言巧语就融化了?要是你看见
过,你一定认得出眼前的这个混合物。

福　混账东西,这个酒里也掺上石灰水了!坏蛋就做不
出好事来;可是一个厌包比起一杯掺石灰水的酒来
还要坏。死坏的厌包!算了吧,老贾克,不想活就
别活了!这个世界里哪儿还找得到勇气,十足的勇
气?你要是找得到,就算我是他妈的一条肚子瘪了
的青鱼!那么大的英国,现在就找不出三个还没有

90

95

100

105

110

115

40

被绞死的好人来,其中的一个还是胖子,并且上了年纪了。愿上帝照顾一下我们这时代吧!我说这真是一个万恶的世界。我要是个织布的就好了,我可以去唱赞美诗或者随便什么。所有的尿包都他妈的遭瘟,我还是这句话! 120

太子 怎么了,羊毛口袋,你在那儿叨唠什么?

福 你还是国王的儿子哪!我要是拿一把木头小刀不能把你打出国去,把你所有的臣民赶得像野鸭子似的东飞西散,我从此脸上就一根毛也不要了。你,125好一个威尔士亲王!

太子 嘿,你这婊子养的胖家伙,你这是怎么了?

福 你难道不是一个尿包吗?你回答我看看。还有那个颇因斯?

颇 他妈的,你这大肚子肥猪,你要是叫我尿包,拿上帝130起誓,我准捅你一刀子。

福 我叫你尿包?我才不叫你尿包呢,你还是先给我见鬼去吧!可是我情愿付出一千镑来,让你教教我怎么才能跑得像你一样快。你的肩膀倒挺直,所以你才故意转过背来逃跑,好让人家鉴赏鉴赏。你难道135就是这样背着脸给朋友帮忙?愿这种背着脸的帮忙都给我遭瘟吧!我要的是肯面对我的人。给我一杯酒——我今儿要是喝了一口,我就是王八蛋。

太子 哎呀,你这不要脸的家伙,你刚喝的酒,嘴还没擦干呢!140

福 那我也不管。(饮酒)愿所有的尿包都他妈的遭瘟,我还是这句话。

太子 到底是怎么回事?

福 怎么回事?我们这四个人今儿个一早抢了一千镑。

太子 钱在哪儿,贾克,钱在哪儿?145

福 钱在哪儿?早让别人抢去了;足足有一百个人对付我们孤零零的四个。

太子	什么,你说有一百个人?
福	我单独一个就跟他们十几个人短兵相接,打了整整两个钟头。要是有半句假话,我就是个混蛋。我居然能脱身真是件奇事。我的上衣被刺透了八处,裤子被刺透了四处,盾牌上全是窟窿,剑砍得成了锯齿啦。你们看,有实物为证。我长这么大还没有打过这样卖劲的仗,可是还是不成。愿所有的厌包都他妈的遭瘟!你问问他们;他们说的要是有一句过火或是假话,他们就是奴才,就是恶魔的儿子。
太子	好,诸位,请你们说说,是怎么回事?
盖	我们四个拦住了有那么十二三个人——
福	至少有十六个,殿下。
盖	把他们给捆上了。
披	没有,没有,没有把他们捆上。
福	你这混蛋,他们明明是全捆上了,一个也没跑,不然我就是个犹太人,一个地道的希伯来犹太人。
盖	我们刚在分赃的时候,又有六七个向我们冲来——
福	——把那些人松了绑,随后又来了一大堆人。
太子	怎么,你跟他们全都交手了吗?
福	全都交手了?我不知道你说的"全都交手了"是什么意思;可是和我交战的要没有五十个人,我就是一捆萝卜;要没有五十二三个人跟可怜的老贾克一个厮杀,我就不是生着两条腿的人。
太子	上帝啊,你可没把他们弄死几个吧!
福	你这算白祈祷了,有两个让我打得够受的,那两个我看准让我报了账了,两个穿麻布衣裳的家伙。我告诉你,哈尔,要是我说的有半句谎,你就啐我的脸,管我叫畜生。你知道我惯使的招架姿势;我就这么站着,把剑这么挺着。四个穿麻布衣裳的家伙直冲着我来了——太子 怎么,四个?你刚才还说只有两个。

福　　四个,哈尔,我刚才就说四个。

颇　　不错,不错,他是说四个。　　　　　　　　　　　　180

福　　这四个并着排来了,用剑猛劲地刺我,我也不跟他
　　　们找什么麻烦,就用我的盾这么一下,把他们七个
　　　人的剑全挡住了。

太子　七个! 刚才还只有四个呢!

福　　穿麻布衣裳的?　　　　　　　　　　　　　　　185

颇　　是啊,四个穿麻布衣裳的。

福　　明明是七个,凭我的剑柄起誓,不然我就是王八蛋。

太子　不要紧,让他去吧,等会儿还有的多呢!

福　　你听见我说的没有,哈尔?

太子　听见了,并且每个字都记得很清楚,贾克。　　　　190

福　　好,就这样,因为确是值得一听的。我刚才对你说
　　　的那九个穿麻布衣裳的人——

太子　你看是不是? 已经又多两个了。

福　　他们的剑头一断——

颇　　裤子就掉下来了。　　　　　　　　　　　　　　195

福　　——就开始步步退却,可是我紧追不舍,赶到切近,
　　　一转念头把十一个里头的七个全报了账了。

太子　啊,真不像话,从两个穿麻布衣裳的人里生出了十
　　　一个来。

福　　可是,偏倒他妈的鬼运,三个穿肯德尔草绿衣裳的　　200
　　　龟儿子从我背后给我来了一个冷不防;因为那时候
　　　天黑得了不得,哈尔,简直连你自己的手都看不见。

太子　这些谎话,就跟撒谎的人一样,笨重得像一座大山,
　　　很明显,一戳就破。你这一脑子烂泥的家伙,木头
　　　脑壳的傻瓜,婊子养的,下贱的,腥臭的油桶——　　205

福　　怎么,你疯了吗? 你疯了吗? 难道真话不算真话吗?

太子　哼,天要是黑得连你自己的手都看不见,你怎么会
　　　知道那些人穿的是肯德尔草绿衣裳? 来,你把道理
　　　讲讲,你这回有什么话说?

颇	来,讲讲你的道理,贾克,讲讲你的道理。	210
福	什么,硬逼我?他妈的,你就是把我臂膀吊起来,或是用上所有的刑具,我也不让你逼出一句话来。逼人讲道理!就算道理像黑莓子一样到处都是,我也不让任何人逼着我讲出道理来,我才不是那种人呢!	
太子	我懒得再玩这场把戏了。这个满脸热血的�9包,这个压破了床铺、骑折了马背、浑身是肉的家伙——	215
福	他妈的,你这饿死鬼,你这鳝鱼皮,你这干牛舌头,你这公牛鸡巴,你这咸鱼——啊,一口气才说不完你像什么呢!你这裁缝的码尺,你这刀鞘,你这弓袋,你这没人要的倒插的破剑——	220
太子	好,松一口气,然后再骂吧。等你把所有的下流譬喻都说得没得可说的时候,请你听我讲几句话。	
颇	好好听着,贾克。	
太子	我们两人眼看着你们四个人截住了四个客人,把他们捆上、抢走了他们的钱。现在听着吧,老老实实的几句话就叫你坍台了。我们两个又冷不防地扑向你们四个人,连话也不用费,就把你们的赃物全唬到了手。现在这些赃物还在我们手里,不错,就在这店里,可以给你们看。而你呢,福斯塔夫,你捧着肚肠跑起来的那个灵便,那个轻快,叫起饶来的那个惨,那个跑劲,叫劲,听着简直就像一头小牛犊子似的!你还要脸哪?自己把剑砍缺了口,还说是打仗打的!现在你还找得出什么诡计,什么花招儿,什么藏身的窟窿,可以来掩盖你这场公开的众目所见的耻辱吗?	225 230 235
颇	来,让我们听听,贾克,你现在还有什么诡计?	
福	老天爷在上,你们的底细我还有不知道的吗?真是的,请你们评评理,诸位先生,我难道有杀害当今太子的道理吗?我难道应该跟一个真正的王子拼命吗?真是的,你知道我跟赫克里斯一样英勇,可是	240

你得提防本能——连狮子也不敢碰一个真正的王子。本能是一个很了不起的东西——我那种怯懦的行为也是受本能的指挥。我以后这一辈子都要更看重我自己,也要更看重你,因为从这儿就可以看出来,我是一头英勇的狮子,而你是一个真正的王子。可是老天爷在上,孩子们,钱在你们手里,我太高兴了。老板娘,把门上好,今天夜里警醒着点,明天去祷告吧。好汉们,孩子们,弟兄们,心如金石的伙计们,你们真当得起一切朋友义气的称号!怎么样,我们要乐一乐吗?我们来他一出现编的戏吧?

太子 同意,剧情就是形容你怎么跑的。

福 嗳,别来这个啦,哈尔,看在咱们交情面上。

老板娘桂嫂上。

桂 哎呀,耶稣,我的太子爷——

太子 怎么啦,我的老板奶奶!你有什么话要对我说?

桂 啊,殿下,有一个宫里来的贵人在门口要跟你说话。他说是你父亲派他来的。

太子 贵人!给他再添点钱让他更贵一点儿,然后给我母亲送去。

福 那个人什么模样?

桂 是个老头。

福 这么大一把年纪半夜爬起来干吗?我去回他一个话,好吗?

太子 好,请你麻烦一趟,贾克。

福 你看着,我准让他吃不了兜着走。 〔下。

太子 怎么样,诸位?圣母在上,你们打得都够勇猛的。你也够勇猛的,披多;你也够勇猛的,巴道甫。你们也全是狮子,你们是听本能的指挥才跑的,你们不敢碰一个真正的王子;呸,呸!

巴 咳,我看见人家全跑了,我也就跑了。

太子	是啊,现在老老实实地对我讲,福斯塔夫的剑是怎么砍成这样的?	
披	怎么砍成的?他自己用他的短刀砍的。他还说他要一口咬定,哪怕把真话从英国完全撵出去也好,反正非得让你们相信他的剑是在打仗里砍坏的不可;他还叫我们也照他的样儿做。	275
巴	可不是吗?还叫我们拿尖叶草把鼻子捅流血了,往衣裳上抹,然后硬说是那些客人们的血。这种勾当我有七年没干了。他那些不像话的鬼把戏我听起来都直脸红。	280
太子	哎呀,你这不要脸的家伙,你远在十八年前偷了人家一杯酒,让人当场抓住了;打那时候起,你就可以随便装脸红。你火也有,剑也有,可是还是跑了。你这是什么本能?	
巴	(指脸)殿下,你看见这些火花没有?你看见这脸邪气没有?	285
太子	我看见了。	
巴	你说这表示什么?	
太子	火热的肚肠,冰冷的钱袋。	
巴	不是,这表示肝火,殿下。你要是明白的话,就少跟我吵架。	290
太子	哪里!我要是明白的话,更应该送你上绞架。	

福斯塔夫上。

太子	瘦贾克来了,骨头架子来了。怎么样,亲爱的牛皮大王?你有多久没看见自己的膝盖了,贾克?	
福	我自己的膝盖?我跟你那么大的时候,哈尔,我的腰还没有鹰爪那么粗,可以随便钻进任何一个乡长的大拇指环里头去。全是该死的叹气和忧愁搞的,把一个人就像吹气泡似的吹鼓起来了。然而消息很不妙,刚才来的是你父亲派来的约翰·布莱西爵士,叫你一早就上宫里去。北边那个疯家伙,波西,	295
		300

还有那个威尔士人——就是把亚马蒙揍了一顿,让琉西弗当了王八,凭一支威尔士画戟,让魔鬼对他宣誓尽忠的——见鬼,那家伙叫什么来着?

颇　欧文·格兰道尔。

福　欧文,欧文,就是他。还有他的女婿摩提麦,还有老诺桑伯尔兰,还有那个身手灵便、数一数二的苏格兰人道格拉斯,就是他,笔直的山可以跑马上去。 305

太子　就是他,在鞭马飞奔的时候,还能一枪打死一只飞着的麻雀。

福　让你说着了。 310

太子　我虽然说着,他可没打着那麻雀。

福　不管怎么着,那家伙可是有胆量的,他绝不会跑。

太子　哎,那你这家伙为什么刚才还一个劲儿称赞他会跑!

福　会跑马,你这布谷鸟,可是步战起来他绝对一步也不退。 315

太子　他也会退的,贾克,要是本能叫他退。

福　我承认,除非本能叫他退。是啊,还有他,还有一个墨台克,另外还有一千个戴蓝帽子的苏格兰人。吴斯特在今天晚上已经悄悄溜走了。听见这消息,你父亲的胡子全变白了。现在你要是买地可上算,便宜得跟臭青鱼一样。 320

太子　哦,那么要是今年赶上个热六月,并且这场内战还继续下去的话,我们很可能可以像人家买钉子似的买大闺女,一百一百的。 325

福　有的,孩子,你说得对极了,很可能我们有一笔好买卖可做。可是,哈尔,告诉我,你是不是怕得要死?你是当今太子,世界上哪儿还找得出像这样的三个敌人啊?一个妖精道格拉斯,一个鬼怪波西,再加上一个恶魔格兰道尔?你是不是怕得要死?你是不是想起来就毛骨悚然? 330

太子　说老实话，一点也不，我没有你那种本能。

福　可是你明天见到你父亲一定会被骂得要死。看你我交情的分上，赶快练习练习怎么回答吧！

太子　你就当我父亲，来查问一下我的生活情况好了。　335

福　我吗？成。这把椅子就作为我的宝座，这把短刀就作为我的御杖，这个垫子就作为我的王冠。

太子　你的宝座原来是一条板凳，你的黄金御杖原来是一把铅刀，你的珍贵的王冠原来是一个寒碜的秃顶！

福　好吧，只要你还有一丝一毫人心的话，这回就保你　340
会受感动。给我一杯酒喝，让我眼圈发红，这样人家就会当我刚刚哭过来着——因为我说话得带感情，我就用"堪拜西王"的那种调调儿。

太子　好，我这边有礼了。

福　我这边开言了。文武大臣两厢站好。　345

桂　哎呀，耶稣，这把戏倒怪好玩的。

福　别哭了，王后，因为流泪是徒然的。

桂　天父在上，你看他那神气样子！

福　贤卿们，护送我悲哀的王后回宫，因为泪已经堵住她双眸的水门。　350

桂　哎呀，耶稣，他演起来真就跟我看见过的那些下三烂的戏子一式一样！

福　别吵，我的大肚子酒壶；别吵，我的老白干！哈利，我不仅奇怪你在哪里消磨你的光阴，也想知道你和什么人结伴来往。因为虽然紫菀草越被人践踏　355
生长得越快，而青春却越是浪费则越容易衰谢。你是我的儿子，这点一方面有你母亲的话，一方面我自己也是如此想，可是主要的还是你眼睛带出的那种鬼样，和你下嘴唇垂下来的一股傻气，给我以保证。如果你果真是我的儿子的话，问题就来　360
了：为什么做了我的儿子，你还要成为人们指点私语的对象呢？天上的大好太阳难道要变成个淘气逃学的孩子,整天吃黑莓子吗?这个问题不像话。英国的堂堂太子难道要变成个贼,净抢人家的钱吗?这个问题有道理。有这样一件东西,哈利,是你常常听见说起的;我们这国家里的许多人也全知道;这东西人称之为沥青。这个沥青,据古代作家说,专能沾染人。你的那帮伙伴也是同样。哈利,我现在跟你说话不是醉醺醺的,而是泪汪汪的;不是开心,而是伤心;不仅仅是三言两语,而是含着千悲万苦。不过在你的伙伴当中,我常常注意到有一个好人;我就是不知道他的名字。

太子　请容我斗胆问陛下,他是怎样的一个人?

福　很威风、很魁梧的一个人,不错,肥肥胖胖的,神色愉快,两眼有神,一举一动都带着很高贵的气派。照我想,他的年岁怕有五十多了,说不定,圣母在上,靠近六十了。哦,我现在记起来了,他名叫福斯塔夫。如果这个人行为不端,那我可真算看错了人了;因为,哈利,我从他的模样上就可以看出他是个正人君子。既然看果子就可以知道树,正像看树就可以知道果子一样,那么我就要断然地说,这个福斯塔夫是有德行的。留着他,其余的人全都驱逐掉吧。好啦,你这没出息的坏蛋,告诉我,你一个月以来都上哪儿去了?

太子　你说的这些话哪像个国王啊?你来做我,我演我的父亲。

福　怎么着?把我废了?你说的话和说话的神气要是有我那么一半庄严,那么一半带着君王的风度,我这个骑士就不要了,听凭你把我提着脚后跟倒悬起来,跟一只吃奶的兔子或是跟卖鸡鸭的门口挂着的野猫似的。

太子　好吧,我坐好了。

福　我也站好了。诸位,请你们评一评。

太子　哈利,你从哪里来?

福	从东市来,陛下。	
太子	我听到的关于你的风言风语是很严重的。	395
福	他妈的,陛下,那全是没有的事。(旁白)瞧着吧,我装这个年轻王子准保让你心花怒放。	
太子	怎么,你开口就骂,没良心的孩子?从今以后,休想再来见我。你已经被大大地引入了歧途;有一个魔鬼变作一个肥胖的老人模样,正在纠缠着你;有一个大酒桶似的人正在伴随着你。你为什么要结交这样一个充满了毛病的箱笼、只剩下兽性的面柜、水肿的脓包、庞大的酒囊、塞满了肠胃的衣袋、烤好了的曼宁垂肥牛、肚子里还塞着腊肠、道貌岸然的邪神、头发斑白的罪恶、年老的魔星、高龄的荒唐鬼?除了尝酒喝酒之外,他还有什么擅长?除了切鸡吃鸡之外,还能做什么干净利落的事?除了捣鬼,还有什么能耐?除了作恶,还捣什么别的鬼?要讲作恶,何恶不作?要讲为善,何善可言?	400 405
福	我希望陛下给我更多的指点。陛下指的是谁?	410
太子	那个邪恶的、深堪痛恨的、败坏青年的混账,福斯塔夫,那个白胡子的撒旦。	
福	主上,这个人我是知道的。	
太子	我晓得你是知道的。	
福	可是要我说我知道他的坏处比我自己的多,那就等于没有凭据地瞎说。他确是老了,这是分外可惜的事,他的白头发也可以作见证;可是要说他是个色鬼,请陛下恕我直言,这点我是要断然否认的。如果酒里加糖是个过错,愿上帝帮助恶人;如果年老了寻寻开心是一桩罪恶,我知道有许多老先生就注定要下地狱了。如果胖了就要遭人憎恨,那么法老王的瘦牛反倒应该受人爱慕了。不,不,圣明的主上,披多可以驱逐,巴道甫可以驱逐,颇因斯可以驱逐,可是可爱的贾克·福斯塔夫,仁慈的贾克·福	415 420

斯塔夫,真诚的贾克·福斯塔夫,勇敢的贾克·福　450
斯塔夫;他的勇敢尤其是难能可贵,因为他已经是
年老的贾克·福斯塔夫,千万不要把他从你的哈利
身边驱逐走,千万不要把他从你的哈利身边驱逐
走;要驱逐走胖贾克,就把全世界都驱逐走吧。

太子　不错,我一定就这样办。　430

　　　〔敲门声。桂嫂、法兰西斯及巴道甫下。巴道甫
　　疾奔重上。

巴　哎哟,殿下,殿下,郡将带着好大一队巡捕,已经到
了门口外面了!

福　滚开,混账!把这个戏演完了,我还有好些话要替
那个福斯塔夫说呢!

桂嫂上。

桂　哎哟,耶稣,殿下,殿下……　435

太子　嗨,嗨,魔鬼也骑着琴弓子来了。什么事大惊小
怪的?

桂　郡将跟所有的巡捕都在门口哪!他们要来搜这房
子。我要不要让他们进来?

福　你听见没有,哈尔?千万不要把一块真金当作冒　440
牌。你自己就是个地道的疯子,虽然表面上看不
出来。

太子　你就是个天生的�9包,没有什么本能不本能。

福　我拒绝接受你的结论。你如果也拒绝接受郡将,那
就没得说的了。如果不,就让他进来好了。我在囚　445
车上要是摆不出像别人那样的好汉气概,还称得起
什么世家子弟呢?我看拿绞索把我勒死,只有比别
人更顺当一点。

太子　去藏在那帘幕后面,你们其余这些人都上楼去。现
在,诸位先生,拿出正直的脸色和干净的良心来。　450

福　这两件东西我以前倒是都有,可是租期早满了。所
以我还是藏了吧。

〔福藏幕后,除太子及颇因斯外均下。

太子　叫进郡将来——

郡将及脚夫上。

　　　你找我有何见教,郡将大人?

　郡　首先请殿下原谅我。我们在追捕　　　　　455
　　　某些犯人时,跟踪到这家店铺。

太子　什么犯人?

　郡　其中有一个,殿下,是众人熟悉的,
　　　又肥又胖。

脚夫　肥得像黄油。　　　　　　　　　　　　　460

太子　我可以确实说那个人不在这里,
　　　因为我目前正叫他做些别的事。
　　　再者,郡将,我可以向你担保,
　　　明天吃午饭时候,我一定派他去
　　　见你或者任何人,为了任何　　　　　　465
　　　他被控诉的事情进行辩解。
　　　好吧,现在请你就离开这里吧!

　郡　遵命,殿下。在这场抢劫的案件里
　　　有两位绅士损失了三百马克。

太子　这也是可能的;如果真是他抢的,　　　470
　　　他一定要负责任。好吧,再见。

　郡　夜安,殿下。

太子　我看应该是早安了,你说对不对?

　郡　实在的,殿下,我看总有两点了。　〔郡将及脚夫下。

太子　这滑头家伙就跟圣保罗一样,人人都知道,去把他　　475
　　　找来。

　颇　福斯塔夫!(揭开帘幕)他在帘幕后头睡着了,打呼
　　　就跟一匹马似的!

太子　你听他喘气的那个凶劲。搜搜他的口袋看。(颇搜
　　　福口袋,得若干纸片)找着什么了?　　　　　　480

　颇　就有些碎纸片,殿下。

太子	看看上面说什么,读给我听。	
颇	烧鸡一只	二先令二便士
	酱油	四便士
	甜酒两加仑	五先令八便士
	晚餐后的鱼和酒	二先令六便士
	面包	半便士

太子 哎呀,真是骇人听闻!仅仅半便士的面包就灌了这么多得要死的酒!把其余的收藏好了,等有工夫再细细看。让他在那儿睡到天亮吧。我早上要进宫去;我们都得去打仗了,你也可以得到一个体面的职位。我要给这个混账胖子一队步兵带;我知道二百多码的行军就会要他的命。那笔钱我们得归还,额外还得找补点利钱。一早就来见我;好吧,待会见,颇因斯。

颇 待会见,殿下。　　　　　　　　　　〔同下。

485

490

495

第 三 幕

第 一 场

威尔士。格兰道尔的城堡。

飞将军、吴斯特、摩提麦及格兰道尔上。

摩　这些诺言很不错,同盟者都可靠,
　　我们的序幕充满了成功的希望。

飞　摩提麦爵士,格兰道尔姻丈,请你们坐下。还有吴
　　斯特叔父——哎呀,真遭殃,我把地图忘掉了。

格　不要紧,在这里。　　　　　　　　　　　　　　5
　　请坐,波西贤侄,请坐,飞将军;
　　因为兰开斯脱只要嘴里一提起
　　你这个绰号,脸上就变得死白,
　　长叹一口气,盼望你早归天国。

飞　同样,他听见人说起欧文·格兰道尔,也盼望你早　10
　　下地狱。

格　这倒不怪他,在我降生的时候,
　　天空布满了无数燃烧的形体,
　　无数辉煌的灯笼;我出世的时候,
　　大地的整个身躯,庞大的基座,　　　　　　　15
　　像一个懦夫似的颤抖。

飞　这算得了什么;如果那时候你妈妈的猫下了一窝小
　　猫,而你根本没生的话,情形也会是同样。

54

格　　我说我降生的那天,大地都颤抖了。

飞　　那我说大地就跟我看法不一样, 20
　　　如果你认为它是怕你而颤抖。

格　　天空都烧得通红,大地也震动。

飞　　啊,大地的震动正是因为看见
　　　天空在燃烧,而不是怕你降生。
　　　患病的大自然往往会一阵一阵 25
　　　有各种奇异的暴发。怀孕的大地
　　　常因为肚子里蕴藏着作怪的邪气,
　　　感到像害疝气一样刺痛苦恼。
　　　这股邪气因为要努力冒出来,
　　　把大地老娘摇动着,震塌了尖塔 30
　　　和长满苔藓的高楼。你出世那天,
　　　我们的大地婆婆正害这种病,
　　　才痛苦得一个劲儿震动。

格　　　　　　　　　　　　老侄,别人
　　　要如此触犯我,我决不忍受。请让我
　　　再一次明白地告诉你,我降生的时候, 35
　　　天空布满了无数燃烧的形体,
　　　山羊从山上奔下来,恐惧的田野里,
　　　牛群发出各种奇怪的嚎声。
　　　这些迹象都说明我是个奇人,
　　　再有,我一生的途径也足以显示 40
　　　我不隶属于一般庸人的行列。
　　　在这喋喋不休地烦扰着英格兰、
　　　苏格兰和威尔士的大海环抱当中,
　　　有谁能叫我徒弟,教过我念书?
　　　或者随便你找哪个妇人的儿子, 45
　　　看他在艰深的学术里能否追随我,
　　　或者在神奇的实验上并驾齐驱?

飞　　至少在说叽叽唠唠的威尔士话上,你得属第一。

　　　　我要吃饭去了。

摩　　别说了,姐夫,你要把他惹恼了。　　　　　　　50

格　　我能从幽深的地界里呼召鬼魂。

飞　　我也能呼召,任何人都能呼召——
　　　　可是你呼召,他们会不会来呢?

格　　我还能教你,贤侄,指挥魔鬼。

飞　　我也能教你,姻丈,羞辱魔鬼,　　　　　　　55
　　　　只要说真话。用真话羞辱魔鬼。
　　　　你若能呼唤他,把他带到这儿来,
　　　　我发誓我也能把他羞辱得逃走。
　　　　永远记住:用真话羞辱魔鬼。

摩　　好了,好了,别作无谓的争论。　　　　　　　60

格　　亨利·波陵布鲁克曾接连三次
　　　　以大军袭击我;接连三次我叫他
　　　　从卫河与铺满沙砾的塞汶河岸上,
　　　　顶着恶劣的天气弃甲而归。

飞　　弃甲而归?又赶上糟糕的天气?　　　　　　　65
　　　　魔鬼知道,他怎么没害寒病呢?

格　　来吧,地图在这里,让我们按照
　　　　应得的权利分成三份,好不好?

摩　　副主教已经做好了这桩工作,
　　　　清楚地划分为三个均等的地区。　　　　　　70
　　　　英格兰,从川特一直到塞汶这里,
　　　　往南,往东,都划归我的属下。
　　　　往西的全部,塞汶河彼岸的威尔士,
　　　　以及在界限内全部肥沃的土地,
　　　　都属于格兰道尔。至于你呢,姐夫,　　　　75
　　　　得到川特河北面其余的土地。
　　　　我们的三角盟书已经拟成,
　　　　等我们每个人相互把印信盖好——
　　　　这桩事今天夜里就应该办完——

明天,波西姐夫,你和我两个人 80
还有亲爱的吴斯特伯爵就出发
到舒斯伯利,按照原定的计划
去会见你父亲以及苏格兰军队。
我岳父格兰道尔目前还没有准备好,
我们在两周内也无须他的帮助。 85
(向格)在这时期里你大概可以召集
你的佃户、朋友和附近的人士吧?

格　用不了这么久,我就能跟你们会合,
护送着你们的妻子一同前来。
现在最好不告别,悄悄地离去, 90
不然你们跟妻子分手的时候
免不了又要挥洒无尽的眼泪。

飞　我觉得我这一部分,从勃登以北,
讲起大小来赶不上你们的地区。
看这条河流曲曲折折地进来, 95
平白从我最好的土地当中
割掉整个半月形,老大的一块。
我打算在这个地方把水流挡住,
好让安详银色的川特河从这里
取一条新道,径直的,不再迂回。 100
我不能让它拐这样一个大弯,
夺去我这片如此丰沃的低地。

格　不让它拐弯?要拐弯。它事实上在拐弯。

摩　是啊,不过
你看它流的趋势,在另一方面 105
也使我蒙受同样程度的损失;
把河的对岸截下来也有这么多,
不亚于那方面你所失掉的面积。

吴　是啊,可是花点钱从这里导开它,
就可以在北岸添上这一角土地, 110

57

那样河流就径直了。

飞　我就这样办，花点钱就可以办到。

格　我不能同意这样改。

飞　　　　　　　你不同意？

格　是的，你不能这样改。

飞　　　　　　　谁说我不能？

格　就是我，我说你不能。　　　　　　　　　　　　　115

飞　那么不要让我听懂你的话，你用威尔士话说吧。

格　我能说英语，阁下，和你一样好，
　　因为我曾在英国宫廷里长大；
　　那时候我还年轻，就制作了许多
　　配竖琴唱的美妙的英文歌曲，　　　　　　　　120
　　给英语增加了一些有用的装饰。
　　你似乎还不曾表现出这种本事来。

飞　嘿！
　　我从心里说我正要谢天谢地。
　　我宁可变一只小猫，只会叫喵喵，　　　　　　　125
　　也不愿成为一板一眼的卖唱的——
　　我宁可听人旋一支黄铜的蜡扦，
　　听一个干涩的轮子和轮轴摩擦，
　　这些声音不管是怎么刺耳，
　　都远赶不上扭捏吞吐的诗歌——　　　　　　　130
　　那就像一匹懒驹子，踢一下走一步。

格　好吧，随你怎么改动川特的河道吧！

飞　我其实不在乎。甚至三倍的土地，
　　我都肯白送给值得敬爱的朋友。
　　可是要讨价还价，你最好注意，　　　　　　　135
　　我就在一丝一发上也要计较。
　　盟书写定了没有？我们该走了吧？

格　月亮很好，你们可以夜里走。
　　等我去催催文书，并且通知

你们的妻子你们要动身的消息。　　　　　　140
我生怕我的女儿会发起疯来，
她是这样的疼爱她的摩提麦。　　　〔下。

摩　你真是，姐夫，专跟我岳父顶撞！

飞　我实在忍不住。有时候他让我发火，
不停地对我讲什么田鼠和蚂蚁，　　　　145
讲什么做梦的梅林和他的预言，
一头恶龙，一条没有鳍的鱼，
剪去翅膀的怪兽，脱毛的乌鸦，
蹲伏的狮子，两腿站立的狸猫，
还有一大堆没头没脑的扯淡，　　　　　150
简直要让我背弃宗教。告诉你，
昨晚上他跟我缠了至少九小时，
一一地列举那些服侍他的
魔鬼的名字。我说"哼，真的吗？"
其实什么也没听见。他让人厌烦，　　　155
就像困乏的马，或长舌的妻子，
比烟熏的房子还闷气。我宁可一个人
住在风车里吃干酪大蒜，也不肯
待在基督教国家的任何别墅里，
吃山珍海味，——一面要听他讲话。　　160

摩　老实讲，他这人确是值得敬仰，
学问异常渊博，此外还通晓
神奇的道术，像狮子一样勇猛，
然而又十分和蔼，慷慨好施
如同印度的宝矿。听我说，姐夫，　　　165
他总算特别尊重你的脾气；
你触犯他的时候，他总是竭力
克制他暴烈的天性，这绝对不骗你。
我可以对你说，再没有第二个人
能像你那么招惹他而不尝受到　　　　　170

一定的危险以及痛骂的滋味；
但是你也别老这样，让我请求你。

吴　老实讲，爵爷，你的任性也够瞧的，
　　自从你到这儿以来，真做了不少
　　让他几乎忍无可忍的事情。　　　　　　　　175
　　你应该学会改正这个缺点。
　　尽管有时候它表现高贵和勇气——
　　这些正是它给你带来的美德——
　　但时常它也意味着粗暴的怒火，
　　礼貌的欠缺，不能够自我控制，　　　　　180
　　骄慢，高傲，一意孤行和轻蔑。
　　这些毛病贵人若沾染上一点，
　　就会把人心失去，在所有其他的
　　良好品质上留下一个污迹，
　　使它们不能得到应有的称赞。　　　　　　185

飞　好，领教了，愿礼貌给你们好运！
　　我们的妻子来了，让我们告别吧！

　　　　　格兰道尔率摩提麦夫人及波西夫人上。

摩　这是最让我痛心难过的事情，
　　我妻子不会说英国话，我不会威尔士话。

格　我女儿直哭，她不愿和你分离，　　　　　190
　　她也要做一个战士，前去打仗。

摩　好岳父，告诉她和我波西姑母
　　很快就会由你护送着跟来。

　　　〔格用威尔士语向摩夫人谈话，摩夫人亦以威尔
　　士语作答。

格　她还是闹得要死，这个别扭死心眼的丫头，什么劝
　　说都没有用处。　　　　　〔摩夫人向摩说威尔士语。　　195

摩　我了解你的眼色。也很熟悉
　　从你的两眼——落雨的青空里涌出的
　　美妙的威尔士语言；若不是怕笑话，

60

我几乎也想用同样语言回答。〔摩夫人复说威尔士语。

我了解你的亲吻,你了解我的, 200

这点上我们仍然有热情的交流;

但是,爱人,直到学会了你的话,

我绝不让我的学业荒废,因为

威尔士话在你嘴里正像一个

美貌的王后,拨着弦,歌喉婉转, 205

在夏日园亭里唱出的新丽的词曲。

格　别这样,你如果软化,她就要发疯了。

〔摩夫人复说威尔士语。

摩　唉,对这些话我是地道的愚昧。

格　她要让你在柔嫩的芦苇上卧倒,

把头亲昵地枕在她的膝上; 210

她将为你唱那支你喜爱的歌,

在你眼皮上宣布睡眠的权力,

让舒适迷离的感觉侵入你血液,

使你陷入半睡半醒的状态,

正像清晨和黑夜衔接的一刻, 215

天空笼辔的马车还没有从东方

开始他每日一周的金色的行程。

摩　我非常乐意坐下来,听她歌唱;

等一会儿,我想,盟书可能也写好了。

格　请坐下。 220

现在离这里千里之外的空中

飘浮着将要为你演奏的乐师,

他们立刻会来到;坐下,仔细听。

飞　来,凯特,你对躺下是在行的,

来,快点,快点,我也要把头枕在你膝上。 225

波夫人　一边去,你这呆鹅! 〔乐声。

飞　果然不错,魔鬼懂得威尔士话。

这并不稀奇,他脾气本来就古怪;

圣母在上,他倒弹奏得蛮好听。

波夫人	那么说来你也应该精通音乐了,因为你就是完全听	230
	你那份古怪脾气驱使的。好好躺着,讨厌鬼,听夫	
	人唱威尔士歌。	
飞	我宁可听"夫人"——我那条母狗,用爱尔兰调子	
	汪汪地叫。	
波夫人	你要我敲破你脑袋,是不是?	235
飞	不是。	
波夫人	那就别响。	
飞	那也不行,不声不响是女人的短处。	
波夫人	算了,我没办法,愿上帝帮助你。	
飞	——去到威尔士夫人的床上。	240
波夫人	什么? 你说什么?	
飞	别出声,她唱了。　　　　　　〔摩夫人唱威尔士歌曲。	
飞	来,凯特,我也要你唱个歌。	
波夫人	我不唱,说真的。	
飞	你不唱,说真的! 心肝,你这些口头语就跟一个糖	245
	果商的妻子一样:"你不来,说真的!"什么"拿我的	
	命起誓",什么"要不然,上帝就不管我的灵魂",什	
	么"天日为证"——	
	用这些软绵绵的话赌咒起誓,	
	就好像你从来没有离开过芬斯伯利。	250
	你起誓,凯特,也应该像一个夫人,	
	响亮地破口而出,把什么"说真的"	
	以及其他酥麻的口头语留给	
	花绒绳边的,星期天游逛的市民们。	
	来,唱一个。	255
波夫人	我才不唱呢!	
飞	不唱也好,再唱就跟裁缝或者教知更鸟的差不多	
	了。如果盟书写好了,我两个钟头之内就动身。	
	随你什么时候进来吧。　　　　　　　　〔下。	

格	来吧,摩提麦爵爷! 波西爵爷	260
	越是火急想动身,你越是慢性子。	
	我们的文件写好了,就等着盖印,	
	然后立刻该上马了。	
摩	好吧,遵命。 〔同下。	

第 二 场

伦敦。王官。

亨利王、太子及诸大臣上。

王	诸位,请暂时退开;威尔士亲王	
	和我要谈论些事情;但不要走远,	
	因为不久我还要会见你们。 〔诸臣下。	
	我也不知道这是否上帝的意旨,	
	由于我某一些行为把他触怒了,	5
	因此才暗中注定让我的亲骨肉	
	变成谴责我的工具和我的冤家。	
	的确,从你日常的行动看来,	
	我不能不相信生了你专门是为了	
	作为炽热的报复,上天的鞭挞,	10
	来责罚我的过失。要不然,告诉我,	
	为什么如此放纵而卑贱的欲望,	
	如此低下荒唐的可鄙的作为,	
	如此无聊的寻乐,粗俗的伴侣,	
	能和你纠缠在一起,形影不离?	15
	你是个出身尊贵的王子,这一切	
	与你的血统和度量如何能相称?	
太子	请陛下恕我,但愿我能为一切	
	错误的作为都找到清晰的辩解!	
	虽然我毫不怀疑,有许多罪名	20

加在我身上我是能洗刷干净的，
然而我还想请求一定的宽容，
等我证实了有些流言是捏造的——
因为有一帮胁肩谄笑的谗幸，
惯会在大人物耳旁搬弄是非——　　　　　　　　　25
我希望其余那些真实的过错，
出于少年的荒唐和不受管束，
能借我真诚的服罪得到原谅。

王　上帝原谅你！不过，哈利，我还是
不了解你的脾气为什么和你　　　　　　　　　　30
所有的祖先们奋飞的方式都不同。
你已经胡闹得丢掉了枢密院的地位，
现在不得不让你的弟弟来代理。
整个宫廷和与我同族的公侯们
感情上都已经对你开始生疏。　　　　　　　　　35
当年大家对你的预卜和期望
早都毁灭了，每个人灵魂深处
都在预言和测度你的倾覆。
假使我当初也这样不自珍惜，
这样在众人眼面前抛头露面，　　　　　　　　　40
这样和下流的朋党称兄道弟，
那曾经帮助我获得王冠的舆论，
一定会继续忠实于原来的国王，
我也就只好在流放里，默默无闻，
做一个无足轻重的平凡的家伙。　　　　　　　　45
正因为很少让他们瞧见，因此
我一举一动都像是惊人的彗星；
有人对自己的孩子说："这就是他！"
有人说："在哪里？哪个是波陵布鲁克？"
我于是又仿效天道的大公无私，　　　　　　　　50
用谦恭下士的表情装扮自己，

64

所以能当着加冕的国王面前，
公然从臣民心里取得悦服，
从他们嘴里取得欢呼和敬礼。
我这样使自己永远保持新鲜，　　　　　　　　　　55
使自己像是大主教的典礼道袍，
一看见就使人惊诧。在稀少的场合，
我盛服出现，像一个节日的宴会，
由于难得而赢取分外的尊严。
那轻佻的国王，整天游来荡去，　　　　　　　　　60
伴随着浅薄的弄人和一帮虚浮的
小器易盈的才子们；自贬身价，
跟抓耳搔腮的傻瓜们鬼混在一起，
把伟大的御名任他们糟践戏弄，
不顾自己的声誉，反倒欢笑着，　　　　　　　　　65
听那些孩子们放肆，你来我往地
和乳臭未干无聊的家伙们斗嘴，
成天在普通的街道上流连忘返，
恨不得把自己整个出卖给人民。
结果呢，经常在众目所视之下，　　　　　　　　　70
他变成了蜜糖，人吃得太多了，反倒
憎恶那一股甜味；本来没多少，
再加上一点，人们已经就嫌多了。
所以等到他让人看见的时候，
他不过好像是六月里来到的布谷鸟，　　　　　　　75
听到，而不受人重视；看到，但眼睛
对习见无奇的事物已经迟钝了，
拿不出什么异于寻常的凝视来；
不能充满了惊异，像瞻仰君王
轻易不显露的炫目的光辉一样；　　　　　　　　　80
相反地，却无精打采，耷拉着眼皮，
当他面睡起大觉来；不然面孔上

也显得悻悻不快,仿佛看见
一个看够了不想再看的仇人。
你现在,哈利,走的恰恰是这条路; 85
和一帮下流人来往,你已经失去了
一个王子的身份。一切人的眼睛
看到你这副模样都感觉厌倦,
只有我这双眼睛还想多见见你;
而现在,不管我如何不情愿流泪, 90
痴情仍然使得我两眼昏花。

太子 最仁慈不过的父王,我今后一定
改过自新。

王 　　　　　不论从哪一方面,
你一贯的表现都好像当年的李查,
当我从法国回来在莱文斯波登岸; 95
当年的我呢,就是今日的波西。
凭我的御杖和我的灵魂起誓,
你不定能不能继承这空虚的王位,
他倒是真有资格掌握国权。
因为用不着真正或假借的名义, 100
他能使国内的战场充满了甲兵,
无畏地一直向狮子口吻里进军;
论起年岁来,他与你并不相上下,
已经就率领年老的贵爵和主教,
披甲持兵,掀起流血的战争。 105
在和无人不知的道格拉斯作战中,
他得到何等永垂不朽的光荣!
说起道格拉斯,他的煊赫的战绩,
他冲锋陷阵的本领,英勇的名声,
在一切信奉基督的国土当中, 110
所有的武士都得要推他居首。
而这位飞将军,未离襁褓的战神,

幼年的斗士,在接连三次交锋里,

打败了勇猛的道格拉斯,擒住他一次,

又把他放了,和他结成朋友,   115

为了进一步表示他悍然的意图,

并且摇撼这王座的平静与安全。

你看这怎么办?波西,诺桑伯尔兰,

约克大主教,道格拉斯,还有摩提麦,

合起来与我对抗,已经开始了。   120

可是我为什么要对你讲这些消息呢?

为什么我要告诉你我的仇敌?

我最亲近可恨的敌人就是你。

说不定你会由于臣仆的恐惧,

卑下的愿望或者小愤的刺激,   125

叫波西收买过去,对我作战,

跟在他背后,看颜色,作揖打躬,

好说明你已经堕落到何等地步。

太子　不要这样想,事情绝不会如此,

　　　愿上帝饶恕那些把陛下对我的   130

　　　恩情离间到这样地步的人们!

　　　我将在波西头上赎回这一切,

　　　在一个灿烂的日子结束的时候,

　　　大胆地对你说我真是你的儿子;

　　　那时我浑身的披挂将染满鲜血,   135

　　　我的脸也将涂上殷红的脸谱,

　　　让我的耻辱随着它一同洗掉!

　　　那一天,不管它在什么时候到来,

　　　这位远近知名的荣誉的化身,

　　　英勇的飞将军,众口交赞的武士,   140

　　　将和你微不足道的哈利相逢。

　　　目前装点着他的战盔的光荣,

　　　但愿是不计其数的;在我的头上,

但愿有双倍的耻辱！因为到时候
我将要逼使这位北方的少年　　　　　　　　　145
用他的勋绩和我的恶名交换。
波西不过是,陛下,我的代理人,
为着我拼命地积累光荣的事迹;
等我叫他把账目完全报清,
他就得老实地缴出每一点荣誉,　　　　　　　150
连最微细的钦佩也不能除外,
不然我就要挖他的心来算账。
凭上帝的名义,这点我一定要做到,
只要是他的意旨允许我如此。
我请求父王陛下用它来医治　　　　　　　　　155
我放荡的行为长年留下的创伤,
若不然,死亡是一切约束的解脱,
我宁愿遭遇十万次死亡,也不肯
把这誓言的最小一部分破坏。

王　你的话就等于十万个叛徒的死亡,　　　　　160
　　你将要得到信任和统帅的地位。

　　　布伦上。

　　怎么样,布伦? 你一副紧急的样子!

布　我要来报告的事情的确是紧急的。
　　苏格兰的摩提麦伯爵已经送信来,
　　说道格拉斯以及英国的叛徒们　　　　　　　165
　　本月十一日在舒斯伯利会师,
　　如果各方面都能如约履行,
　　合起来力量会十分浩大而可怕,
　　历来叛徒的声势很少能如此。

王　魏斯摩尔兰伯爵是今天出发的,　　　　　　170
　　我儿子约翰·兰开斯脱和他在一起,
　　因为五天前这消息已经传到了。
　　下一个星期三,哈利,你就该启程,

星期四我也要动身。会合的地方
是布利治诺斯。哈利,你可以取道 175
格劳斯特郡。如果按这样计算,
包括准备的时间,十二天以后,
全军可能在布利治诺斯聚齐。
快点走吧,有很多事情要做,
迟延就会把有利的机会错过! 〔同下。 180

第 三 场

东市。野猪头酒店。
福斯塔夫及巴道甫上。

福 巴道甫,自从上回那场买卖以来,你看我是不是消
瘦得不像话了?你看我抽得这个样子!缩得这个
样子!真是的,我浑身的皮革拉下来就跟一个老太
太宽大的袍子似的!我憔悴的样子就像一个搁了
好久的皮儿都皱了的苹果!咳,算了,我还是快忏 5
悔吧。要忏悔就得突然一下子,趁着我还有这股热
劲儿;等会儿我又该泄气了,到那时候就打不起劲
儿忏悔了。教堂里头是什么样儿,我哪还记得啊?
要有半句假话,我就他妈的是一粒胡椒末,给酿酒
的老板拉车的老马!教堂里头是什么样儿!朋友! 10
全是这帮混账朋友把我给糟蹋了!

巴 约翰爵士,你这样净发脾气,可活不长啊!

福 是啊,就这么说嘛!来,给我唱个吊膀子的小调,让
我高兴高兴。其实我本来也像个绅士,老老实实
的;够老实的,很少说脏话,一星期不过掷七次骰 15
子,一刻钟不过逛一次窑子,借人钱也还过——那
么三四次;过得挺舒服,做事不出范围。现在呢,我
的生活满没有规律,完全越出范围了!

69

巴	咳,约翰爵士,你这个胖劲儿怎么能不越出范围呢? 总不能不越出普通的范围呀,约翰爵士!
福	你去把你的脸改善一下,我就也来改善我的生活。 你这份模样就活像我们的大将旗舰,舵楼上点着灯。 不过你的灯是在鼻子上;你是我们的"明灯骑士"。
巴	咳,约翰爵士,我的脸又没有招惹你!
福	不错,这点我可以发誓;你的脸给了我不少好处,我 用它就和许多别人用刻着骷髅和枯骨的指环一样。 只要一看见你的脸,我总禁不住想起地狱的烈火, 还有"穿着紫色袍的财主"。他可不就在那儿吗? 一个劲儿地烧着,烧着。如果你多少有点正直的地 方,我会拿你的脸起誓的。我会这样起誓:"凭着这 股火,它是上帝的天使!"可是你已经不可挽救了, 真的,要不是你脸上这点光,你简直就成了地道的 黑暗的儿子啦。那天晚上你跑上盖兹山来牵我的 马的时候,我要没有拿你当作一团鬼火,一颗焰弹, 那钱就买不出东西来了。啊,你真称得起是一个不 断的火炬大游行,一个烧不完的火焰堆! 晚上跟你 在一起从这家酒店跑到那家,你至少给我在蜡烛火 把上省了一千马克。可是拿你喝我的酒算起来,就 是在欧洲最会敲竹杠的蜡烛店里也可以很便宜地 买到许多蜡烛了! 我这三十二年以来,一天也没断 拿火来喂你这条火蛇! 愿上帝给我报酬!
巴	他妈的,别老讲我的脸了,往肚子里咽着点,好不好?
福	慈悲的上帝,那哪儿行? 我咽了准会"上火"。

老板娘桂嫂上。

	怎么样,老母鸡! 你问了没有,是谁把我的口袋给 掏了?
桂	哎哟,约翰爵士! 你这是什么想法,约翰爵士? 你 当我在店里养着贼吗? 我哪儿都找了,哪儿都问 了;我爷们儿也找了,也问了,连大人,带小孩,带

20
25
30
35
40
45

用人。我这店里以前连半根头发都没丢过。

福　你说的是瞎话，老板娘，巴道甫在这儿剃过头，就丢　　　　50
了好几根头发。我敢起誓我的口袋明明是让人掏
了。去你的吧，你是个娘儿们，去！

桂　谁，我吗？我不去，我才不怕你呢！老天在上，在我
自己的店里从来就没有人敢这样骂过我。

福　去你的，我知道你是怎么回事儿。　　　　　　　　　　55

桂　没的话，约翰爵士，你才不知道我是怎么回事儿呢，
约翰爵士。我知道你是怎么回事，约翰爵士。你该
着我钱呢，约翰爵士，现在又来跟我找碴打架想赖
掉。我给你买过一打衬衫。

福　粗土布，脏得要死！我早就全白送给那些卖面包的　　　60
内掌柜的了！人家都当它作筛粉的布用！

桂　拿我正经的名声起誓，明明是上好的荷兰细布，八
先令一码！此外你还该着我钱哪，约翰爵士：饭钱，
平常喝酒的酒钱，借给你的钱，一共二十四镑。

福　(指巴)他不是也有份吗？让他付好了。　　　　　　　　65

桂　他吗？哎呀，他是个穷光蛋，什么也没有！

福　怎么？穷？你看看他的脸！要怎么样你才叫阔哪？
让他们拿他的鼻子去铸钱，拿他的嘴巴铸钱去吧！
我绝对是一分钱也不付！好哇，你要拿我当傻小子
吗？难道我在自己的店里要舒坦一下都不成，还非　　70
要有人来掏我的口袋吗？把我爷爷留下的一个戒
指也给丢了，值四十马克。

桂　哎呀，耶稣！我听见太子爷说过，我都记不得多少
次了，那戒指根本是铜的。

福　什么？那太子是个坏蛋，是个贼头贼脑的家伙！妈　　75
的，他要是在这儿还敢这样说，我非得把他当一条
狗似的痛打一顿不可！

　　　太子及颇因斯以行军步伐走上，福斯塔夫以军
棍横举口旁做吹笛状迎接二人。

福	怎么样,孩子? 风声紧到这种地步了吗? 我们大家都得开步走了吗?	
巴	是啊,两个一排,跟到新门监狱去一个劲儿。	80
桂	殿下,请你听我说。	
太子	你有什么话要说,桂嫂? 你丈夫好吗? 我很喜欢他,他是个老实人。	
桂	好殿下,听我说。	
福	听着,别理她,我有话说。	85
太子	你要说什么,贾克?	
福	那天晚上,我在这儿的幕后头睡着了,口袋让人给掏了。这个店简直成了窑子啦,连人的口袋都要掏。	
太子	你丢了什么啦,贾克?	
福	你不会不信我吧,哈尔? 有三四张钱票,每张四十镑,还有我爷爷的一个戒指。	90
太子	那玩意儿算不了什么,几个子儿的事。	
桂	我就是这么跟他说的,殿下,我说你也这样说;可是,殿下,他当时就用好些脏字眼骂你,你知道他的嘴总是不干不净的,他还说要痛打你一顿。	95
太子	怎么? 他敢说这种话?	
桂	他要是没说,我就是个没信心、不诚实、不守妇道的女人。	
福	你的信心比一颗烂桃儿多不了多少,你的诚实就好比一只出洞的狐狸;至于讲到妇道,马丽安姑娘跟你比起来都可以充典狱长的太太啦。去吧,你这东西,去吧!	100
桂	你说,什么东西,你说?	
福	什么东西? 哼,值得谢天谢地的东西。	
桂	我才不是什么值得谢天谢地的东西呢,我要你明白这点。我是个安分良民的妻子。要是撇开你的骑士身份,你这样骂我,你就是个混蛋。	105
福	要是撇开你妇道人家的身份,你还硬不承认,你就	

是个畜生。

桂　你说，什么畜生，你这混蛋，你说？　　　　　　　　110

福　什么畜生？哼，就是水獭。

太子　水獭，约翰爵士？干吗说她是水獭呢？

福　干吗？她又不是鱼，又不是肉；一个人简直就拿他
　　没办法。

桂　你这么说就是冤枉人！你也好，随便什么人也好，　　115
　　在我身上想的办法可多啦，你这混账东西！

太子　你说得不错，老板娘，他简直是血口喷人。

桂　他骂你骂得也够瞧的，殿下，他那天还说你该他一
　　千镑。

太子　你这家伙，我是该你一千镑吗？　　　　　　　　　120

福　一千镑，哈尔？一百万镑！你跟我的交情够一百万
　　镑，这份交情你总是该我的。

桂　这还不算，殿下，他还骂你是个坏蛋，还说要把你痛
　　打一顿。

福　我说这个话了吗，巴道甫？　　　　　　　　　　　125

巴　老实讲，约翰爵士，你的确是说了。

福　我是说如果他说我的戒指是铜的。

太子　我就说你的戒指是铜的，现在你说的话敢兑现吗？

福　咳，哈尔，你知道，你要是个平常人，我当然敢；可是
　　你既然是个太子，我怕起你来就跟怕一头小狮子的　　130
　　吼声一样。

太子　为什么不就说狮子，还要说小狮子？

福　国王才应该像狮子一样地被人惧怕。你以为我怕
　　你跟怕你爸爸一样吗？不，我要是那样，但愿我的
　　腰带断了！　　　　　　　　　　　　　　　　　　135

太子　哎呀，要是你腰带断了，你的肠子还不都耷拉到你
　　膝盖下面来了！你这家伙，你肚子里哪儿还有容纳
　　信心、诚实和天良的地方啊！光装肠子和膈膜还不
　　够呢！硬说一个老实的妇人家掏你的口袋了！真

是的,你这婊子养的,不要脸的,浑身肥肉的坏蛋, 140
要是除了酒店的账单,妓院的条子和一片可怜的价
值一便士的糖,吃下去可以润嗓子,使你说起话来
更是没完没了,——要是除了这些东西之外,你口
袋里还装有任何其他挨骂的货色,我就不是人! 可
是你居然还死咬住人不放,还不肯挨骂受欺负哪! 145
你知道害臊不知道?

福　你肯听我讲吗,哈尔? 你知道亚当是在无罪的年代
堕落的;那么在眼下这种邪恶的日子里,可怜的贾
克·福斯塔夫有什么办法呢? 你也看得出来我的
肉体比什么人都多,那当然也比什么人都容易受诱 150
惑。你是不是承认是你掏了我的口袋?

太子　从方才的话听来,仿佛不可能是别人。

福　老板娘,我不生你的气了。去吧,去把早饭打点好。
爱你的丈夫,照料你的仆人,好好款待你的客人。
只要找得出一个正当理由,你会发现我不是什么 155
不好说话的人;你看我总是愿意和平了事的。得
了,我跟你说,请便吧!（桂嫂下)好,哈尔,让我
们听听宫里的消息;先谈抢劫的事,孩子,那怎么
了局的?

太子　咳,我的喷香的鲜牛肉,我反正总要做你的救命星, 160
钱已经交回去了。

福　咳,我可不喜欢这种往回交钱,这不是往返徒劳吗?

太子　我现在跟我的父亲和好了,要做什么都可以。

福　那么头一桩事你先给我把国库抢它一下子,马上就
干,连手都别洗。 165

巴　对,殿下,就这么干。

太子　我给你找了一个率领步兵的职务,贾克。

福　要是骑兵那就更顺我的心了。我上哪儿去找一个
会偷的好手呢? 啊,就差那么一个惯贼,年纪在二
十二三岁! 给我的工作条件实在太差劲了! 好吧, 170

74

有了这帮叛徒是应该感谢上帝的,他们不找别人,
专门找那些正人君子捣蛋;我赞美他们,我颂扬
他们。

太子　巴道甫!

巴　殿下。　　　　　　　　　　　　　　　　　175

太子　这封信带去给约翰·兰开斯脱爵爷,
我弟弟约翰;这封给魏斯摩尔兰。　　　〔巴下。
去吧,颇因斯,上马去,上马去,你和我
吃午饭以前还要赶三十里路。　　　　　〔颇下。
贾克,明天下午两点钟的时候,　　　　　　　　180
跟我在圣堂的大厅里头会面,
那时候我会告诉你你的任务,
给你装备兵士的款项和训令。
战火燃着了,波西飞得这样高,
我们或他们,总有一方要跌跤。　　　　〔下。　185

福　有你的,轰轰烈烈! 老板娘,来早餐,
啊,这个店要变成战鼓,我够多喜欢!　　〔下。

第 四 幕

第 一 场

舒斯伯利附近叛军营地。
飞将军、吴斯特及道格拉斯上。

飞　　说得好,苏格兰朋友,在这种年头,
　　　说真话假使不被人看作献媚,
　　　道格拉斯就会得到最高的称许,
　　　使一切当代铸造出来的武士,
　　　流通的范围都不能像你一样广。　　　　　　　5
　　　上帝在上,我不会献媚,瞧不起
　　　花言巧语的恭维。但在我心里
　　　没有人比你占有更敬爱的地位。
　　　吩咐我证明我的话,试试我,伯爵!

道　　你是荣誉之王。　　　　　　　　　　　　　10
　　　现在地面上耀武扬威的好汉,
　　　哪个我都敢挑惹。

飞　　　　　　　　　　　是啊,该这样。
信差上。
　　　你带来什么信件?——我只能感谢你。

信　　这封信是你父亲写来的。

飞　　是他写来的?他自己为什么不来?　　　　　　15

信　　他不能,爵爷;他害病非常厉害。

76

飞　要命！他怎么偏在这紧急的时光
　　好端端害起病来,谁指挥他的兵?
　　他们是谁率领着到这儿来的?

信　他的信能够回答,我不能,爵爷。　　　　　　　　20

吴　请你告诉我,他是躺在床上了吗?

信　在我动身前四天,他已经躺下了。
　　当我出发到这里的时候,爵爷,
　　他的医生们都为他非常焦急。

吴　如果把当前的大局先医治好了,　　　　　　　　25
　　他再让疾病纠缠也没有关系;
　　现在正是最需要他健康的时候。

飞　现在又病了! 又倒下了! 这场病简直
　　侵入了我们这一番事业的血脉,
　　连这儿都传染了,一直到我们的营地。　　　　　30
　　他在信里说他害的内部的疾病——
　　又说如果派别人就不能及时地
　　把他的朋友们召集起来,同时
　　他觉得也不该把这样危险重大的
　　信托交付给任何其他的心腹。　　　　　　　　　35
　　不过他倒是给我们大胆的指示,
　　叫我们带着这点人勇往直前,
　　试试看命运对我们是什么态度。
　　因为他写道:现在是不能退缩了,
　　国王一定早已经充分掌握了　　　　　　　　　　40
　　我们全部的意图。你们说怎么样?

吴　你父亲的病对我们是一个致命伤。

飞　一个巨创,砍掉了一条肢体;
　　不过,实在说,也不是。我们会发现
　　他不来并不是那么严重;难道　　　　　　　　　45
　　我们现有的全部财富应该
　　拿来作孤注一掷吗?生死的大事

难道应该让一次冒险来决定吗？
这样做绝不是好办法；因为一下子
我们就看到了希望的底层和深处，　　　　　　　　50
看到了全部命运不留余地的
最后的界限。

道　　　　　　　　不错，那就不好了；
而现在我们还有个美好的盼望，
为了将要得到的，不妨大胆
花费目前所有的：　　　　　　　　　　　　　55
留下个退步本身就是个安慰。

飞　留一个避难所，一个逃奔的巢穴，
假使万一魔鬼和厄运对我们
这一番处女的尝试不表示善意。

吴　我还是希望你父亲在这儿就好了。　　　　　60
我们这一番举动的性质和类型
是不能容忍分裂的。可能有些人
不了解为什么他不来，反倒会猜想
伯爵不参加是由于深谋远虑，
对王室忠诚，或不赞成我们的行为。　　　　　65
想想看，这样的看法会如何把一些
惊惧不稳的分子的风头逆转，
在我们事业的内部制造怀疑。
你们全晓得：作为起事的一方，
我们禁不起任何严密的查询，　　　　　　　　70
必须堵塞住所有的缺隙和漏洞，
不让理性的眼睛向我们窥探。
你父亲不在场等于把帷幕拉开，
对无知的人们暴露了以前他们
未曾梦想到的恐惧。　　　　　　　　　　　75

飞　　　　　　　　你太过虑了。
我认为他不来可以起相反的作用：

如果伯爵也在场,我们的壮举
就不会显得这样光彩和勇敢,
这样轰轰烈烈。人们一定想:
没有他帮助,我们都敢于起来   80
向一个王国进攻;有他的帮助,
早就把整个王国一口气推翻了。
事情是顺利的,我们还保全着实力。

道　我完全同意。这个名词"恐惧"
在我们苏格兰是从来没人说起的。   85

李查·维农爵士上。

飞　维农表兄! 欢迎,衷心地欢迎。

维　但愿我带来的消息值得欢迎。
魏斯摩尔兰伯爵大军七千人
向这儿开来了,同来的有约翰王子。

飞　算不了什么,还有吗?   90

维　　　　　　　我又听说
国王自己或者是已经起身,
或者是很快地打算向这里挺进,
征集了强大雄厚的武装力量。

飞　他也会得到欢迎。他那位儿子呢?
腿跑得飞快的,荒唐的威尔士亲王,   95
和他的伙伴们,那些不务正业的,
花天酒地的家伙们?

维　　　　　　　全装备好了。
盔上的羽毛像顺风展翅的鸵鸟,
像新浴的鸷鹰一样的神色焕发;
闪耀的黄金甲胄像一系列圣像,   100
精力饱满像一年当中的五月,
壮丽夺目不下于仲夏的太阳,
有着小羊的活泼,小牛的狂野。
我看见哈利太子戴着兜鍪,

两股蒙着腿甲,威风凛凛, 105
从地面腾起,如同生翼的莫丘利,
毫不费气力地跳上他的鞍座,
简直像云间落下一位天使,
盘旋调度着一匹火暴的天马,
以高超的骑术使得全世界倾心。 110

飞　别说了!别说了!你这番吹嘘简直比
三月的太阳更容易叫人发疟疾。
让他们来吧,打扮得齐齐整整,
我们会把他们滚热地,流着血,当作
牺牲品献给两眼冒火的女战神; 115
披甲的马尔斯将要高坐在神坛上,
鲜血直没到耳朵。真让我着急,
听说这一块肥肉就将要来到,
可是还吃不着。来,让我试试马,
它将载着我如同一声霹雳, 120
直向威尔士亲王的胸头冲去;
哈利对哈利,流汗的战马对战马,
厮杀得直到其中的一个倒下。
可惜格兰道尔还没来。

维　　　　　　　　还有消息呢。
我骑马来的时候,在吴斯特打听到 125
他在这十四天之内还不能发兵。

道　这是我目前听到的最坏的消息。

吴　是啊,说实话,这让人听起来寒心。

飞　国王的全部兵力大概有多少?

维　大概有三万人左右。 130

飞　　　　　　　　就算他四万吧!
我父亲和格兰道尔虽然都不在,
我们的力量也足够把敌人击败。
来,让我们赶快检阅士兵;

末日来临了，要死就死得威风。

道 别说什么死，反正我没有恐惧，　　　　　　　　135
　　在这半年内我注定不会死去。　　　　　〔同下。

第　二　场

考文垂附近公路。
福斯塔夫及巴道甫上。

福 巴道甫，你先走一步，到考文垂给我打一瓶酒；我们
　　的兵要打那儿过；我们今儿晚上要到苏顿考菲尔。

巴 你不给我钱吗，长官？

福 你先垫着吧，你先垫着吧。

巴 连这瓶可就十先令了。　　　　　　　　　　　　　5

福 要是十先令，就全赏你了；哪怕是二百先令，你也不
　　妨全拿去，造币的责任由我来负。叫我的队副披多
　　到镇那头来见我。

巴 好吧，长官，再见。　　　　　　　　　　　　〔下。

福 我部下这些兵要不把我脸都丢光了，我就他妈的是　10
　　一条醋熘鱼。国王征壮丁的法令算让我糟蹋尽了。
　　从一百五十个兵身上，我就落下了三百多镑。我不
　　抓别人，专抓那些家业不错的人，还有富农的儿子；
　　专打听哪些单身汉是已经订了婚的，而且已经在教
　　堂里预告过两次了。这一帮好吃懒做的奴才们听　15
　　见战鼓比听见魔鬼还要害怕；听见放一声鸟枪就吓
　　得跟受了伤的野鸡野鸭子似的。我抓的净是这帮
　　吃黄油面包的人，胆子也就跟针尖一样大，结果他
　　们只好花钱来买脱。现在呢，我的部队里就净是些
　　军曹，伍长，队副，小队长；这些家伙全都是褴褛得　20
　　跟画布上的拉撒路在那儿让大肚子财主的狗给他
　　舔疮似的。其实这些家伙根本没当过兵，全是些不

老实的开发掉了的仆役,小弟弟的小儿子,逃跑了的酒保,没有生意做的马夫;太平世界长久不动刀兵,就会产生这种蟊贼,比一面破旧的打补丁的军旗看上去还要不入眼十倍。我就拿这些人顶替了那些花钱买脱兵役的人,人家看了真会当是我从哪儿找来一百五十个穿破烂的浪子,不久以前还在看猪、吃豆渣和糠呢! 有个疯疯癫癫的家伙刚才在路上碰见我,跟我说,我准是把绞架全解开,把死尸全给抓来了。谁见过这样的一帮叫花子啊! 我可不让他们打考文垂走,这点是肯定的;哼,这帮混蛋走起道来全是八字脚,仿佛戴着脚镣似的;事实上有好些也的确是我从牢狱里弄出来的。我这全队里一共也就只有一件半衬衫;那半件还是两块餐布缝起来的,搭在肩膀上就好像一件传令官的没袖子的制服。那件整的,说老实话,是从圣奥班的酒店掌柜那儿,要不然,就是从达文垂那位酒糟鼻子的旅店老板那儿偷来的。可是这全没关系,反正他们要找衣服,篱笆上有的是。

太子及魏斯摩尔兰上。

太子 怎么样,大气泡贾克? 怎么样,厚棉被?

  福 什么,哈尔? 怎么样,疯孩子! 你到倭立克郡来捣什么鬼来啦? 敬爱的魏斯摩尔兰爵士,请你原谅,我当阁下已经到舒斯伯利去了呢。

  魏 老实讲,约翰爵士,我是早就该到那儿去了;你也是一样。不过我的军队已经开去了。我可以告诉你,国王正在等着我们呢。我们得连夜赶去。

  福 咄,用不着替我担心。我警醒起来就跟一只想偷奶油的猫一样。

太子 我觉得偷奶油的比方一点也不错,因为你偷得把你自己都变成一整块黄油啦。可是告诉我,贾克,后边来的这堆人是谁的?

福	我的,哈尔,我的。
太子	我从来没见过这样可怜相的一帮家伙。
福	咄,咄,左不过是供枪挑的;充充炮灰,充充炮灰;用 55 他们来填万人坑也还将就。咳,你真是,人反正都 是血肉的,都是血肉的。
魏	不错,不过,约翰爵士,我觉得他们也实在够受的, 这番穷相,太破烂了。
福	老实讲,说起他们的穷相,我也不知道是怎么来的; 60 至于说他们够瘦的,这我敢说不是跟我学的。
太子	绝对不是,我也敢发誓,除非你把肋骨上三指厚的 肥肉还叫瘦。不过,你这家伙,赶快吧,波西已经上 了战场了。　　　　　　　　　　　　　　〔下。
福	什么,国王也已经安下营了吗? 65
魏	安下营了,约翰爵士,我怕我们待的时候已经太长 了。　　　　　　　　　　　　　　　　　〔下。
福	好吧, 战争快完了,盛宴刚要开始, 不好打仗而好吃的来到正合适。　　　　　　〔下。 70

第 三 场

舒斯伯利附近叛军营地。
飞将军、吴斯特、道格拉斯及维农上。

飞	我们今晚上就跟他交战。
吴	不行。
道	你这样等于让他占便宜。
维	绝对不。
飞	为什么这样说? 他不是等候援军吗?
维	我们也一样。
飞	我们的没他们有把握。

83

吴	好侄儿,听我的劝告,今晚上别动。	5
维	别动,爵爷。	
道	你的主意真差劲,	
	你的话完全是出于害怕和胆怯。	
维	少这样诬蔑我,道格拉斯。拿性命起誓,	
	同时,我也敢拿性命证实这点:	
	只要是经过考虑的荣誉呼召我,	10
	我绝对不和软弱的恐惧打伙,	
	比起你,伯爵,或任何苏格兰人都不差。	
	明天在战场上就可以见个分明,	
	看我俩谁害怕。	
道	今晚上敢不敢?	15
维	同意。	
飞	我还是主张今晚上交战。	
维	算了,算了,不行。我真不明白,	
	像你们这样久经战阵的人们,	
	居然不能预见到有哪些阻碍	
	妨碍我们的举动。我亲戚维农	20
	有一批马匹目前还没有来到。	
	你叔叔吴斯特的马匹今天刚来,	
	现在它们的精力已经困乏了,	
	劳累压下了磨钝了它们的锐气,	
	一匹马顶不上原来的四分之一。	25
飞	敌人的马匹还不是同样的情况?	
	一般说,全赶了长路,无精打采,	
	我们的大多数还作了充分的休息。	
吴	国王的军队数目远超过我们。	
	看上帝面上,等人马到齐再说吧!〔号角声吹谈判信号。	30
	倭尔脱·布伦爵士上。	
布	我带给你们国王宽大的条件,	
	如果你们答应我恭敬地倾听。	

飞　欢迎,倭尔脱·布伦爵士,你要是
　　也一心一意和我们在一起就好了!
　　我们有些人非常敬爱你,连他们　　　　　35
　　也羡慕你的伟大的功绩和名声,
　　可惜你偏偏不属于我们的集团
　　反倒像敌人似的与我们作对。

布　愿上帝永远不使我态度改变,
　　只要你们还继续越出范围　　　　　　　40
　　来反对上天膏沐的尊严的君主。
　　好,讲我的使命吧。国王想知道
　　你们怨恨的动机:为什么缘故
　　从太平无事的胸怀里你们要兴起
　　大胆的刀兵,给他守法的国土　　　　　45
　　一个凶残的榜样。如果说国王
　　在任何情形下忘记了你们的勋劳——
　　他也承认你们的勋劳是巨大的——
　　他吩咐你们申诉自己的怨恨,
　　你们的愿望将很快加倍地满足,　　　　50
　　你们自己和受你们煽动的一切人
　　都可以获得绝对无条件的赦免。

飞　国王很客气。我们很知道国王
　　知道哪会儿做诺言,哪会儿兑现。
　　我父亲,还有我叔父,以及我自己,　　55
　　给了他现在他头上戴的王冠。
　　当他的随从者还不到二十六个人,
　　他自己很悲惨,受到普遍的鄙视,
　　无人理睬地违法溜回本国时,
　　我父亲亲自前去欢迎他登岸。　　　　　60
　　后来听到他指天誓日地赌咒,
　　说回来仅仅是要做兰开斯脱公爵,
　　要申请他的采地,求国王息怒,

滴着良善的眼泪,满口讲忠诚;
我父亲当时出于好心和怜悯,   65
发誓要帮助他,而且果然照做了。
好了,及至境内的王公大人们
一看见诺桑伯尔兰都靠向他一边,
不分贵贱,都向他脱帽屈膝,
纷纷在城邑、市镇、乡村里迎接他,   70
在桥梁上等候,在道路两旁站立,
献给他礼物,送进他们的誓言,
把嗣子给他做侍童,欢欣鼓舞地
排成队伍,追随在他的脚后。
不久,感觉到自己权势的提高,   75
他就又迈进一步,背弃了当年
穷愁失意的时候他对我父亲
在莱文斯波海岸上发下的约誓;
接着,一点也不假,居然着手
改革某一些法律和峻刻的条令,   80
说是国民受不了那样的担负;
痛斥败坏的习俗,仿佛为祖国
当前所遭受的屈辱痛哭流涕。
用这副脸孔,伪装正义的外表,
他赢得了一切他要收买的人心;   85
然后更变本加厉了,索性把国王
留下来代表他暂时掌握政权的
一群幸臣的脑袋全给我砍掉,
那时候国王正在爱尔兰亲征。

布　　　咄,我不是来听这个的。   90

飞　　　　　　　　　好吧,
我转入正题。不久之后他就将
国王废掉,紧接着把他杀害,
随后对整个国家征索重税;

86

这点还不算,他有个亲戚,马区,

按照合法的地位原该做国王, 95

他却不管他,让他在威尔士被俘,

不替他付赎款,使他无法归来;

我侥幸胜利了,他还给我难堪,

用派遣密探的办法企图陷害我,

辱骂我叔父,把他逐出枢密院, 100

大发雷霆,不准我父亲入朝。

食言和负心的行为层出不穷,

终于把我们驱迫到走投无路,

只有举兵以自卫,同时窥探

他这个王位;依我们看来 105

它不是正统的,绝不该传继长久。

布　　要我把这个答复带回给国王吗?

飞　　不然,倭尔脱爵士,我们要商量会儿。

　　　你先回去见国王;如果能派遣

　　　一个人质来保证安全地归返, 110

　　　明天一清早我的叔父就会

　　　带给他我们的意图。现在,再见吧!

布　　我盼望你们肯接受宽大的恩惠。

飞　　我们说不定会接受。

布　　　　　　　　但愿如此。　　〔同下。

第 四 场

大主教府中。

约克大主教及迈克尔牧师上。

大主教　快点,迈克尔牧师,这密封的信柬

　　　　请你火速地送给司礼大臣,

　　　　这封给我的表弟斯库普,其他的

照信面写的递送。如果你知道

它们的重要，一定会急忙赶路。　　　　　　　5

迈　　大主教，

我可以猜到内容。

大主教　　　　　　　　　　你多半会猜到。

明天，亲爱的迈克尔牧师，将会有

上万的人们去到战场上考验

自己的命运；因为我已经得到　　　　　　10

真确的报道，牧师，在舒斯伯利

国王带着他短期征集的大军

将要与哈利爵爷交战。我恐怕，

迈克尔牧师，诺桑伯尔兰又病了——

他的军队原来是力量最强的；　　　　　15

欧文·格兰道尔又不能如约到场——

他也是他们恃为臂助的盟友，

这次不肯来因为被预言所惑；

我恐怕波西的军力过于薄弱，

不能和国王的队伍即刻交锋。　　　　　20

迈　　哪里，大主教！你不必这样担忧，

还有道格拉斯以及摩提麦爵爷。

大主教　　不，摩提麦不在。

迈　　可是有莫戴克，维农，哈利·波西，

吴斯特伯爵，另外还有一大批　　　　　25

英勇剽悍的兵将，知名的人士。

大主教　　一点也不错；然而国王特为从

全国各地征集了这支军队；

有威尔士亲王，约翰·兰开斯脱王子，

尊贵的魏斯摩尔兰，善战的布伦，　　　30

以及许多的助手、国王的心腹，

一个个声名素著，武艺超群。

迈　　放心，大主教，他们会遇到劲敌的。

大主教　　我希望如此，然而还是得担心。

迈克尔牧师，为预防万一，快点吧； 35

假使波西一旦失利了，国王

在解散军队以前，准要来找我们，

因为他已经听到了我们的密谋；

一定要增强实力，有备无患。

所以，赶快上路吧。我还要写信 40

给其他友人们；再见吧，迈克尔牧师。〔同下。

第 五 幕

第 一 场

舒斯伯利附近国王营地。

亨利王、太子、约翰王子、布伦及福斯塔夫上。

王　　在那边多树的山上露出的太阳
　　　显得真血红可怕啊！它的病容
　　　把白昼都变成死灰颜色了。

太子　　　　　　　　　　　　南风
　　　就好像替太阳宣布意图的吹号手，
　　　它在树叶间发出的空洞的呼啸声　　　　　　5
　　　预示着一个风暴严寒的日子。

王　　那么让失败的人们跟它共鸣吧，
　　　因为对战胜者一切都是美好的。　　　〔号角声。

吴斯特及维农上。

　　　怎么样，吴斯特伯爵？你和我两个人
　　　居然在现在这种场合下会面，　　　　　　　10
　　　的确很不幸。你背弃了我的信托，
　　　使我不得不脱下平日的轻裘，
　　　把衰老的肢体塞在冷酷的铁甲里；
　　　这的确很不幸，伯爵，这的确很不幸。
　　　你有什么话要说呢？肯不肯重新　　　　　　15
　　　解开这人人憎恨的战争的纠结？

你从前曾经在忠诚顺从的轨道里

放射自然而清亮的光辉，如今

肯不肯回来，不再做狂奔的彗星，

象征着未来可能爆发的灾难， 20

使人们看见了个个都胆战心惊？

吴　听我说，主上。

拿我自己讲，我原是能够满足于

把我生命的余年完全消磨在

安静的时光里。我不妨向陛下声明， 25

我也不愿意有这种交恶的现象。

王　你也不愿意？那它是怎么来的？

福　叛乱躺在他脚底下，让他找到了。

太子　少说话，老鸹，少说话。

吴　陛下如今不愿意像以前一样 30

赐予我和我们一家恩宠的眼光；

不过我们仍旧想提醒你，陛下，

我们是你最早最亲密的友人。

在李查的时代，为了你，我曾经折断

我的官杖，不分昼夜地疾驰， 35

去和你会见，向你吻手致敬；

那时候你的地位和你的身价，

尚且远不如我的强大尊崇。

正是我自己，我哥哥和他的儿子，

大胆地冒尽了当时的危险，才使你 40

安然回国。你曾对我们发誓，

在唐开斯脱你的确发过这个誓，

说你丝毫没有危害国家的企图，

只要求得到新近归你的权利，

干寿的家业，兰开斯脱公爵的采地。 45

在这件事情上，我们宣誓要支援你。

但不久，幸运如雨地降到你头上，

无尽的富贵的潮水向你涌来。
有了我们的帮助,国王又不在,
败坏的政体下人民是苦痛不堪, 　　　　　　50
你又真好像受到了屈辱的待遇,
再加上阵阵的逆风长期把国王
拖住在失算的爱尔兰战役里面,
以至全英国盛传他已经死去;
这一切因素对于你当然有利, 　　　　　　55
假借这机会,你立刻使自己很快地
得到群众的欢心,夺取大权,
忘掉你在唐开斯脱向我们发的誓。
你是我们喂养的,可是对我们,
正像那狠心的小鸟,杜鹃的幼雏, 　　　　　　60
对麻雀一样——你霸占我们的鸟巢,
被我们哺养得躯体如此壮大,
以致我们虽爱你也不敢接近你,
怕遭到吞食;相反地,我们不得不
振起敏速的翅膀寻求安全, 　　　　　　65
飞到远方去集起这一支军队。
现在我们所以能和你对抗,
完全是由于你自己一手造成,
由于你待人无礼,惨刻寡恩,
破坏了一切在你事业的初期 　　　　　　70
向我们发誓遵守的诺言和信义。

王　　　这一切你们诚然逐项列举了,
在市集中心公布过,在教堂宣读过,
为的是好给叛逆所披的外衣
装饰上好看的颜色,来取悦那些, 　　　　　　75
轻佻善变的,郁郁失意的人们。
这帮人每逢一听到骚动的消息,
总不免张口垂涎,摩拳擦掌。

事实上叛徒要粉饰他们的举动

总不会缺少类似的水彩颜色，　　　　　　　　80

也不会缺少一些落魄的乞丐，

专门渴望着大乱的日子到来。

太子　战争一旦开始了，双方军队里，

必然会有许多人都被卷进去，

付出巨大的代价。告诉你侄子，　　　　　85

威尔士亲王对哈利·波西的钦佩

不下于任何人。拿我的愿望起誓，

如果这一场叛乱不算在他账上，

我相信世界上再也找不到一个人

比他更高贵，比他更大胆、刚强，　　　　90

如此年轻，又如此英勇活跃，

用他的勋绩装点这衰微的时代。

讲到我自己，我只有感到羞惭，

对武事我过去没有专心学习，

我听说他也认为我不堪造就；　　　　　95

尽管是这样，当父王陛下面前，

我甘心承当这优劣悬殊的局面，

虽然他的威名是如此煊赫，

为了避免两方面无谓的流血，

我准备和他进行单独的决战。　　　　　100

王　　我也准备让你作这样的尝试，

威尔士亲王；虽然很多的顾虑

告诉我不应该如此。不，吴斯特，

我是爱我的人民的，就连那一些

受你侄儿蛊惑的人民也在内；　　　　　105

只要他们肯接受宽大的条件，

他，他们，你自己，是啊，一切人，

都可以重新和我结交成好朋友。

这样告诉你侄儿吧；把回话带给我，

他打算怎么样。如果他不肯降服，   110
我手里掌握着谴责和严厉的惩罚，
它们将执行任务。好了，去吧，
我现在不打算听取任何答复，
条件是宽大的，让他仔细考虑。〔吴及维下。

太子 拿性命起誓，他们绝不会接受，   115
道格拉斯再加上飞将军，两人一起，
手执着武器，那就是天不怕，地不怕。

王 所以每个人都要把队伍布置好，
等他们回答，我们就发动进攻，
正义的事业永远有上帝的佑助！   120

〔亨利王、布伦及约翰王子下。

福 哈尔，打仗的时候如果你看见我倒下了，为了保护
我而跨在我身上苦战不舍，那就没的说的了，那才
够交情。

太子 只有那天字第一号的石像才能跟你有这份交情。
我看你还是祈祷吧，再见。   125

福 我正巴不得是临睡的时候呢，哈尔，一切都平平
安安。

太子 你这是怎么了？你难道不是该着上帝一死吗？〔下。

福 可是还没到期哪。日子还没到，就要我还账，我可
不干。他还没来找我，我凭什么要急急忙忙地上门   130
去？咳，没有说的，荣誉在后头督促着我。督促倒
不要紧，我要是一个劲儿地往前，荣誉把我给一笔
勾销了怎么办？腿折了，荣誉能安得上吗？不能。
胳臂折了呢？不能。能让伤口不痛吗？不能。那
么说，荣誉的外科手段不怎么样啊？是的，不怎么   135
样。那么荣誉到底是什么呢？一句话。荣誉这句
话有什么内容呢？这荣誉是什么东西呢？空气。
这倒挺上算。荣誉属于谁呢？星期三刚死去的那
个人。他能感觉到荣誉吗？不能。他能听到荣誉

吗？不能,那么说荣誉是感受不到的了？不错,对 140
死人说是如此;可是对活人说,能够活着享受荣誉
吗？不能。为什么不能呢？因为旁人总少不了说
闲话。好,那我可不要它了！荣誉不过是一副挽
幛:这就是我自己考问的结论。　　　　　　〔下。

第　二　场

舒斯伯利附近叛军营地。
吴斯特及维农上。

吴　李查爵士,我侄儿可不能知道
　　国王提出的慷慨善意的条件。

维　顶好还让他知道。

吴　　　　　　　　　那我们就完了。
　　要国王遵守他善待我们的诺言
　　是根本不可能的,做不到的。 5
　　他永远会怀疑我们,早晚会找到
　　其他借口来惩罚这一个过错。
　　浑身是眼睛的谣传一辈子会使我们吃亏。
　　因为叛逆是得不到信任的:像狐狸,
　　不管多驯服,多珍爱,锁得多紧, 10
　　总不免带出祖先的一份野气。
　　我们的表情不管是阴沉,欢笑,
　　别人的解释总会把它歪曲;
　　我们将如同豢养在栏里的牛群,
　　越仿佛得到宠爱,死期也越近。 15
　　我侄儿的罪过还可能完全被忘却,
　　因为他是个小伙子,血气方刚,
　　再加上他那个外号儿对他也有利,
　　冒失的飞将军,发起脾气就没准儿——

95

他这一切的过错全归在我和 20
他父亲头上。是我们把他带坏的，
他的罪行是我们传染给他的，
所以我们是祸首，应该负全责。
因此，好世兄，在任何情况之下，
不要让哈利知道国王的条件。 25

维 随你怎么样传达吧，我照你的说。
你看你侄儿来了。

飞将军、道格拉斯及军官兵士等上。

飞 叔叔回来了。
去把魏斯摩尔兰伯爵放了。
叔叔，有什么消息？ 30

吴 国王准备立刻就与你交战。

道 叫魏斯摩尔兰回去替我们挑战。

飞 对，道格拉斯爵爷，你去告诉他。

道 行，我去，这任务我非常爱干。 〔下。

吴 国王连一点慈悲的样子都没有。 35

飞 上帝在上，你没有祈求慈悲吧！

吴 我把我们的不满和他的负心
非常温和地告诉他；他怎么回答呢？
只矢口抵赖他曾经破坏过信誓；
他管我们叫叛徒，奸贼，还说要 40
用强力鞭挞我们这丑恶的名称。

道格拉斯上。

道 武装，朋友们，武装起来！我已经
向亨利国王作了大胆的挑战，
这挑战是由做人质的魏斯摩尔兰
带回去转达的。他一定就会来进攻。 45

吴 在国王面前，侄儿，威尔士亲王
挺身而出，要和你单独决战。

飞 啊，但愿这争斗是我们俩的事！

但愿除了哈利·孟摩斯和我，

今天谁都用不着气喘！告诉我， 　　　　　　　50

他怎么挑战的？是不是模样很轻蔑？

维　决不是，我敢起誓。我这一辈子

还没听到过比它更谦恭的挑战，

除非是兄弟两人要举行比赛，

看看技能和武艺，谁高谁低。 　　　　　　　55

他承认你有一切男子汉的品质，

用高贵的言辞铺叙对你的赞美，

称道你的长处，像一本纪事史，

还反复声明：和你的价值相比，

一切的赞美都不免显得减色。 　　　　　　　60

此外——这尤其表现出太子的身份——

他也羞愧地讲到自己的情况，

坦白地责备他少年放荡的行为，

仿佛他同时掌握了两种精神，

一方面教导，一方面虚心地学习。 　　　　　55 65

然后他停止了。我想向世人宣告：

假如他能够活过今天的灾难，

他将是整个英国最美好的希望，

由于不检点才受到这样的误解。

飞　表兄，我看你也是让他的胡闹 　　　　　　　70

完全迷住了。我从来还没听说过

任何王子像他那样荒唐。

但是，随他去好了。今夜以前

我将以战士的手臂拥抱他一次，

使他在我的敬礼下萎缩枯死。 　　　　　　　75

快点，武装！同伴们，战士们，朋友们，

最好请你们自己把应做的事情

想一想，我并没有动听的口才，

不能用言辞激起你们的血气。

信差上。

| 信差 | 爵爷,这些是你的信。 | 80 |

飞　　现在我没有工夫看信了。

啊,朋友们,生命的时光是短促的!

然而即使生命是随着时针,

永远在一小时之内就转向结束,

卑下地度过这一段也是太长了。　　　　　85

如果是活着,我们就践踏王侯,

如果死,死得好,有贵人和我们同死。

现在,问一问良心,战事是有利的,

因为我们作战的目的是正义的。

另一信差上。

| 信差 | 准备吧,爵爷,国王已经赶来了。 | 90 |

飞　　我应该谢谢他打断我的讲词,

本来我说话不在行;只有这点:

大家要尽力向前,看我在这里

抽出我的剑,在今天危险的厮杀中,

我有决心用我所能够遇到的　　　　　　95

最高贵的血液来涂染它的锋刃。

好吧,希望! 波西! 冲杀上去!

吹奏起一切作战的昂扬的乐器,

在乐声当中让我们互相拥抱,

因为,上有天,下有地,我们有些人　　100

将再也不能表示这样的亲热。　　〔号角声。同下。

第 三 场

两军阵营之间的空地。

亨利王及其军队上,横过舞台,下。战号声。

道格拉斯上,布伦化装成国王自舞台另一方上,相遇。

布　你名字叫什么？为什么在战争当中
　　一意拦阻我？在我的头上你寻求
　　什么光荣？

道　　　　　　　告诉你，我是道格拉斯。
　　我所以在战争当中这样追随你，
　　因为有人告诉我你是国王。　　　　　　　　5

布　他们说得不错。

道　斯塔弗伯爵因为装扮得像你，
　　今天倒霉了；这把剑没把你杀掉，
　　却使他送了命。但是你性命也难保，
　　除非你束手投降，做我的俘虏。　　　　　　10

布　我生来不懂得投降，傲慢的苏格兰人，
　　你将要发现国王会替死去的
　　斯塔弗伯爵报仇。　　　〔两人交战，布被道杀死。
　　飞将军上。

飞　好哇，你若在何姆登也这样厮杀，
　　我就连一个苏格兰人也不能战胜。　　　　　15

道　大功告成了！这儿是国王的尸体。

飞　在哪儿？

道　在这儿。

飞　这个，道格拉斯？不，我认得这个脸，
　　他是个英勇的骑士，名字叫布伦，　　　　　20
　　故意装扮得和国王一般模样。

道　傻瓜的称号将追随你的灵魂！
　　假借名义，对你说，并不上算，
　　谁叫你偏要告诉我你是国王呢？

飞　国王叫许多人披着王袍上阵。　　　　　　　25

道　凭宝剑起誓，我要把他们全杀掉，
　　我要叫他那些王袍一件也不留，
　　直到我遇见国王。

飞　　　　　　　　快走,快走!

我们的兵士仗打得非常顺手。　　　　　　　〔同下。

战号声。福斯塔夫上。

福　我在伦敦虽然从来不付账,这儿的仗打起来可让我　　　30
　害怕,每一笔都往脑袋上记!且慢!这儿是谁?倭
　尔脱·布伦爵士!你看荣誉就是这个样儿!这还
　不是地道的虚荣吗?我热得跟熔化了的铅似的,又
　热又重!愿上帝别再给我铅吃啦!光是肚子里这
　点肠胃,我已经重得够瞧的了。我那帮破烂鬼让我　　　35
　带到打仗最凶的地方,结果全玩完啦,一百五十个
　当中也剩不下三个,那三个也只好蹲在市门口那儿
　一辈子要饭了。嗬,这来的是谁?

太子上。

太子　怎么?你在这儿闲站着?把剑借给我。
　许多贵人的尸体现在正僵硬地　　　　　　　　　40
　躺在夸耀的敌人的铁蹄之下,
　还没有人为他们的死亡复仇。
　请把你的剑借我吧。

福　啊,哈尔,请你让我先喘口气。土耳其人格里高利
　立下的那些战功也比不上我今天的表现。我总算　　　45
　把波西给送回老家了,他算是稳了。

太子　他确是很稳,而且还活着要杀你。请把你的剑借我吧。

福　不行,上帝在上,哈尔,如果波西还活着,你可不能
　把我的剑拿走,你要的话,我可以把我的手枪给你。

太子　给我吧。怎么,在这盒子里吗?　　　　　　　　50

福　不错,哈尔,滚烫的,滚烫的。它可以让一个城市的
　人都不省人事。　　　　　　〔太子自盒中抽出一个酒瓶。

太子　怎么?现在是玩笑捣蛋的时候吗?

　　　　　　　　　　　　　　〔太子以酒瓶向福掷去,下。

福　波西要真还活着,我就把他的皮给剥得稀烂。要是
　他找到我头上来,那就没的说的了。要是他不来找　　　55

我,我偏偏一心一意地找他,那就让他把我切作烤
肉好了。我可不喜欢倭尔脱爵士这种咧着嘴傻笑
的荣誉,还是给我生命吧!我要能保全生命,那就
没的说了;如果不能,那么荣誉就是没人找它自己
光临的,那也只好算了。　　　　　　〔下。　60

第 四 场

战场上的另一部分。
战号声。两军冲杀。亨利王、太子、
约翰王子及魏斯摩尔兰上。

国王　听我说,
　　　哈利,你还是退下去吧,你流血太多了。
　　　约翰·兰开斯脱勋爵,你和他一起去。

　兰　我不走,父王,除非我也流血了。

太子　我求你,陛下,快上战场去,　　　　　　5
　　　你若是不在,军心可能会动摇。

　王　好吧,我就走。
　　　魏斯摩尔兰伯爵,领他回营帐去。

　魏　来,殿下,让我领你回营帐去。

太子　领我,伯爵?我不要你的帮忙。　　　　10
　　　浅浅的一道划伤绝不会使得
　　　威尔士亲王离开这样的战场:
　　　血污的贵人的躯体正在被践踏,
　　　叛徒的刀剑正在恣意屠杀。

　兰　休息得太久了。来,魏斯摩尔兰,　　　15
　　　我们到那边去。看上帝面上,快来。〔魏及约翰王子下。

太子　天晓得,兰开斯脱,你算把我骗了,
　　　我真没想到你具有这样的勇气。
　　　以前,我把你当兄弟疼爱,约翰,

101

今后我将尊敬你像我的灵魂。   20

王　我亲眼看见他抵住了哈利·波西，
　　一个未成长的武士能这样招架，
　　真叫我料想不到。

太子　　　　　　　　　　　是啊,这孩子
　　使我们人人都精神百倍!   〔下。
　　道格拉斯上。

道　又是个国王? 简直像怪蛇的头颅,   25
　　不断地长出来。我就是那个道格拉斯,
　　专要这般打扮的人们的性命。
　　你是谁,伪装得和国王一般模样?

王　国王本人,道格拉斯。使我痛心的
　　正因为你碰见许多我的影子,   30
　　没碰见真正的国王。我两个儿子
　　正在战场上遍找你和波西;
　　不过既然这样巧,你和我撞见,
　　我就要动手了。好,你准备招架吧!

道　我先还怕你又是个冒充的货色,   35
　　可是,老实说,你举止倒像个国王;
　　总之,不管你是谁,你算归我了,
　　我就这样子擒拿你。〔二人交战,亨利王情势危急。
　　太子上。

太子　把头抬起来,万恶的苏格兰人,若不然,
　　你这一辈子休想抬头了。英勇的   40
　　舍莱,斯塔弗,布伦的魂灵都在我臂膀上。
　　恐吓着你的现在是威尔士亲王,
　　他一向说话算话,说到做到。〔二人交战,道逃走。
　　振作起来,父王,你现在怎么样?
　　尼古拉·高赛爵士刚才来求援了,   45
　　还有克利夫敦——我马上就去找克利夫敦。

王　慢点,喘口气,休息一会儿。

102

你已经赎回了你所失去的荣誉，
从这番善意的搭救里可以看出
你对我的生命还是有几分关心。 50

太子　上帝啊，那些说我一意盼望
你死去的人们，实在太冤枉我了。
如果真的是那样，我满可以
不理睬道格拉斯对你要下的毒手，
这样很快地就会把你送终， 55
速度不亚于世界上所有的毒药，
还可以省掉你儿子悖逆的操心。

　王　快去帮克利夫敦吧，我去帮高赛爵士。　〔下。
飞将军上。

　飞　如果我没认错，你就是哈利·孟摩斯。

太子　你说话的口气像以为我不敢承认。 60

　飞　我的名字是哈利·波西。

太子　　　　　　　　　　原来
你就是那个勇力绝人的叛徒。
我是威尔士亲王，不要再妄想
与我分享光荣的声誉了，波西。
两颗星不能在同一条轨道里运行。 65
同一个英格兰也不能忍受你和我——
波西和威尔士亲王双重的统治。

　飞　的确是不能，哈利。我俩有一个
已经临到末日了，可惜的就是
你的威名比我的相差太远。 70

太子　这一场交战以后，我就会盖过你。
所有你头上含苞欲放的荣誉，
我都要剪下，为自己编一个花冠。

　飞　我再也不能忍受你的夸口了。　〔二人交战。
福斯塔夫上。

　福　杀得好，哈尔！向前，哈尔！哼，这儿可不是什么 75

103

闹着玩的地方,我可以告诉你说。

道格拉斯上,与福交战。福倒地装死。

道下。波西被太子刺伤倒地。

飞　啊,哈利,你夺去了我的少年。
　　失掉这脆弱的生命,我倒不伤心,
　　伤心的是你抢去了这么多荣誉。
　　这痛苦远过于你的剑给我的创伤。　　　　　　　　80
　　但感情是生命的奴隶,生命是时间的
　　弄臣,时间衡量着整个世界,
　　迟早也会停止。啊,我本想预言,
　　但是死亡的寒冷泥污的手指
　　压住了我的舌头。不,波西,　　　　　　　　　　85
　　你就是泥土,只能供——　　　　　　　〔死。

太子　——蛆虫吃,波西。再见吧,伟大的心灵!
　　狂妄的野心,你看你缩得多厉害!
　　当这个躯体还包藏着一个灵魂时,
　　一个王国对他说也过于狭小,　　　　　　　　　90
　　而现在几尺十分污秽的土地,
　　也就够宽阔了。你如今死在地面上,
　　地面上再也找不到同样的壮士。
　　如果你还能感觉到我的敬礼,
　　我反倒不会表示这般深情。　　　　　　　　　95
　　让我用纪念品盖上你血污的脸吧,
　　同时我也代替你谢谢我自己,
　　为你执行这宽大哀怜的礼仪。
　　再会吧,把你的美名带到天上去,
　　但愿恶名伴随你在墓里长眠,　　　　　　　　100
　　而不记载在你的墓铭当中。　〔见福斯塔夫躺在地上。
　　什么,老相好?难道这样多的肉
　　还保不住一丝生气吗?可怜的贾克,
　　再见吧,失去你比失去一个正经人

更使我难过。假使我只求享乐，   105
想起你将会使我心头沉重。
死神在今日的血战中大肆凶威，
猎取了许多人,谁也比不上你肥,
不久你就要开膛了;现在,对不起,
请你在血泊中和波西一起安息。   〔下。   110
福斯塔夫起立。

福 开膛了? 你要是今天给我开膛,明天我就让你给我
腌起来吃下去。他妈的,亏得我假装,不然那凶神
附体的苏格兰人早把我送回苏格兰老家去了。假
装? 我真是胡说,我才没假装呢。死了才是假装,
因为一个人没有生命,岂不是假装的人吗? 可是假   115
装死了,借此托生,就不是假装。这正是真真正正
一点也不差的生命的表现。勇敢主要还得靠智谋,
正是这主要的因素今天搭救了我的性命。娘的,这
个火暴的波西尽管死了,还是叫我害怕。要是他也
是假装,猛地站了起来怎么办? 说老实话,我恐怕   120
他假装的本领比我还大。所以我还是稳一点,再给
他一下子吧;不错,然后我可以发誓说他是我杀死
的。他凭什么就不能像我一样再站起来呢? 除非
眼见,谁也没法子驳斥我,现在又恰巧没人。所以,
你这家伙(刺飞),给你大腿上再添一个新伤口,你   125
跟我来吧!   〔福将飞负在背上。
太子及约翰王子上。

太子 来吧,兄弟,你的剑头一次出鞘,
就杀得十分漂亮。

兰   慢着! 这是谁?
你不是对我说这胖子已经死了吗?

太子 是啊,我看见他死了,   130
断了气,流着血,躺着。你还活着吗?
还是幻觉对我们的眼睛要把戏?

请你说句话,有我们耳朵作见证,
我们才相信眼睛。你样子不对啊!

福　　那是自然,我总不会是个两头四臂的幽灵。可是我 135
要不是贾克·福斯塔夫,那我就是孙子。你们看,
波西在这儿哪!(将尸体掷下)要是你爸爸肯封赏
我,那就没的说了;要是他不肯,下次再来个波西,
就让他自己去杀吧。这一来我不做公爵也得做伯
爵,我告诉你们。 140

太子　这是怎么回事?波西明明是我杀的,我看见你死了。

福　　你看见我死了吗?老天,老天,怎么全世界都那么
会撒谎啊!我承认我确是倒下了,喘不过气来了;
他也是一样。可是我们俩猛一下子同时站起来了,
按舒斯伯利的钟来说,又足足拼了一个钟头。要是 145
你们信我说的话,那就没得说的了;要是你们不信,
那么应该给我奖赏的人就得承当这个掩人之功的
罪过。我敢拿我的性命作赌,他大腿上这个伤口是
我刺的。如果他现在活着,还矢口否认,他妈的,我
就把我的剑给他一段吃吃。 150

兰　　我真没听到过这样奇怪的事情。

太子　这家伙本来就奇怪,约翰兄弟。
来,把你这担子好好地扛起来;
如果撒谎能对你有什么好处,
我可以用言辞尽力给你装点。　　　　　〔吹归营号。 155
这是收兵的号角声。我们战胜了。
来,兄弟,我们到高处去看看
哪些朋友还活着,哪些死去了。〔太子及约翰王子下。

福　　我不妨跟着,照一般人的说法,在后面等赏。赏我
的人,愿上帝也赏他!我的地位要是高了,身子就 160
得小了,因为我得吃点泻药,不再喝酒,过干干净净
的生活,就跟一个贵人似的。　　　　　　〔背负尸体下。

第 五 场

同上场。

号角声。亨利王、太子、约翰王子、

魏斯摩尔兰及余人等上;吴斯特及维农被俘随上。

王　　叛逆永远会得到这样的惩罚。

　　　黑心的吴斯特!我不是向你们全体

　　　提出了宽大、赦免和善意的言辞吗?

　　　你怎么居然把我的条件歪曲?

　　　滥用你侄儿付托给你的信任?　　　　　　　　　　5

　　　今天我方阵亡的三个骑士,

　　　一个尊贵的伯爵,还有许多人,

　　　本来现在都可以活着;

　　　完全是由于你不肯像一个基督徒

　　　在两军之间老实地传达信息。　　　　　　　　　10

吴　　我的安全迫使我不得不如此;

　　　现在的厄运,我只有忍耐地接受,

　　　因为它已经降临,无法避免。

王　　把吴斯特带出去杀了,还有维农;

　　　其余的罪人等我仔细考虑。　〔军士牵吴斯特、维农下。　　15

　　　战场的情况如何?

太子　那位高贵的苏格兰人,道格拉斯伯爵,

　　　当他看见战争进行得不利,

　　　波西阵亡了,他手下所有的士兵,

　　　惶恐地奔散,自己也随众逃走,　　　　　　　　20

　　　从一座山上摔下来,伤势很重,

　　　已经被追兵捕获。目前道格拉斯

　　　正在我营帐里。我请求父王陛下

　　　允许我随宜处置他。

王	你当然可以。
太子	那么,约翰·兰开斯脱兄弟,让我 25
	交付给你这光荣宽大的使命:
	去见道格拉斯,把他即刻释放,
	听任他自由离去,不索赎款。
	今天在交战中他所表现的英勇,
	教导我们要珍视这样的品质, 30
	尽管是出现在我们的敌人身上。
兰	殿下的这番恩礼,我非常感谢,
	我现在立刻就去执行你的话。
王	现在要做的就剩下分布兵力。
	你,约翰,和魏斯摩尔兰妹夫, 35
	以最快的速度即时转向约克去,
	与诺桑伯尔兰和斯库普主教会战,
	我听说,他们正在紧张地准备。
	我自己和你,哈利,开往威尔士,
	去讨伐格兰道尔以及马区伯爵。 40
	再遇到像今天一样沉重的打击,
	国内的叛乱就将要失去势力,
	我们既然是已经占了上风,
	要再接再厉,取得最后的成功。 〔同下。

注释（注码系正文行数）

第 一 幕

第 一 场

舞台说明　伦敦。王宫。莎士比亚的剧本原来是在没有幕的舞台上演出的,布景道具都十分简单。通常只有从剧词里才能推出情节发生的地点。现代版本里绝大部分的地点说明都是十八世纪以来莎士比亚学者和编纂者为了读者的方便而增添的,因此不能看作出自莎士比亚亲笔。以后各幕的地点说明大多是这种情况,不再一一指出。

亨利王——及余人等上　关于这些人物的重要历史事实,参看"附录"。

1—33　我们正处在——重大的任务　这段话提供了本剧和《李查二世》当中的联系。在《李查二世》末尾,亨利四世曾表示要远征耶路撒冷,借以洗清他在谋杀李查王的事件中所犯的罪恶。从本段里可以看出亨利登位以来,内战仍在不断地爆发,因此他又重申一年前的决心,想要借国外战争来平定国内的不安情绪。他的乐观的预言:内战将永不再来,英国军队将到圣地去驱逐异教徒,是一种戏剧讽刺。从以后的发展里我们可以看到激烈的内战贯串了亨利的全部统治期间,而他至死也没有看到耶路撒冷。事实上,开首一行的"动荡多难"四字奠定了全剧的气氛。

10—11　像是阴暗的——同一种本质　古天文学认为雷电流星都是天空的气体所构成的;这里借喻在内战里相互杀伤的人原都属于同一民族。

28　我这番——一年　参看《李查二世》剧末亨利所发的誓。事实上,李查于1399年被迫退位,何姆登战役发生在1402年,间隔三年;但这种适应戏剧需要的"压缩"是莎士比亚作品中常见的。

31　魏斯摩尔兰妹夫　封建时代的英国国王与强大的贵族家族之间往往存在着复杂的婚姻和血亲关系,因此国王常常用"亲戚"一词称呼他的心腹贵族,表示亲昵。此处译文把亲属关系确定了。魏斯摩尔兰的妻子是亨利王同父异母的妹妹,见"附录""世系表"。

54　圣架节　9月14日。格兰道尔击败摩提麦,事实上早于何姆登战役约三个月。

57　隆隆的炮声　参看一幕三场。当时战争主要靠长弓;火炮是在"玫瑰战争"时期才开始应用的。这些小的时代错误说明莎士比亚脑子里同时在想他自己的时代。

71—72　弗爱夫——道格拉斯的长子　莎士比亚此处沿袭了何林雪德《纪事史》中的一个印刷错误。道格拉斯实际上与墨台克一同被俘,而墨台克是苏格兰摄政王阿尔巴尼公爵之子,并非道格拉斯的长子。

73　门戴斯伯爵　这是墨台克的另一爵号,错误也是由于直抄何林雪德所致。

78—90　是啊,讲到这儿——我的就送给他　这里第一次有意把太子和飞将军对比。两人的竞争构成"上篇"情节很重要的一部分。事实上,飞将军的年纪比亨利王还略微大一些,绝非与太子同样年轻。

89　普兰塔金尼　当时王室的称号。英国诸王自亨利二世至李查三世皆属普兰塔金尼系。

93—95　这场战事——伯爵墨台克　按照封建时代战争的习惯,俘虏中血统特别高贵的王公,战胜者不得擅自拘留索赎,应交给自己的主人:国王或统帅。墨台克是王家血统,因此亨利有权索取;其余俘虏,波西坚持不交出,在法律上是说得通的。

第　二　场

上一场庄重的诗句在这里换成活泼生动的口语,同时情调上也有了显著的变化。宫廷的严肃做作的气氛被一种乐天、开朗、无拘束的气氛所代替了。这里是"福斯塔夫式背景"的开端;我们看到太子和他的伙伴们所过的生活,他和福斯塔夫的亲昵关系,福斯塔夫对王法、体面和一般封建道德所抱的态度,以及在独白里太子透露出来的他的真实面目。

舞台说明　福斯塔夫——推醒　通行版本大都简单地使福斯塔夫与太子上场,因此使福斯塔夫的询问时间和太子的回答失去了意义。这里依照新剑桥版和西松的办法使太子推醒福斯塔夫。在英国舞台上也常常是这样演出的。伊利莎白舞台虽没有前幕,但内台有一个可以拉起的帷幕,可能福斯塔夫睡在内台里,在上一场终了时,将幕拉开,或由舞台人员将长凳推出到前台。

6　甜酒　一种强烈的白葡萄酒,也兼指其他类似的酒。许多人饮时加糖。

9—10　有什么理由——打听时间　太子的意思是福斯塔夫在白天只是吃喝胡闹,到夜里才行动起来,偷窃抢劫,因此白天没有必要打听时间。

13　金乌——骑士　"太阳骑士"是当时流行的一本游侠小说中的人物。

18—19　连吃一个鸡蛋——你也不配　当时清教徒中间盛行在用餐前后作冗长的祈祷。

23—24　嫦娥手下——宠臣　伊利莎白女王一生不结婚,所以在当时文学里常以贞洁的月神嫦娥比拟她。这里可能暗含着对伊利莎白诸宠臣的讽刺。

32—33　一会儿低落到——绞架顶上　受绞刑的罪人要脖子套着绞索自己爬上绞刑台的梯子去。

36　我的老庄主　这是福斯塔夫前身是欧尔卡苏残存下来的一个例证。欧尔卡苏原文的意思是"古老的庄堡"。又"庄主"在当时的俗语里也有"荒唐鬼"的意思。

36　海伯拉出的蜜　海伯拉是西西里岛一座山名,古代以产蜜著称。

37　牛皮外套　囚犯穿的衣服。太子所见福斯塔夫话里有不正经的口气,所以玩笑式地恐吓他,底下福斯塔夫就改口了。

48—52　我问你,好孩子——可别绞死一个贼　这段话是很重要的,见序言。

60　等衣裳　和"御赏"谐音。当时习俗,绞死囚犯的衣裳皆归绞刑手所有。

62　逗急了的狗熊　把狗熊拴起,放狗咬它,是当时流行的一种娱乐,屡见于莎士比亚及同时人的作品中。

66　兔子——慕尔沟　通常认为兔子的脾气是孤僻忧郁的。慕尔沟是伦敦城外一条有名的臭水沟。

74—75　"智慧——无人理会"　引自《圣经·箴言篇》第一章第二十及二十四节。

92　盖兹山　罗却斯特附近通坎特伯利大路旁的一座山名,是有名的盗匪出没的地点。这里用作一个和福斯塔夫等结伙行劫的盗贼的绰号。

102—104　他从来——给魔鬼　"该是魔鬼的就给魔鬼",或"魔鬼的权利也不应抹杀",是一句通俗的格言。

108—109　带着贵重献礼——商人　进香的人从伦敦到坎特伯利去,瞻拜那里的圣汤玛斯神祠;商人从各地到伦敦去;来往两路都需要经过盖兹山。

111　东市　伦敦一个市区,此处指桂嫂在那里开的酒店。

115　叶德华　和上面的"奈德"一样,是颇因斯的名字。

115—116　我准得让你上绞架　"我准给你告发,叫你绞死。"当时不重大的盗窃也要受绞刑的处罚。

120—122　十个先令——王家尊贵的血脉　双关语。当时有一种"王家"金币,值十先令。

130—131　愿上帝——能够接受　玩笑地仿效教士向群众讲道的口气。

132—133　因为这年头——鼓励　一般人往往抱怨做好事得不到上面的鼓励。

福斯塔夫故意颠倒过来,说:做坏事也需要上面的鼓励。

135　垂尽的春天——秋老虎　老而有童心;老少年。

165—187　我早把你们看透了——改过　从这段有名的独白里,我们可以看出哈尔太子,未来的亨利五世,在宽厚爽朗的外表下掩藏着的有深沉计谋的内心。在和福斯塔夫和其他下层社会的"伙伴"们交往的时候,太子的态度不是完全真诚的,他实际上是在为他未来的统治地位铺平道路。有一派批评家企图越过这个难关,为太子出脱。他们说,这段独白等于一个讲解员在对观众讲话:"你们安心吧! 太子有一天会改邪归正的。"认为它并不代表太子真实的思想。这是拙劣而不近情理的诡辩。作为戏剧艺术家的莎士比亚,也绝不会把一长段台词放在一个性格上与之龃龉不合的人物口里。参看序。

186—187　我就要——改过　伊利莎白戏剧往往以押韵偶句作一场的结束。

第 三 场

舞台说明　温莎。枢密院会议室　通行版本作:"伦敦。王宫。"参看一幕一场。

10—13　至高的主上——今天　从下文可以看出吴斯特不只是蓄谋反叛,而且已经和各方面作了一些接触。这里他故意以不逊的态度企图激怒国王,同时煽起国王和飞将军父子间的恶感。

19　树立起怨愤的壁垒　在封建割据时代,贵族倚仗坚固的堡垒,不服从君主的命令,这是许多国王感觉头疼的事。此地的譬喻用得很恰当。

29—69　主上,我根本没拒绝交出俘虏来——忠心　这是飞将军第一次在舞台上开口。莎氏以高度的艺术技巧,通过对一些琐事生动的叙述,使飞将军的形象活现在我们面前。何林雪德《纪事史》里并没有这一段。

33　来了那么位爵爷　伊利莎白朝的听众可能在这番描写里认出当时许多油头粉面的新贵的形象。

37　鼻壶　装香料的小盒或瓶,与我国旧日的鼻烟壶相仿,起振作精神的作用。

41　撒气　双关语:(一)喷嚏;(二)拿某人出气,责骂他;与前一行的"惹恼"相呼应。

58　鲸脑油　当时认为鲸脑油可以化解凝固的血块,所以治内伤特别有效。"为什么要提这鲸脑油呢? 为什么要强调这琐碎可笑的细节呢? 因为这是一个现实性的笔触,可以构成现实感。恰恰因为我们起初看不出为什么波西偏会想起这样不足道的一件小事,所以这反倒显得不可能是虚构的。全段剧词就这样系在这个不相干的细节上,仿佛一条锁链。如果这点是真实的,那么其余也就都是真实的了。于是哈利·波西涌现在我们面前,站在何姆登战场上,浑身是尘土和血。我们也看见那位爵爷站在他身旁,捂着鼻子看兵士们扛运尸体。我们也仿佛听见他给这位年轻的将军一番医药方面的指示,把他气得几乎发疯。"(乔治·布兰兑斯:《威廉·莎士比亚》)

80 他的小舅子——摩提麦 参看"附录""世系表"。莎士比亚在这里沿袭了何林雪德的错误,混淆了第五马区伯爵爱德门·摩提麦和他的叔叔爱德门·摩提麦爵士;后者是飞将军的小舅子,后来娶了格兰道尔的女儿;前者在1398年曾被李查二世宣布为王位继承者,那时他还是一个幼童。

138 波陵布鲁克 波西直呼亨利四世的名字,表示愤恨。

153 被迫退位,不久就遭到暗算 李查在1399年9月退位,1400年1月被害。

193—194 好比脚踩着——深涧 吴斯特了解他侄子的脾气,所以试用危险和雄强的语言打动他。

202—206 我敢发誓——捞起 在波芒和弗莱彻稍后的喜剧《火焰杵骑士》里,有些演员叫一个学徒拉尔夫试念一段"雄赳赳"的剧词,看他有没有演剧的才能。当时拉尔夫就念了这几行(字句稍有改动)。由此可以看出飞将军的形象和他的言语在一般观众中间留下的印象是很深的。

207—209 只是——真让我闷气 突出地表现了飞将军的个人英雄主义,永远想超越别人,独享荣誉。同时也为三幕一场飞将军和格兰道尔的争吵埋下伏线。

231 大剑小盾 在莎士比亚的时代,大剑小盾是已经过时的武器,只有盗贼和仆役等才使用。贵族上等人使用的是长剑。飞将军借此表示对太子的轻蔑。

232—234 要不是——毒死他 这几行虽然出自敌对的一方,可能有一定程度的夸大,但还是有意义的,说明国王和太子中间的矛盾是大家都知道的,不是什么隐秘的事情。

246 他叔叔约克公爵 爱德门·约克公爵,亨利四世的叔父,在李查二世远征爱尔兰时,代理英国国政。亨利归国,他起初反对,后来犹豫不决,终于参加到亨利一方,参看《李查二世》二幕一场及二场。以下所叙的事迹都是回顾《李查二世》剧中的情节。莎士比亚用急躁地说半句话的方式很好地传达出飞将军火暴的性格。

254—255 "等他幼年的——好兄弟" 《李查二世》二幕三场中亨利所用的词句(略有改动)。

272 斯库普伯爵 维特希尔伯爵斯库普究竟是否约克大主教的兄弟,现代历史家还不能肯定。斯库普的死见《李查二世》三幕二场。

第 二 幕

第 一 场

"北斗星在夜晚的天空里升到'新的烟囱上',提灯微弱的光辉在肮脏的庭院里闪耀,破晓清爽的空气,烟雾迷蒙的气氛,潮湿的豆料、腌肉和生姜混合的气息都直接传达给我们的感官。"(布兰兑斯:《威廉·莎士比亚》)

这一场是一个出色的例子,充分表现莎士比亚借剧词刻画四周景物及气氛的能力。缺乏现代化布景在莎士比亚作品中并不构成障碍;相反地,它是一种动力,促使莎士比亚在许多描写片段中发挥他高度的文字技巧。

舞台说明　脚夫　此处指以代他人运货为职业的人。

13—14　咬得我——似的　指鱼身上寄生的小虫;一说鲤鱼身上有斑点,像是虫咬而成的。

15　打半夜起　原文"打第一声鸡叫起",按契垂治的解释,指午夜。

15—16　哪个——这样的咬　脚夫甲的意思是国王永远享受第一流的待遇,就是在挨跳蚤咬方面也胜过别人。

23—24　跟喝酒似的——功德　流行俗语,参看二幕二场。

27　我看有两点了　甲在第一行已经知道是四点了,此处故意说只有两点,因为他疑心盖兹山不是好人,所以不愿让他知道他们已经该动身了。

35　到那儿反正得上灯了　盖兹山想探听两个脚夫的计划,算一下他们大约何时经过盖兹山。脚夫看穿盖兹山的原意,故意不作明确答复。

37　要找人搭伴一起走　二幕二场抢劫时二脚夫并未出现;二幕四场又有一脚夫伴随郡将来拘捕福斯塔夫。莎士比亚剧中偶尔有此种前后不符的地方,因在舞台演出时不会有人注意到,所以不足为病。

38　伙计　旅店里的店伙与盗贼串通抢劫旅客,当时是常有的事。哈瑞逊在他的《英格兰游记》里写道:"我敢说,只要有一个小贩或旅客遭到抢劫,他们(指店伙)当中一定有些是知情的。"

39　"扒手的话:离你不远"　是一句流行的俗语。要伸手掏别人口袋自然需要靠近他。

49　圣尼古拉斯的徒弟　贼盗们认为圣尼古拉斯是他们的保护神。

64　讲究吃喝不讲究喝酒　"吆喝"指大喝一声:"拿钱来!"

71 王法——一层油啦 双关语:(一)油靴不透水;(二)"上油"有贪污的意思。

74 羊齿草 羊齿草的种子极为微细,肉眼几乎看不见,所以迷信的人们认为它可以使人隐形。

80 拉丁文的 homo——总称吗 "Homo,人类总称",是当时常用的拉丁文课本里面的一句话。盖兹山的意思是:老实人也好,臭贼也好,反正都是人,差不了多少。

第 二 场

舞台说明 太子、颇因斯及披多上 这一场中人物上下场及发言有几处异常混乱。译文主要依据四开本,与有些版本不同。

1—2 他气得——绒布一样 当时布商常往绒布上涂胶或油质,使之显得光新;但穿上不久就"带刺"了。

23 贼——信用了 讽刺。福斯塔夫认为贵人们背信弃义不足为奇,贼却永远应该彼此讲信用。

38 太子的袜带 "袜带"是一种英国最高级勋章的名称。王太子可佩戴此种勋章。

39 编些歌儿 这也是当时社会的风俗。法庭常常需处理此类借歌谣诬蔑他人或破坏他人名誉的案件,有时宫廷贵人也编歌曲攻击政敌。参看下篇四幕三场。

59 约翰·干寿 亨利四世的父亲,见"世系表"。他生在弗兰德斯的根特(Ghent),因声音相近,转成"干寿"(Gaunt)。这里用"干瘦"的双关意义开玩笑。

69 让那孩子牵着我们的马下山去吧 因动物很难上舞台,所以有这句交代。

73 揍他们!开他们 在台上演出时,这个场面是异常滑稽的。真正动手抢劫的是巴道甫等人,福斯塔夫仅在一旁暴跳威吓。关于这段话里暗含着的对当时社会的抗议,参看序。

93—97 得来毫不费力气——可怜他了 这一段现代通行版本都印成分行的诗。译文依据四开本、第一对开本和新剑桥本当作散文来译。

98 听那混账胖子的叫唤劲儿 有两种解释:(一)指福斯塔夫在抢劫时大声威吓;(二)指福斯塔夫在太子和颇因斯攻击之下弃赃逃走,大呼求饶。后一说较近情理。现代舞台演出有时使太子和颇因斯在后面慢慢地追赶福斯塔夫,并且用剑戳他。

第 三 场

舞台说明 华克渥斯城堡 波西家族的根据地,在英国本土北部诺桑伯尔兰。

20—21 非得用——敲出来不可 轻蔑的口气。意思说对付这种懦夫不值得动男子汉的武器。当时妇女用的扇子大都是羽毛做的。

33　凯特　飞将军的妻子应该名叫伊利莎白,见"世系表"。

34　亲爱的丈夫　通过波西夫人的担忧,莎士比亚使我们更深刻地体会到飞将军等处境的危险;同时从下面的戏谑里我们也看到他性格柔和的一面。

42　撇开我对你珍贵的权利　"权利"指作为妻子应该从丈夫得到的注意、爱护和共同相处的时间。

68　啊,希望　波西家族纹章上的标语,全文是"希望支持着我",参看五幕二场97行。

73　为了这匹马　飞将军故意错会夫人的意思,逗她发急。

84　把你的小指头掰断　情人之间的一种游戏性的威吓。

90—91　脑袋上开花——香气　借"开花"的双关意义:"我们要杀伤很多人。"

108　你不会泄露自己不知道的东西　这是一个来自拉丁文学中的极古老的笑话,意思是:唯一使女人保持秘密的办法就是什么也不告诉她。

第 四 场

许多批评家认为这是全部英国戏剧中最滑稽惹笑的一场。它给我们一个绝好的机会来欣赏福斯塔夫在情势不妙、走投无路时突出奇计,反败为胜的本领。关于福斯塔夫在讲他与两个、四个,以至十一个穿麻布衣裳的人作战时,他是否已经意识到太子和颇因斯安排下的圈套,甚至猜到穿麻布衣裳的人就是他俩,这是许多学者曾为之争辩不休的问题。事实上,在这里,正像在莎士比亚其他许多号称"难解"的戏剧里一样,正确的答案其实就是最简单平易的解释。如果福斯塔夫真的已经知道是太子和颇因斯抢走了钱,莎士比亚一定会借一个旁白之类的办法给我们一些线索的。正因为福斯塔夫已全部掉入陷阱里,而最后还能踊身跳出,我们才更喜爱他的机智。他在几乎一口气的工夫里把两个穿麻布衣裳的人增加到十一个,可能是故意的;原因倒不完全是这样的糊涂善忘太不近人情,而是因为在福斯塔夫所有的吹牛撒谎当中总是存在着一定的自觉的荒谬夸张的成分。这种有意留下的破绽和颠倒是非的反话,我们在序里已经看到,是福斯塔夫经常用来反击封建道德的武器。在和太子两人演戏的场面里,福斯塔夫显示出无可比拟的口才:不管是扮国王还是扮被查问的太子,他总设法使自己立于不败之地。此外,从这场里还可以看出莎士比亚运用人民口语的技能和他对当时宫廷里流行的矫揉造作的谈话方式的讥嘲。

舞台说明　东市。野猪头酒店　见一幕二场太子的话:"明天晚上在东市跟我见面。我到那儿去吃饭。"

21　一便士的糖　酒保兼卖小包的糖,以便有的客人喝甜酒时加在里面。

24　半月房间　当时酒店里的房间不是以号码标明,而是在门上画着不同的图样,作为名字。参看"石榴房间"。

37—38　你还得——还得五年　为了防止大批农村劳动力流入城市,伊利莎白朝规定了严格的学徒法令,除去年龄、居住期等等限制之外,一般职业学徒的服役期长至七年。

49　迈克耳节　大天使迈克耳的节日——9月29日。法兰西斯以这节日为计算自己岁数的标准是很巧妙而亲切的,因为在这一天学徒们可以痛快地玩一趟,所以对它保持着鲜明的记忆。

59　来了,法兰西斯　太子故意误解法兰西斯的意思,认为他表示立刻要来拿钱。

64—66　那个身穿皮背心——西班牙式腰包的　太子滔滔不绝地把酒店掌柜的穿着打扮描写了一番。"给他亏吃"表示服役期未满而逃走。太子玩笑地暗示,他可能给法兰西斯另谋职位,所以法兰西斯听了感觉激动慌乱。许多批评家认为这样捉弄一个老实的青年学徒是近乎无聊的,但从此也可以看出太子对他的一些下层社会的伙伴们的真实态度。

68—70　好,——这样好的价钱　可能太子就在信口乱讲,使法兰西斯糊涂。译文大体依照杜佛·威尔逊的解释:"你若没胆子逃走,就做一辈子酒保吧!等你这件干净上衣都沾满红酒弄脏了为止。即使在巴巴里(当时一个主要的产糖售糖的地区),一便士糖换到一个一千镑的职位也是闻所未闻的事。"

73　舞台说明　掌柜上　演出时掌柜的服装打扮应该完全与太子在64—66行的描写相同,以加强滑稽效果。

78　来了,来了,先生　颇因斯学酒保的声调。

84—86　打老亚当——我现在算全有了　太子表示:他引逗法兰西斯没有什么特别用意,只是兴之所至,玩笑一番。"古往今来的一切荒唐把戏,我现在都想试试。"

89—91　这家伙——就用来算账　看见法兰西斯匆忙地走过,太子打断了自己的话头,插入一段对法兰西斯的评论,然后又继续谈起波西的消遣方式和他自己是如何不同。

96　麦芽水　这种饮料给疲乏的马喝了,可以恢复精神。

96—97　过了一个钟头才回答　太子的敏锐观察能力使他注意到飞将军的这个特别习惯:先自言自语半天,然后再回答旁人长久以前发出的问题。

108—109　软心肠的黄油　四开本及对开本"黄油"都作"太阳"。译本依提博德以来的通行版本校改。太子以黄油的见热融化形容福斯塔夫喝起酒来的凶劲。

"太阳"在这里比喻福斯塔夫的圆圆红红的脸。

111 石灰水 霍金斯(当时一个有名的航海家)在他1622年出版的《南海航行记程》里写道:"我国酒店里盛行喝西班牙甜酒。在制造这种酒时,为了保存长久,往往加入石灰水;所以现在我国很多人害热病、结石、水臌以及许多其他大小毛病,这都是在这种酒普遍饮用以前所没有听说过的。"

115—116 肚子瘪了的青鱼 排掉卵之后的青鱼。福斯塔夫用他所能想到的最瘦的动物来和自己对比。

116—117 三个还没有被绞死的好人 福斯塔夫又在作半玩笑半严肃的感叹:这年头就数好人倒运,能不被绞死已很难得。

119 织布的 伊利莎白朝的织工中有许多是信奉新教的,惯于在工作时唱赞美诗。

123 木头小刀 民间杂剧中常出现一个叫"罪恶"的丑角,手持木头小刀,追打恶魔,以供戏笑。

144 怎么回事? 福斯塔夫用重复对方所说的话来装出一副理直气壮、有冤无处诉的样子。

144 一千镑 二幕一场里伙计说有一个旅客身带三百马克。这一场郡将对太子报告的时候也说旅客们被抢了三百马克。三百马克合二百镑,福斯塔夫夸大渲染为一千镑。

161 没有把他们捆上 披多怕谎话要说穿了(因为四个人捆起十六个人是很难办到的事),所以插嘴解释。

173 两个穿麻布衣裳的家伙 福斯塔夫虽然凭自己的想象力捏造出一百个敌人来,但是在他脑子里印象最深的还是那两个穿麻布衣裳的人,因为他自己曾亲身遭受到这两人的痛打。福斯塔夫一边吹牛,一边又提起这两个人来,是极端滑稽的,但也符合正常的心理状态。这并不表示福斯塔夫已经晓得这两个人就是太子和颇因斯;威尔逊认为福斯塔夫在说这话时应该向观众"挤眼示意",这是完全错误的,同时也损坏了喜剧效果。

187 凭我的剑柄起誓 因剑柄形状像十字架。

194—195 他们的——掉下来了 双关语。"剑头"是一种把长裤系在上衣上面的带子。

200 肯德尔草绿衣裳 森林里贼盗常穿的一种粗绿布衣裳。

211—212 你就是——逼出一句话来 用酷刑逼人陈述"道理"或自己的意见,是当时政治和宗教迫害中常用的手段。

213 道理像黑莓子一样 取"道理"和"桃李"的谐音。

217—220 你这饿死鬼——破剑 这些比喻都是挖苦太子的瘦长身材。在斯透的《编年史》里,太子被描写为"中等以上的身材……长颈项,身子又细又瘦,骨架很小"。

237 老天爷在上 依照一个历史悠久的舞台传统,在太子揭穿事实真相的过程中,福斯塔夫无可奈何地投身到一个高背的椅子里,然后在太子嘲笑他"跑起来那个灵便……"的时候,把身子一点点地缩下去,直到完全隐没为止。最后在太子和颇因斯逼问他还有什么话说时,首先是片刻的沉默。观众此时一定也屏息地等待着,看福斯塔夫如何脱身。然后(福斯塔夫这时已扭转身来跪在椅子上了)一个圆圆红红的脸,满布笑容,从椅背后升了起来:"老天爷在上,你们的底细我还有不知道的吗?"

240 赫克里斯 古希腊神话里最伟大的英雄。

241—242 连狮子也不敢碰一个真正的王子 中世纪有许多故事,都讲述"兽中之王"如何不敢伤害王子和公主。

247—258 今天夜里警醒着点,明天去祷告吧 玩笑地引用《圣经》:"总要警醒祷告,免得入了迷惑。"(《马太福音》第二十六章,四十一节)福斯塔夫向后台呼喊,桂嫂这时还没有上场。

277 拿尖叶草把鼻子捅流血了 在"亨利五世的辉煌战绩"里,丑角戴立克告诉人他在法国打仗时如何冒充勇敢:"每天上战场去以前,我就拿一根草捅到鼻孔里,使鼻子流血,然后我就上战场去。官长一看见我就说:嗬,这个兵满身是血。就叫我站在一边,不用作战了。"

283 你火也有,剑也有 "火"见下注。中世纪的历史家常用"战火和刀剑"的字样来形容残暴的屠杀。

285—286 火花……邪气 巴道甫脸上满是红疙瘩,鼻子更是红得惊人。剧中人物常拿这点和他开玩笑。

289 火热的肚肠,冰冷的钱袋 "这表示你把钱袋里的钱全数用来买酒,喝下去把肚肠都烧热了。"

296—297 乡长的大拇指环 当时习惯把一种刻有印鉴的指环戴在拇指上。

297—298 全是该死的——吹鼓起来了 玩笑的反话。当时医学认为叹气使气血虚亏,形体消瘦。

301—303 那个威尔士人——宣誓尽忠的 当时一般人都认为格兰道尔有巫术。"亚马蒙"是一个妖魔的名字。"琉西弗"是恶魔的别名。

315 你这布谷鸟 因为太子重复他用的字眼:"家伙"和"跑"。

343 《堪拜西王》 《波斯王堪拜西的一生》是1569年出版的一篇剧本。据现代有些学者的考证,莎士比亚在本场里嘲笑模仿的其实不是"堪拜西王",而是与莎士比亚同时的一些剧作家如契德和格林为另一个剧团所写的一些流行剧。

353　别吵,我的老白干　桂嫂的赞美使演剧无法进行,所以福斯塔夫打断了自己,叫她安静。"酒壶","白干",暗示她的职业。有些版本在这里使巴道甫和桂嫂下场。

355—356　虽然紫菀草——衰谢　模仿黎利《尤弗依斯》里的一段:"紫菀草虽然越被践踏压下,越是四处乱爬;紫罗兰越被人触摸玩赏,则凋谢衰落得越快。"尤弗依斯式的以对偶为主的谈话写作方式,在伊利莎白的宫廷里被认为是极时髦的。

357—360　你是我的儿子——给我以保证　讽刺当时王公贵人中道德的败坏和男女关系的混乱。

367—368　这个沥青——专能沾染人　《圣经外篇》"伊克力西阿斯提克斯"里面的格言:"触沥青者必受沾染。"

380　看果子就可以知道树　引自《马太福音》第十二章三十三节。福斯塔夫在这里把他自己比作树,把他的外表比作果子。

389—390　听凭你把我——野猫似的　这样倒悬起来是一种剥夺骑士身份的惩罚。野猫(一种野兔的俗称)是当时肉店门口常挂的招牌。

404　曼宁垂肥牛　曼宁垂是艾塞克斯的一个城镇,以肥硕的牛和热闹的市集驰名。

405—406　邪神……罪恶……魔星……荒唐鬼　这些都是旧日民间宗教剧里的角色,参看 116 行注。

421—422　法老王的瘦牛　《创世记》第四十一章一至四节:"过了两年,法老做梦,梦见自己站在河边。有七只母牛从河里上来,又美好,又肥壮,在芦荻中吃草。随后又有七只母牛从河里上来,又丑陋,又干瘦……吃尽了那又美好,又肥壮的七只母牛。"法老是古埃及统治者的称号。

436　魔鬼也骑着琴弓子来了　意谓:"吵闹什么?"在流行迷信里,魔鬼和跳舞音乐常是联系在一起的。

440—442　千万不要把——看不出来　解说不一。杜佛·威尔逊的解释是:"不要把我,一个地道的好汉,当作一个没出息的贼交给官方。只看表面是靠不住的。拿你来说吧,你表面上很正常,但是疯劲一发作,也许就把朋友全出卖了。"

447—448　拿绞索把我勒死,只有比别人更顺当一点　因为他比别人肥重,一坠下来,就断气了。

第 三 幕

第 一 场

2 序幕 戏剧开始前,为了说明内容,有时加一序幕,等于我国小说前的楔子。此处借作比喻。

3—4 摩提麦爵士——忘掉了 本场中诗和散文的片段时有混杂,因古本已如此,难于更正。今尽量依第一四开本安排。

12—16 这倒不怪他——像一个懦夫似的颤抖 格兰道尔虽然出场不多,但在莎士比亚笔下得到了细致深入的刻画。他是骄傲的,勇猛的,同时和当时大部分威尔士人一样,迷信魔术。在下面和飞将军的争执中,我们还可以看到他为了顾全大局而抑制自己,对同盟者的脾气让步;这说明他是一个有政治经验的组织者。

25—33 患病的大自然——震动 飞将军在这里以充满诗意形象的语言描写地震的起因,用亚里士多德以来科学界接受的看法来驳斥格兰道尔的迷信。

42—47 在这喋喋不休——并驾齐驱 格兰道尔表示他生来与众不同,一切技艺都是无师自通的。"实验"在当时的科学界大部分仍停留在炼金术的水平上。

56 用真话羞辱魔鬼 古老格言。魔鬼被认为是"一切谎言的祖先"。

61—64 亨利·波陵布鲁克——弃甲而归 亨利对格兰道尔的三次进军是在1400、1401和1402年。最后一次,按照何林雪德的记载:"欧文隐蔽不战,同时(许多人认为)用魔术呼召起狂风暴雨和雪雹,使国王的军队陷于窘境。那种恶劣的天气和风雨是以前从来没有的。"

93—102 我觉得我这一部分——丰沃的低地 飞将军在这里表现出典型封建贵族的割据霸占的野心,即使和同谋者也要斤斤计较。川特河在到达勃登后开始向北弯流,如果径直东流入海,飞将军可能获得诺廷干和林肯两郡更多的土地。在讲这段话时,飞将军频频用手在一张摊开在众人面前的地图上指点。

118 我曾在英国宫廷里长大 格兰道尔曾做过李查二世的侍臣。

121 给英语增加了一些有用的装饰 当时一般现代语言都才开始从"粗糙"的状态发展丰富起来。格兰道尔表示他的歌曲使英语在高雅化的途径上向前迈进了一步。

145—151 不停地对我讲——背弃宗教 根据霍尔和何林雪德的《纪事史》,叛乱贵族决定把英国瓜分,因为他们听信了一个据说是梅林传下来的古老预言。(梅林是亚瑟王传说中的魔术家和预言家。)预言说:亨利是田鼠,他们三个人是龙、狮子和狼,将分割全部国土。

149　蹲伏……两腿站立　贵族纹章上动物的姿势。

192　我波西姑母　娶格兰道尔女儿的摩提麦事实上是波西夫人的弟弟。

197—198　从你的两眼——威尔士语言　指眼睛里流泪。

209　柔嫩的芦苇　当时风俗,在屋里地上铺芦草代替地毯。

216　天空笼辔的马车　指日神的马车。

221—223　现在离这里——来到　格兰道尔宣称他将自千里之外呼召一些大气中的精灵来演奏音乐。

226　舞台说明　乐声　在伊利莎白舞台上,乐师们坐的地方是高出在台上的一个房间里;观众只听见音乐,看不见演奏者,因此可以造成一种乐声从天而降的印象。从下面飞将军嘲讽的话看来,他不相信格兰道尔是有魔法的,他暗示奏乐的是一些隐藏的乐师。

238　不声不响是女人的短处　讥讽的反话。一般认为喜好叨叨唠唠是女人的短处。

250　芬斯伯利　伦敦城外一个供假日游览的地方,去的大都是商人和市民,所以飞将军用轻蔑的口气。

257—258　再唱就——差不多了　裁缝们做活的时候多喜爱唱歌。教知更鸟的指教鸟儿唱出调子的人。

第 二 场

在这一场里,通过国王和太子第一次在舞台上的会见,我们对两人的性格都获得进一步的了解。国王因为急于要教训他的儿子,暂时抛开了他经常的伪装,把过去篡夺王位的卑鄙手段与用心和盘托出。太子在回答里表示决心,保证他将用具体行动来证明他是不给他父亲丢脸的好儿子。在说这番话的时候,太子已经远离野猪头酒店,恢复他标准封建王公的身份了。此外,作者更深入地强调了太子和飞将军中间的竞争,为最后的高潮场面——舒斯伯利战役——作好准备。

6—7　因此——冤家　亨利王认为上帝给他这样一个没出息的孩子,是为了责罚他篡弑的罪行。

18—28　请陛下恕我——得到原谅　这一套乍听起来不易了解的拐弯抹角的言辞,和太子在东市所用的开朗活泼的口语是多么不同啊!大意是:"虽然我可以证明有些罪名是那帮专门挑拨离间的人捏造出来加在我身上的,但是我不准备矢口否认或抵赖,因为另外有一些过错确是真实的。我希望用真诚的忏悔来赢得对一切过错的宽容。"

32 **你已经胡闹得丢掉了枢密院的地位** 关于国王撤销太子枢密院的职务,参看序言。为了戏剧效果,莎士比亚把这事件移前了许多年。

33 **你的弟弟** 汤玛斯·克拉伦斯公爵,见"下篇"。

50—54 **我于是——欢呼和敬礼** 从这些话里我们不仅看出国王的狡诈,同时也认识到人民的力量是一切历史变革的最后决定因素。在莎士比亚史剧里占据前景的虽然是王公贵人,但是作者永远在提醒我们不要忘记广大人民的意志所起的作用。正因为李查荒淫暴虐,失去人心,而亨利用虚伪的手段取得了广大人民的信任和拥护,所以他才能推翻"加冕的国王"而自己登位。

69 **恨不得把自己整个出卖给人民** 自然李查王并没有和人民紧密地结合在一起;相反地,恰恰是由于人民背弃了他而趋向波陵布鲁克,才使他失去了王位。代表大贵族利益的亨利在这里主要是想说服他的儿子不要和下层人民过分交往,怕他因此会惹起贵族们的猜忌。

75 **六月里来到的布谷鸟** 布谷鸟的声音在初春是受人欢迎的,但到六月就不稀奇了。

95 **莱文斯波** 亨伯河口的一个旧日海港名。

113 **接连三次交锋** 三次是:(一)1388年奥特伯恩战役,事实上这次飞将军战败了,据有些记载说,甚至被俘;(二)1402年尼斯贝战役;及(三)同年的何姆登战役。

154 **只要是他的意旨允许我如此** "他"指上帝。

157 **死亡是一切约束的解脱** 流行语:死亡可以把人的契约义务和债务勾销。此处太子的意思是:我说出的诺言若不能兑现,我不惜用一死来抵偿。

164 **苏格兰的摩提麦伯爵** 摩提麦在前面已经出现过,是国王的敌人,实际给国王送信的是苏格兰马区伯爵顿巴尔。莎士比亚在这里犯了一个无心的错误,因为摩提麦是英格兰的马区伯爵。

第 三 场

9—10 **胡椒末……拉车的老马** 胡椒末借喻微细不足算;拉车的老马借喻老朽无用。在稍后于莎士比亚的剧作家戴克的一篇剧本里有同样的比喻:"正像贵族们对付他们的马匹一样,不能乘骑了,就卖给酿酒的去拉车。"

19 **你这个胖劲儿——不越出范围呢** 双关语,"越出范围"表示:(一)不循规蹈矩,不正常;(二)胖得超出一般限度。

23　"明灯骑士"　当时流行的骑士小说里面的主人公常常有类似的称号,例如"太阳骑士""火剑骑士"等。"太阳"等指骑士盾上特殊的标识。

26　刻着骷髅和枯骨的指环　这种指环当时很流行,意思是提醒每一个人死亡是不可避免的。

28　穿着紫色袍的财主　引自《路加福音》第十六章十九节:"有一个财主,穿着紫色袍和细麻布衣服,天天奢华宴乐。又有一个讨饭的,名叫拉撒路,浑身生疮,被人放在财主门口,要得财主桌子上掉下来的零碎充饥,并且狗来舔他的疮。后来那讨饭的死了,被天使带去放在亚伯拉罕的怀里。财主也死了,并且埋葬了。他在阴间受痛苦,举目远远地望见亚伯拉罕,又望见拉撒路在他怀里,就喊着说:我祖亚伯拉罕哪,可怜我吧!打发拉撒路来,用指头尖蘸点水,凉凉我的舌头,因为我在这火焰里,极其痛苦。"这段描写讨饭的和财主的文字显然给了福斯塔夫很深的印象,因为他引用它不止一处。参看四幕二场21—22行及"下篇"一幕二场32行。

42　往肚子里咽着点　俗语,意即:"别胡说八道了,把那些话咽下肚去吧!"

48　我爷们儿　桂嫂在"上篇"里自称是一个"安分良民的妻子"。"下篇"里她已经是一个寡妇了。在《亨利五世》里,她终于嫁给了火枪。

67—68　你看看他的脸——铸钱去吧　玩笑地把巴道甫一脸的疙瘩和酒糟鼻子比作赤金宝石之类。

80　两个一排——一个劲儿　囚犯被带往新门监狱时往往戴着镣铐,两人一排。

100　出洞的狐狸　在打猎的时候,狐狸一旦被引出洞外,就用一切诡计躲藏或装死,以免被猎犬捕获。

100—101　马丽安姑娘——典狱长的太太啦　马丽安姑娘是民间舞蹈中的一个角色,有时充罗宾汉的爱人。这里泛指不规矩或下流的女人。典狱长的太太,在福斯塔夫眼里看起来,就是最体面的贵妇人的代表。

149—151　我的肉体——容易受诱惑　按照基督教的信仰,人类的灵魂是崇高的,肉体是软弱的。

153　老板娘,我不生你的气了　福斯塔夫在这里采取了他所擅长的颠倒是非的伎俩,仿佛他是受了冤枉和委屈,现在主动地表示宽大。可怜的桂嫂本来是想继续控诉他向他讨债的,被他这一番好话和冠冕堂皇的教训("爱你的丈夫……")弄得糊涂了,因此乖乖地去打点早饭。

164　把国库抢它一下子　从这个半玩笑性的细节里,可以看出福斯塔夫和他的伙伴们把太子完全当作自己人,期望他能参加他们对封建统治下的当时社会所进行的一切捣乱活动。太子在有些方面的表现也没有辜负他们的期望,例如他曾为了祖护巴道甫而殴打大法官("下篇"一幕二场49—50行)。

187　这个店要变成战鼓,我够多喜欢　契垂治解释作:"我若用不着听战鼓的指挥前去拼命,而只管跟着这酒店跑,那就好了。"一说:鼓是军人不离身的东西,福斯塔夫希望他能带着酒店去打仗。

第 四 幕

第 一 场

1　说得好,苏格兰朋友　莎士比亚使我们觉得在这一场开始以前飞将军和道格拉斯有过一些对话;可能道格拉斯保证他要出力战斗,甚至要杀死亨利王,因此飞将军说:"说得好!"

4—5　使一切——像你一样广　以钱币作比喻。

9　吩咐我——伯爵　"只要你开口,我就立刻准备用实际行动来证实我的话。"

13　你带来什么信件?——我只能感谢你　"我只能感谢你"是对道格拉斯讲的。信差出现打断了飞将军的话头,但在问过信差之后,他又回过来把对道格拉斯的话讲完。在二幕三场飞将军和他妻子的对话里也表示了同样的特色。

31　他在——内部的疾病　只说了半句话,这是飞将军的习惯。飞将军在说这段台词时一边急忙地读信。

49—52　因为一下子——最后的界限　"如果诺桑伯尔兰也来了,那么失败就等于全军覆没,永无再起之望;现在我们还给自己留下一些'余地'。"

54—55　为了将要——目前所有的　借用当时社会的流行语:一个人如果不久可以继承到一笔财产,目前就可以尽量挥霍,甚至负债。

69—75　你们全晓得——恐惧　吴斯特的话非常精确地表达出叛徒们的心虚不稳。他们必须拼命蒙混自己一方面的士兵;稍有疑虑,士气就会消沉,军队就会瓦解。

84　这个名词"恐惧"　追引吴斯特在75行所说的。

106　生翼的莫丘利　莫丘利是罗马神话里诸神的信使,鞋子上生着翅膀。

111—112　你这番吹嘘——发疟疾　莎士比亚时代的英国寒热和疟疾等病极为盛行,特别是在早春时候。当时人认为这是由于早春的太阳从潮湿的沼泽里吸出疫气来,把病传染给人。

116　马尔斯　古罗马的战神(男)。前一行的女战神叫贝罗娜。

126　他在这十四天之内还不能发兵　从下面四幕四场18行我们知道格兰道尔临时退缩是"因为被预言所惑"。格兰道尔诚然是迷信的,但各叛乱贵族原来就相互猜忌,时常争吵,所以不可能达到坚实的团结。

136 **在这半年内我注定不会死去** 可能道格拉斯在参战前访问过巫师,巫师对他作下这个保证。剧末道格拉斯果然先被活捉,然后被释放。

第　二　场

国王的军队正开往舒斯伯利,其中的军官之一就是福斯塔夫,率领着他的一百五十名衣衫褴褛的可怜虫。在这一场里观众可以很清楚地看出现实的反映。关于当时英国征壮丁时发生的贪污舞弊行为,可参看“下篇”三幕二场首注。

4 **你先垫着吧** 巴道甫是福斯塔夫手下的总务,掌管兵士的薪给衣食。在“下篇”三幕二场里,福斯塔夫也是吩咐巴道甫发给新兵制服。在这里福斯塔夫的意思是叫巴道甫动用公款。

5 **连这瓶可就十先令了** 意思是:“你一共欠我十先令了。”

6 **要是十先令,就全赏你了** 福斯塔夫故意歪曲巴道甫的话,理解作可以用瓶去换十先令,所以下面他又接着说:“造币的责任由我来负。”

14—15 **已经在教堂里预告过两次了** 依照当时法律,双方准备结婚的消息,必须由当地牧师在教堂里连续三个星期日对众宣布,如果无人出面反对,婚礼才可以举行。

20 **军曹——小队长** 福斯塔夫从上司那里领来较高的士官的薪金,但是发给他手下那帮褴褛汉的是普通士兵的薪金。

21—22 **画布上的拉撒路——给他舔疮似的** 画布是当时有些人家用来代替绣幕的廉价品。参看“下篇”二幕一场福斯塔夫对桂嫂说的话:“至于说你墙上挂的,找点好看的逗笑的画布就行了……比起你那些破床帘和虫子咬得稀烂的帐子来,要强千百倍。”拉撒路见三幕三场28行注。

23 **小弟弟的小儿子** 在封建社会里,只是长子有继承权,而且可以在社会上获得较好的职位。伊利莎白文学里有许多关于小儿子无以为生出外冒险的描写。

24—25 **太平世界——蟊贼** 旧日封建统治者所信奉的金科玉律:长久不打仗,人心就会波动不安。伊利莎白本人就主张把那些“讨厌的游手好闲的家伙们”都送去打仗。

28—29 **浪子——吃豆渣和糠呢** 引用《路加福音》第十五章第十一至十六节浪子的故事:“一个人有两个儿子。小儿子对父亲说:父亲,请你把我应得的家业分给我。他父亲就把产业分给他们。过了不多几日,小儿子就把他一切所有的都收拾起来,往远方去了。在那里任意放荡,浪费资财。既耗尽了一切所有的,又遇着那地方大遭饥荒,就穷苦起来,于是去投靠那地方的一个人。那人打发他到田里去放猪。他恨不得拿猪所吃的豆荚充饥,也没有人给他。"

34 从牢狱里弄出来的 这也是莎士比亚时代的英国常有的事。1596年攻打卡第兹的时候,枢密院就曾下令把伦敦牢狱里的囚犯全数送去参战。

34—35 我这全队里一共也就只有一件半衬衫 "坎布利治州征集的五十人当中,有四十九人已经到达伦敦,一个逃跑了,余人中有十人不合格。他们大都穿着褴褛,衣不蔽体;缺少紧身上衣、裤子、袜子、衬衫和鞋。"("枢密院通令",1593年2月14日,转引自哈瑞逊:《伊利莎白朝私记》第195页。)

39—40 反正他们——有的是 乡村居民在篱笆上晒的衣服和单子,是窃贼们看见了最眼红的东西。

43—44 敬爱的——去了呢 福斯塔夫怕魏斯摩尔兰责备他迟延,所以先发制人地伪装惊奇:怎么? 你还没有到战场上去吗?

48—49 我警醒起来——偷奶油的猫一样 福斯塔夫意思说他精神很好,不怕连夜赶路。

55—57 咄,咄——都是血肉的 这段话是说明福斯塔夫毫无心肝,以人命为儿戏呢,还是一种间接曲折的抗议? 我们记得飞将军嗜杀成性的话(四幕一场113—117行),同时我们也知道在那时候的战争里,一般讲起来,贵人们可以享受较大程度的安全。他们不但有铠甲和马匹,而且常常可以赎买自己,因此敌人总希望活捉而不是杀死一个有爵位的人。普通士兵的命运却的确只是供枪挑,充炮灰。在"上篇"末我们看到这一百五十名士兵果然差不多全数阵亡,而亨利王在战争结束后提到的死去的贵族,为数就很少。

60 说起他们的穷相——怎么来的 讽刺:我不知道是谁害得他们这样穷的?

61 够瘦的 双关语。魏斯摩尔兰前面说这些人实在"够受的"。

69—70 战争——正合适 有一句流行话说:"打架赶开头,吃饭赶末了,是非常不聪明的。"

第 三 场

10 经过考虑的荣誉 维农的意思是他所珍视的荣誉是与周密的谋虑结合在一起的,与那班只凭血气之勇作无谓冒险的人们所信奉的荣誉不同。

17 算了,算了,不行 这与前面维农自己所说的"同意"似乎矛盾,但事实上还是合乎情理的。这里的意见代表维农认为正确的策略;前面的"同意"是受到道格拉斯刺激时的气话。

127

41　上天膏沐的尊严的君主　过去君主登位时要举行一种特别的涂抹膏油的宗教仪式,表示君主的神圣不可侵犯。

57　还不到二十六个人　据何林雪德记载,亨利回国时随从者不到六十人。

63　要申请他的采地　参看《李查二世》二幕一场。亨利的父亲约翰·干寿——兰开斯脱公爵——所有的采地都是代国王掌管的,因此依照法律,他死后,土地就又归回国王手里。亨利作为继承人,应向朝廷办理手续证明身份,才可以领回土地。

72　送进他们的誓言　封建下属向领主或君主所做的效忠的誓言。

73　把嗣子给他做侍童　这也是一种效忠的表示,嗣子事实上等于人质。

94—95　他有个——国王　马区即摩提麦,参看"世系表"。李查二世死后,摩提麦代表最长的一支。

108　不然——商量会儿　布伦带着国王的旨意来到,使飞将军改变了他原来准备当夜作战的计划。

110　一个人质　从五幕二场里我们知道国王方面后来派魏斯摩尔兰来充当人质,保证吴斯特和维农的安全往返。

114　我们说不定会接受　天不怕地不怕的飞将军也在考虑讲和了,这说明叛军的情势确是非常不利的。在底下短短的一场里,莎士比亚进一步强调了这点,这给最后飞将军的阵亡以应有的英雄气概。

第 四 场

2　司礼大臣　牟伯莱,参看"附录"。他在"下篇"里是一个较重要的角色。

第 五 幕

第 一 场

4—5　南风——吹号手　血红的太阳预示风暴的来临,南风更用它的"呼啸声"把太阳的意图传播开去。

13　衰老的肢体　事实上亨利王这时候大约仅仅三十六岁。

19—21　不再做狂奔的彗星——胆战心惊　彗星是不沿着"忠诚顺从的轨道"运行的。像在旧日的中国一样,莎士比亚的同时代人也把彗星看作不祥事件的先兆。

28　叛乱——找到了　玩笑地模仿小偷在被审时惯用的借口:"不是偷的,是我捡到的。"

34—35　我曾经折断我的官杖　据何林雪德:吴斯特当时任李查王的大总管;听到亨利回国,"他折断了他白色的官杖(那是他官职和身份的标志),毫不迟延地奔去找亨利公爵"。

85—100　告诉你侄子——单独的决战　这个事件并没有历史根据。诸纪事史家关于亨利王在战场上英勇的表现有过一些记载,但莎士比亚为了戏剧的需要,必须使太子成为这场战役里的主要英雄,因此虚构出这个挑战。单独会战是封建骑士时代残留下来的习俗,到莎士比亚时代已经成为一种纯粹的表演,对战事不起任何决定性的作用了。例如在1591年11月围攻卢昂的时候,艾塞克斯曾向卢昂守将挑战;卢昂守将也向英国各将官挑战,"一个对一个,火枪或剑任意挑选"。值得注意的是太子在这段话里除了表现出高度的勇气外,还慷慨地承认飞将军各方面的优点;飞将军则在谈到太子时,口气永远是鄙夷的,妒嫉的。

87　拿我的愿望起誓　"愿望"指死后得救的愿望,宗教用语。

101—103　我也准备——不应该如此　国王口头虽然这样说,但后来并没有这样做,太子和飞将军是在混战中偶然遇到的。国王的军队拥有优势的力量,当然不必恃单独会战解决问题。飞将军也知道这点,所以后来他说:"啊,但愿这争斗是我们俩的事!"

124　天字第一号的石像　指罗德斯大石像,古代七大奇迹之一,据说约有一百二十英尺高。石像安置在海港口。莎士比亚同时代人设想石像两脚跨着港湾两岸,来往船只都从他胯下经过。太子在这里讽刺福斯塔夫的胖,说只有这个大石像才能跨在他身上作战。

126　我正巴不得是临睡的时候呢　因为临睡前要祈祷。

129—144　可是还没到期哪——自己考问的结论　在这有名的荣誉独白里,福斯塔夫机智而锐利地指出了贵族和骑士们追逐空洞的荣誉是一件多么无聊的事。我们不应该从这里得出结论说福斯塔夫是一个懦夫。福斯塔夫采用的一问一答的方式是仿效先生考问学生步步深入追问以达到正确答案的办法,在这里的效果是异常滑稽的。

第 二 场

8　浑身是眼睛的谣传——吃亏　"谣传"或解释作"疑心"。参看"下篇"序幕舞台说明:"谣言上,浑身画满了舌头。"这里"浑身是眼睛"有"到处窥探,寻找毛病"的含义。

24—25　因此,好世兄——国王的条件　吴斯特故意不把谈判内容真实地传达给飞将军。这一点莎士比亚是依据何林雪德的记载,但吴斯特叙述的自己这样做的动机则不见于史书,可能是莎士比亚想象出来的。

35　慈悲　吴斯特故意用这名词来激起飞将军的怒气。

49　哈利·孟摩斯　孟摩斯是太子的生地。

52—69　决不是,我敢起誓——这样的误解　莎士比亚借太子的敌人口里巧妙地刻画出太子的风度。这帮贵族对亨利王都是仇恨的,但他们中间的一部分人却也倾心于太子;这样,在实际战争开始以前,叛军的士气已经开始涣散了。

58　像一本纪事史　中世纪的纪事史充满对王公贵人歌功颂德的言辞。

97　希望! 波西　见二幕三场68行注。在封建战争中跟随大领主前去作战的家丁家将们常常呼喊主人的名字作为口号。

第 三 场

何林雪德关于舒斯伯利战役的描写是莎士比亚这一场和以后两场的根据:"这次战役延续了长长的三小时,双方互有胜负。最后国王高呼'圣乔治! 胜利!'突破敌人的阵线,冲杀到最前方,以至(据有些记载)被道格拉斯伯爵击倒;道格拉斯同时杀死了打扮得和国王一样的倭尔脱·布伦爵士和其他三个人。他说:'我真奇怪怎么有这么多国王一个接着一个地长出来!'后来别人救了国王;国王那天表现得非常勇猛,据记载,他亲手杀死了三十六名敌人。国王的士兵被他的行为所鼓舞,也都奋勇作战,杀死了波西勋爵,绰号叫亨利·飞将军。结果是:国王的敌人溃败逃散,道格拉斯伯爵在急忙奔跑的时候从一座高山边上摔下来,把下身跌伤了,因此被擒。但国王因为他很勇猛,给予他宽大的释放。"这里值得注意的是救起国王和杀死飞将军的原来不知道是谁,莎士比亚都归在太子头上。道格拉斯是国王释放的,莎士比亚在最后一场里使"这番恩礼"也出于太子。

舞台说明　亨利王及其军队上,横过舞台,下　从这里可以看出莎士比亚戏剧在演出方面和我国古典戏剧有不少类似的地方。

7　斯塔弗伯爵　国王前军的率领人。历史家并没有说他也化装作国王,可能这细节是莎士比亚自己的补充。

25　王袍　原文指铠甲外面的衣服,上蒙国王的纹章,今译其大意。

30—31　我在伦敦——脑袋上记　"付账""打仗",谐音双关语。

35—36　我那帮破烂鬼——全玩完啦　这也是当时军官们常用的一种贪污手段。士兵死了,如果不向上报,薪饷就都进入军官的腰包。

37—38　蹲在市门口那儿一辈子要饭了　在伊利莎白时代,伤兵、乞丐和一般穷苦的人蹲在市门口要饭是常见的景象,因为在那里来往的人最多。如果是没有围墙的市镇,这些人就往往聚集在公路通过市镇的地方。

44　土耳其人格里高利　注家解释不一致,可能是流行戏剧里的一个角色。普通认为是指教皇格里高利七世或者是与伊利莎白同时的格里高利十三。信奉新教的英国是与罗马教廷敌对的,英国人民认为许多教皇事实上都是嗜血好杀的暴君。"土耳其人"在这里等于"凶残的人"。

54　把他的皮给剥得稀烂　和"波西"谐音。

第 四 场

11　浅浅的一道划伤　"太子当日帮助他父亲作战非常卖力。虽然脸上受了箭伤,他还是不肯让周围的贵族把他送下战场,因为他怕他不在场军队可能惊惧不安。"(何林雪德)

25　怪蛇的头颅　古希腊神话里的英雄赫克里斯的功绩之一就是杀死九头怪蛇。这怪蛇的任何一个头被砍掉后,会重新长出两个来,后来赫克里斯用烧伤口的法子使头颅无法长出。

41　舍莱　休·舍莱爵士,国王手下的马兵总管(一说是掌猎官),在这次战争里阵亡。

45—46　尼古拉·高赛爵士——克利夫敦　尼古拉·高赛爵士和约翰·克利夫敦爵士也都是在这次战争里阵亡的贵族。

81—83　但感情——也会停止　飞将军败在太子手里,因此感情上异常痛苦;但感情是依附于生命的,必须随生命的停止而停止。生命本身和时间比起来又是渺小不足道的。最后,主宰一切的时间本身也总会有一个结局。垂死的飞将军用这样的思想——一切都是短暂的——来慰藉自己。

83　我本想预言　临死的人能预知未来是一种传播很广的迷信。

96　让我们——血污的脸吧　太子在说这话的时候,摘下自己的项巾或盔上的羽毛放在飞将军脸上。在有些演出当中,太子脱下罩袍来把飞将军盖起。莎士比亚原意指什么,现在无法肯定。

102—110　什么,老相好?——一起安息　太子当然不知道福斯塔夫是在装死,因此这番话是在他认为福斯塔夫已经真死了的心情下讲的。值得注意的是这段言辞里有相当大量的玩笑和双关语:"难道这样多肉身保不住一丝生气吗?""使我心头沉重""谁也比不上你肥"等,但真正的悲痛却几乎没有。

109　开膛了　死尸需开膛之后涂上香料和药,才可以保存;同时太子在这里也还在继续想着上面猎取鸟兽的比喻。

110　舞台说明　福斯塔夫起立为正确欣赏这个动作的效果,我们应该记得观众直到这时为止,也认为福斯塔夫已经被道格拉斯杀死。

123　他凭什么——再站起来呢　"死了"的福斯塔夫既然能复活,谁能肯定死了的飞将军就不会再站起来了呢? 这正是下面福斯塔夫撒谎的论据。

135　两头四臂　福斯塔夫的意思是:"我背上背着一个人,样子当然不会是正常的。一个正常的人怎么会有两个头四只胳臂呢?"

145　按舒斯伯利的钟来说　福斯塔夫在这里又在故意荒谬地开玩笑,仿佛他一面厮杀,一面还看钟计算时间。

场末舞台说明　背负尸体下　在演出的时候有时可由福斯塔夫把飞将军拖下,或由福斯塔夫的兵士们抬下。因为假装背负死尸下台也不是很容易做到的事,演得不好常易引起观众哄笑。把飞将军设法弄下台去是必须的,因为紧接着就开始另外一场,不能让一个死尸还留在台上。布伦也可由兵士抬下。

第 五 场

27　去见道格拉斯,把他即刻释放　这样做除了表示宽大之外,还是一个有利的策略,因为北方的叛乱贵族如果得不到苏格兰的支援,就比较容易镇压下去。

35—37　你,约翰——会战　这是过渡到"下篇"去的环节,在当时剧院里也等于一种广告:"请看下集!"

下　篇

亨　利　四　世

剧 中 人 物

谣言　开场解说者

亨利四世

亨利太子　加冕后称为亨利五世

约翰　兰开斯脱公爵

亨弗利　格劳斯特公爵　　　　　　国王之子

汤玛斯　克拉伦斯公爵

诺桑伯尔兰伯爵

约克大主教

牟伯莱勋爵

海斯亭勋爵

巴道甫勋爵　　　　　　　　　　　反王党

柴维斯

莫顿

约翰·柯维尔爵士

倭立克伯爵

魏斯摩尔兰伯爵

苏瑞伯爵　　　　　　　　　　　　王党

高厄

哈科特

约翰·布伦爵士

大法官

大法官之仆人

颇因斯

约翰·福斯塔夫爵士

巴道甫

火枪

披多

福斯塔夫之小童

浅潭 ⎫
       ⎬ 乡村法官
闷宫 ⎭

台维　浅潭之仆人

爪牙及罗网　二公差

黄霉 ⎫
影子 ⎪
肉瘤 ⎬ 新兵
病夫 ⎪
牛犊子 ⎭

酒保,衙役,仆役,守门人,侍童,乐师,群臣,
警官,兵士

诺桑伯尔兰夫人

波西夫人

桂嫂

桃儿·贴席

收场白致辞人

地点　英格兰

136

序　幕

华克渥斯。城堡前。
谣言上，浑身画满了舌头。

谣言　　仔细地听着；因为在谣言大喊时，
有谁肯堵住自己听觉的穴道呢？
从东方一直到白日下沉的西方，
把风当驿马，我始终不停地讲述
在这浑圆的地球上演出的剧目。　　　　　　　　　5
我这些舌头含有无尽的诬蔑，
用各种语言，我把它们宣布，
以虚假的报道塞满众人的耳朵。
当暗藏的敌意装出无事的笑脸
中伤这世界的时候，我谈论和平。　　　　　　　10
此外除了我，除了谣言，还有谁
恐惧地征集军队，准备防御，
满当是战神的婴儿不久要降生；
其实这紧张的时代是害了别的病，
肚子才显得胀大了？谣言就好像　　　　　　　15
一支被猜测和嫌忌乱吹的笛子，
按起笛孔来十分容易简单，
即使那万头攒动的蠢笨的怪物，
那争吵不休，动荡不定的群众，
也可以吹奏。不过我何必如此　　　　　　　　20
在自己一家人当中仔细分析

我尽人皆知的本性呢？谣言来干吗？
我跑在哈利国王的胜利前面，
他已经在舒斯伯利血浸的战场上
击倒了年轻的飞将军和他的队伍， 25
就用叛徒自己的鲜血，浇灭了
大胆的叛逆的火焰。可是我不该
一开始就说真话。我的任务是
散布消息，说哈利·孟摩斯已经在
高贵的飞将军盛怒的剑下丧身。 30
国王面对着道格拉斯勇猛的进攻，
也垂下天佑的头来与死神为伍。
从舒斯伯利御驾亲征的战场上，
我把这些话遍传到每一个村镇，
现在来到这虫蛀的石块碉堡前， 35
正是飞将军的父亲，老诺桑伯尔兰，
诈病的地方。驿骑紧跟着来了，
使者们带来的信息也没有例外，
都是从我听来的。谣言的舌头
给人虚假的安慰，比噩耗更难受。 〔下 40

第 一 幕

第 一 场

华克渥斯。城堡前。

巴道甫勋爵上。

巴 谁看守这座门，喂？

守门人出现在平台上。

　　　　　　　伯爵在哪里？

守门人 请问你是哪一位？

巴 　　　　　通知伯爵，

巴道甫勋爵来到这儿向他问候。

守门人 爵爷刚才出去到园子里散步，

请你只要敲一敲那边一扇门，　　　　　　　5

他本人就会来开门。

诺桑伯尔兰上。

巴 　　　　　伯爵来了。　〔守门人下。

诺 有什么消息，巴道甫勋爵？如今

每分钟都可能产生杀伤的事件。

时局是混乱的，内战像一匹骏马，

喂养得十分好，一旦把缰绊挣脱，　　　　　　10

东冲西撞，没有人挡得住。

巴 　　　　　　　爵爷，

我给你带来了舒斯伯利战场的消息。

诺　但愿是好消息。

巴　　　　　　　　　再没有更好的了！
国王受到了重伤,命在旦夕;
你的少爷照旧是无往不胜,　　　　　　　　　　15
杀死了哈利太子;两位布伦
都死在道格拉斯手里;小王子约翰,
魏斯摩尔兰和斯塔弗大败奔逃;
哈利·孟摩斯的胖伙计,约翰爵士,
也被你少爷俘虏了。啊,这一仗　　　　　　　　20
打得真是又漂亮、又顺利、又成功,
自从恺撒的勋业以来,只有它
算给这时代增光。

诺　　　　　　　　　　　你怎么知道的?
你看到战场了? 亲身从舒斯伯利来?

巴　我碰见一位打那儿来的人,伯爵,　　　　　　　25
他是个世家子弟,出身很好,
自动把消息讲给我,千真万确。

　　　柴维斯上。

诺　我的下人柴维斯来了,是我
上个星期二打发他去探听消息的。

巴　伯爵,我在路上就把他赶过了;　　　　　　　30
他不会有什么了不起可靠的报道,
除去他听我说到的一星半点。

诺　好吧,柴维斯,你带来什么喜信?

柴　爵爷,听到了翁菲尔勋爵的好消息,
我就转身要回家;他的马比我好,　　　　　　　35
所以他走在前面。在他之后,
另一位绅士挥鞭奔来,停下在
我身旁,让他血污的坐骑喘喘气。
他问去彻斯特的道路,于是我向他
打听舒斯伯利战场上发生的情况。　　　　　　　40

140

他告诉我说叛乱分子倒运了，
年轻的飞将军两翼已经冰冷。
说完了，他又抖了抖手里的缰绳，
俯下身子去，用他脚跟的铁刺
拼命向喘息的骏马肚子上乱踢，   45
一直到轮齿都陷入皮肉里面，
飞奔而去，仿佛把道路都吞食了，
不肯再回答我的问题。

诺　　　　　　　　　　什么？
再说一遍！他是说飞将军不飞了？
飞将军两翼冰冷了？叛乱分子   50
已经倒运了？

巴　　　　　　伯爵，听我告诉你，
如果你少爷今天没大获全胜，
我赌咒把我的封地拿去交换
一根丝带子。那些话不必理睬！

诺　为什么柴维斯遇到的那个绅士   55
要说这样丧气的话呢？

巴　　　　　　　　他吗？
他准是一个下贱的家伙，骑的马
也是偷来的；我敢发誓他是在
信口胡说。

莫顿上。

　　　　　　你看，又有人来了。

诺　嗯，这人的表情像一页封面，   60
预示着书里包含的悲惨的内容；
又像是海滩，当汹涌的潮水退后，
满眼中留下的都是侵凌的痕迹。
说话吧，莫顿，你是从舒斯伯利来吗？

莫　我是从舒斯伯利赶来的，尊贵的爵爷，   65
可怕的死神戴上了最凶恶的面具

在那里恐吓我们的队伍。

诺　　　　　　　　我儿子

和弟弟怎么样？你发抖，你苍白的脸色
用不着口舌就说出了你的使命。
当年在深夜里，也是这样一个人，　　　　　　　　70
这样地沮丧，这样地无精打采，
这样地容颜惨淡，揭开床幕，
想告诉普赖姆特罗城一半在燃烧；
话还没出口，普赖姆已经猜着了，
同样我也猜着了我孩子的死亡。　　　　　　　　75
你打算这样说：公子爷如此如此，
二爵爷如此，道格拉斯如此战斗，
用英勇的事迹塞住我贪婪的耳朵。
最后呢，一下子真把我耳朵塞住了，
你长叹一声：好话都烟消云散，　　　　　　　　80
结束道：二爵爷，公子，所有的人——都死了。

莫　道格拉斯没死，二爵爷也还活着，

不过公子爷，少爷——

诺　　　　　　　　死了，我知道。

你看疑心的舌头说话多灵便！
一个人越是害怕听说某件事，　　　　　　　　85
越能从他人的眼里直觉地感到
所怕的已经发生了。不过，莫顿，
还请你告诉我：伯爵的猜想是谎话，
我将甘心接受这快意的屈辱，
为这种轻侮而厚赏你，作为报答。　　　　　　　　90

莫　你尊贵的地位使我不敢顶撞你，

你想得不错，你的恐惧是正确的。

诺　虽然如此，还别说波西是死了。

我在你眼里读到奇怪的供词。
你不停地摇头，可是又觉得说真话　　　　　　　　95

很可怕或者是罪恶：如果他战死了，
说吧，报告他战死了，没有关系。
替死者撒谎才是真正的罪恶，
不妨老实说死者不再活着了。
但是头一个传达坏消息的人，　　　　　　　　100
任务总归是倒霉的，他的言语
永远会像是记忆里阴沉的丧钟，
催一个好友的灵魂离开尘世。

巴　伯爵，我还是不相信公子死了。

莫　我很抱歉非要你相信不可，　　　　　　　105
其实我自己也不愿作这种见证；
但是我亲眼瞧见他，浑身是血，
疲倦地，喘息不定，无力地招架着
哈利·孟摩斯迅疾的进攻；一直到
他把无敌的波西击倒在地，　　　　　　　　110
从此公子爷就没有重新爬起来。
总之，他的魄力曾经像一把火，
点燃起营里最懦弱的农民的勇气；
等他的死信一传开，久经锻炼的
士兵们也都失去了火焰和热力。　　　　　　115
因为正是他把队伍炼成了精钢。
一旦他自己磨钝了，其余的人们
也都像笨重的铅铁，卷起了锋刃。
如果某一件东西本来是笨重的，
受到推动，飞起来速度格外快，　　　　　　120
同样，感觉到飞将军沉重的死亡，
我们的战士们用恐惧推动这重量，
纷纷从战场逃走，寻求安全；
脱弦的羽箭直射向预定的目标，
也没有那样快。于是，尊贵的吴斯特　　　　125
很快地被擒了，那勇不可当的苏格兰人，

浴血苦战的道格拉斯——在他的剑下，
三个国王的替身接连丧生——
也开始失去斗志，和其他人一样，
蒙上逃走的耻辱；就在奔逃时，   130
恐惧地跌倒被捉。总结一句话，
国王是战胜了，并且已经派遣
兰开斯脱小王子以及魏斯摩尔兰，
率领了一支急行的军队前来
和爵爷作战。这就是全部的消息。   135

诺 我要洒眼泪，将来还有的是时间。
毒药也可以治病；这些消息
在我健康的时候，会使我害病，
现在我病了，却多少使我好起来。
正像发高烧的人，骨节软弱，   140
几乎不能够支撑活动的躯体，
猛然会发作起来，如一阵烈火，
冲出看护的臂膀。同样，我手脚
因痛苦而软弱，现在被痛苦所激怒，
平添了三倍勇气。去你的，拐杖，   145
这只手今后要蒙上铁叶的手套，
贯穿着钢链子。去你的，绵软的小帽，
你这样没出息，怎么能保卫一个
战胜得志的王公们想砍的头颅？
把铁盔戴上，然后让灾难的局面   150
带来无论多么不利的时辰
对我作威吓的神色，我也不在乎！
高天和大地，亲吻吧！巨灵的手掌，
别堵住洪水的奔流！让秩序死去吧！
别让这世界再作为一个舞台，   155
拖长地扮演人类纷争的好戏；
让那第一个降生的该隐的精神，

充塞众人的胸膛，使每一颗心
都趋向流血，早点把这一幕结束，
留下黑暗来掩埋台上的尸体！ 160

巴　爵爷，你不该这样过分地动火。

莫　好伯爵，荣誉和慎重是不能脱离的。
所有和你同心的朋友们的生命
都倚靠你的健康；你如果太激动，
把身体弄坏了，他们也只有灭亡。 165
当初你曾经权衡过胜负，爵爷，
估计过各种可能性，然后才说道：
"让我们干吧！"你当初也曾经料到
在刀剑丛中，公子爷或许会丧命；
你知道他是在冒险，在悬崖边上， 170
掉下去的机会多于安全地渡过；
你当然也晓得他的皮肉照样会
受到创伤，他奋不顾身的脾气
会把他驱使到危险最多的地点；
然而你依旧说："去吧！"所有这一切 175
虽然都考虑到了，还不能阻挠
坚决行动的意志。目前的情况，
这一番大胆的举动产生的结果，
有什么是我们当初没料到的呢？

巴　我们这一伙投机失利的人们， 180
原先也知道海程是非常艰险，
托生的希望十分中只有一分；
然而还是尝试了，就因为心目中
想的利润压灭了对灾难的顾虑。
现在呢，既然垮台了，不妨再试试， 185
来吧，我们把性命和财产都投进去。

莫　再晚就赶不及了。因为，爵爷，
我确实听到，并且敢老实地讲出来，

温和的约克大主教已经召集了
一支精锐的军队。他这人能够   190
以双重的保证约束他的随从们。
公子爷手下作战的只是些僵尸，
半死不活的影子，行尸走肉：
因为"叛逆"这名词使得他们
身体的动作和灵魂不能统一。   195
打起仗来，他们是半心半意的，
像喝了迷药的人；只有武器
仿佛还在我们一方，灵魂和精力
完全被"叛逆"两字冻结起来了，
像鱼冻结在池子里。现在这主教   200
把揭竿造反的勾当也变成了宗教。
人们当他是诚恳的，思想圣洁，
因此死心塌地地听从他驱使。
为了扩大自己的势力，他更从
庞弗烈石墙上刮下李查王的血液，   205
说他的斗争和事业符合天意；
还对人民讲他要用全力来保障
在波陵布鲁克政权下流血的祖国，
因此他获得了贵贱成群的支持。

诺　我也听到过这桩事，但是老实讲，   210
当前的悲痛使我完全忘怀了。
随我进来吧，大家一起商量
一个最妥善的自卫复仇的办法。
备好快马和信件，召集友人，
数量越是少，越需要倚重他们。　　　　〔同下。   215

第 二 场

伦敦。街道上。
福斯塔夫上，小童擎福之剑盾同上。

福　我问你，大个子，医生说我的尿怎么样？

童　他说，老爷，那尿本身倒是挺好挺健康的尿，可是撒尿的人可能害着很多病，他自己却不知道。

福　各种各样的人全把挖苦我当作得意的事。人本来全是愚蠢透顶的，泥团的，脑子里哪想得出什么逗笑的东西？所有逗笑的东西还不都是我想出来的，或者在我身上想出来的？我不但自己说话俏皮，外带着还启发别人说话俏皮。我现在在你前头走起道来，就活像一头母猪，把生下来的一窝小猪都压死了，就剩下你一个。太子派你来服侍我，如果不是专门为了衬托我这副模样，就算我不懂事。你这婊子养的人参果，跟在我脚跟后头还不如别在我帽檐上像样呢！我活了那么大，这还是头一次带着一块玛瑙作跟班。可是你别打算我会拿什么金子银子把你镶嵌起来；破衣裳一裹，送你回你主人那儿去，让他当珍宝去吧，——那小伙子，那太子爷，你的主人，下巴上还没长毛！我看我手心上长出胡须来都比他嘴巴子上长来得容易。他居然还大言不惭地说他的脸就是地道王家的脸。哼，他那副脸，上帝不定什么时候才能完工呢！到现在为止还是一毛不拔。可是说不定就让他这副王家的脸纹丝不动算啦，因为修脸的想从他嘴巴上挣六便士是绝对办不到的事。他居然还自鸣得意，仿佛从他爸爸还是个光棍的时候起，他已经在字据上签署"成人"的字样啦！随他自己体面去好了，我反正看他越来越不入眼，这是可以对他当面讲的实话。我要做短外

5

10

15

20

25

衣和灯笼裤用的缎子,那位冬烘老板怎么说?

童　他说,老爷,你得给他找一个比巴道甫更可靠的抵押。他不肯收下他写的字据,也不肯收下你的,他不要这种担保。　　　　　　　　　　　　　　30

福　让他下地狱去吧,就跟那大肚子财主似的!但愿上帝叫他的舌头烧得更热!这婊子养的亚希多弗!这个不要脸的唯唯诺诺的奴才!这不是要像我这样一个绅士吗?先前满口答应,到时候又非要担保不可!这帮婊子养的剃平头的混蛋们,现在就知道脚底下　　35
蹬着高跟鞋,带子上挂着成串的钥匙;等人老老实实地跟他们凭信用交易的时候,他们又要起担保来了。我宁愿让人往我嘴里放耗子药,也不能让"担保"两字堵住我的嘴。拿我货真价实的骑士地位起誓,我还等着他给我送二十二尺缎子来呢,可是他却给我　　40
送了"担保"两个字来。好吧,让他就凭"担保"睡觉吧,因为他阔得头上都长角了,他太太的轻佻行为在里面直放光。可是有那么一盏好灯照着他,他还是什么都看不见。巴道甫上哪儿去了?

童　他去史密斯菲尔给你老爷买马去了。　　　　　　　45

福　他是我从保罗教堂里买来的,他又给我到史密斯菲尔去买马。我要再能从窑子里找个老婆,那我就连人带马带老婆都齐全了。

　　　大法官及仆人上。

童　老爷,上次那位大人来了。就是他因禁了太子,因为太子袒护巴道甫,打了他一下。　　　　　　50

福　走近点,我不愿意见他。

大法官　那边走的是谁?

仆　回大人的话,是福斯塔夫。

大法官　那件盗案牵连的就是他吗?

仆　就是他,老爷。可是后来他在舒斯伯利立了功;现　　55
在我听说他正要带着一些队伍去给约翰·兰开斯脱公爵增援。

大法官	什么,要到约克去吗?把他叫回来。
仆	约翰·福斯塔夫爵士!
福	孩子,告诉他说我耳朵聋。
童	你说话大声点,我主人耳朵聋。
大法官	我敢说他耳朵的确是聋,专门听不见好事情。去,牵他的袖子,我有话要和他讲。
仆	约翰爵士——
福	什么!年轻轻的小伙子,要起饭来了?这儿不是打着仗吗?不是有的是活儿干吗?国王不是正缺人吗?叛徒们不是也在招兵吗?当然啦,这两方面只应该投奔一方面,投奔到另外那一方面去是丢脸的事;可是要饭这事儿比起投奔最坏的方面来还要丢脸,如果天下还有比叛乱这名字更丢脸的事儿的话!
仆	你把我认错了,老爷。
福	怎么,难道我说你是个老实规矩的良民了吗?把我骑士跟军人的身份放在一边,要是我那么说,我就满嘴里说的不是人话。
仆	那么,老爷,就请你把骑士跟军人的身份放在一边吧。还请你允许我告诉你,假若你说我有一星半点不是个老实规矩的良民,你满嘴里说的就不是人话。
福	我允许你告诉我这个!让我把我的天生来的身份放在一边!你要是能从我这儿得到什么允许的话,就把我绞死!你要是要允许的话,最好自己去挨绞。你鼻子闻错方向了;去!滚!
仆	老爷,我家大人要和你讲话。
大法官	约翰·福斯塔夫爵士,我有几句话要和你说。
福	哎呀,我的好大人!愿上帝使大人身体安好。大人今天居然出来了,真让我高兴。我听说大人害病了;我希望大人出来是遵从医生的嘱咐。虽然说大人你还没有完全把少年时代抛在脑后,可是也总算上了点年纪了,带着有那么几分老气;让我毕恭毕

60

65

70

75

80

85

敬地请求大人多多地珍重你的玉体。

大法官　约翰爵士，在你去舒斯伯利作战之前，我曾派人传　90
　　　　唤过你。

福　　不瞒大人说，我听说国王陛下有点不大舒服，从威
　　　　尔士回来了。

大法官　我不是说国王陛下。我说我传唤你的时候，你不肯
　　　　来。　95

福　　此外，我听说国王又害起他妈的那可恶的中风病来
　　　　了。

大法官　是吗？愿上帝使他早日康复！请你容许我跟你说
　　　　几句话。

福　　这种中风病，据我看，是一种又昏又懒的劲儿，不瞒　100
　　　　大人你说，是一种血液的麻痹，一阵阵他妈的刺痛。

大法官　你和我讲这套做什么？随它怎么样好了。

福　　这种病的起源是忧愁过度，操心和脑子里的错乱。
　　　　我在加伦的著作里读到过这些病症的原因，那是一
　　　　种聋病。　105

大法官　我看你或许也得了这种病了，不然我跟你说的话你
　　　　怎么都听不见呢？

福　　好了，大人，好了：事实上，不瞒大人说，我害的病是
　　　　不能听，听不进去。

大法官　要给你脚跟上套上脚镣说不定你耳朵的听觉也就　110
　　　　变好了；我倒是不反对用这种医术给你治疗一番。

福　　大人，我穷得跟约伯差不了多少，可是我没有他那
　　　　种耐性病。大人你要是为了看我穷，满可以给我开
　　　　一服坐牢的药；可是我这个病人是不是准会耐性地
　　　　照你的方子吃，一个聪明人可能先要在药戥子上称　115
　　　　一下，说不定还得多称几下。

大法官　我传你来答话的时候，你犯的案情是很重的，应该
　　　　处死刑。

福　　那时候我是听从了一位博学的律师的话，所以没有

	出庭,他是专研究陆上作战的法律条文的。	120
大法官	好吧,老实讲,约翰爵士,你闯的乱子是很大的。	
福	系着我这么宽的腰带的人,闯起乱子来当然就小不了。	
大法官	你收入很少,花费很多。	
福	我也不愿意这样;我愿意我收入很多,肥得少一点。	
大法官	你把年轻的太子全带坏了。	125
福	是年轻的太子把我带坏了;我就是那个大肚子的家伙,他是我的狗。	

大法官　好吧,算了,我也犯不上来揉擦你刚好的伤口;你白
　　　　天在舒斯伯利立的功,总算多少把你晚上在盖兹山
　　　　作的恶给遮盖过去了。你应该感谢这不太平的时
　　　　代,使你太太平平地把这场官司逃掉了。　　　　　130

福　　怎么讲,大人?

大法官　不过现在既然一切无事了,你也别再找事儿;别把
　　　　一头睡着的狼再惊醒了。

福　　惊醒一头狼和闻见一只狐狸是同样倒霉的事。　　　135

大法官　本来嘛! 你就像一支蜡头,已经烧掉大半了。

福　　一支狂欢夜的蜡头,大人,整个是脂油做的。我说
　　　　"蜡头"也并不是没有道理,我这个长胖的劲儿岂
　　　　不是把你们都落在后头了。

大法官　你头上这样多白头发,每一根都表示你应该是年高　140
　　　　德重的。

福　　我净喝大肉汤当然得重,得重,得重。

大法官　你紧跟着年轻的太子不放,就像他的魔星一样。

福　　不然,大人。磨了的"星"就轻了,可是我希望人家
　　　　一看就知道我的货色,不用过秤;然而从有些方面　145
　　　　看来,我也承认我不能流通,我也说不清是怎么回
　　　　事。在这种贩货争利的年头,什么美德也不中用。
　　　　真正有勇气的人只好去耍狗熊;有辩才的人只好去
　　　　当酒保,把绝妙的口齿都浪费在算账上;其他一切
　　　　人所应有的才能,让这个下流的时代看起来,都是　150

不值分文的。你们这班老人总是不考虑我们年轻人的冲劲儿,总是拿你们冰冷的胆汁来衡量我们火热的肝血;而我们这些年纪轻轻的人呢,老实说,的确也专门干荒唐事儿。

大法官 你浑身都写满了老年的字样了,还要把名字列到年轻人的簿子上去吗?你眼睛还不是都潮湿了?手也干了?脸也黄了?胡子也白了?腿越来越细?肚子越来越大?你声音不是都哑了?气也喘不过来了?下巴也双了?脑筋也单了?从头到脚没有一处不是让老年折磨得要死了?你还要管自己叫年轻人?呸,呸,呸,约翰爵士!

福 大人,我是下午三点来钟出世的,生下来就是一脑袋白头发,肚子滚圆。我的声音本来也是好好的,全是叫吆喝跟唱圣诗给弄哑了。我不想再进一步证明我的年轻。实际情形是这样,我只有在智谋和识见方面是老成的;谁要是和我赌一千马克,两人赛跳舞,让他把钱先借我,我一定奉陪。至于太子打你那一记耳光:他打人表示他是个野蛮的太子,你挨打表示你是个识相的大人。我已经数落了他一顿,那小狮子现在也悔过了。(旁白)哼,他悔过的方式可不是身穿麻衣,头上撒灰;而是身穿崭新的绸缎,嘴里灌陈年的好酒。

大法官 得了,愿上帝给太子找一个好一点的同伴。

福 愿上帝给那个同伴找一个好一点的太子!我想把他甩开都甩不掉。

大法官 得了,国王已经把你们俩拆开了。我听说你要随着约翰·兰开斯脱爵爷去打大主教和诺桑伯尔兰伯爵。

福 不错,这都得归功于你老人家英明的筹划。可是请你们注意,你们这帮在家里安享太平的人,好好地祈祷,让我们两军会战的日子别太热!天晓得,我出来只带了两件衬衫,我是不准备卖老大的力气,

155

160

165

170

175

180

出老多的汗的。如果天很热,再让我耍什么兵器,可是妄想;我只能耍酒瓶,不然的话,愿我以后永远不再口吐白沫。这也怪,不管哪儿有危险的事情露头儿,总把我推上前去。咳,算了,将军难免阵前亡。不过我们这英国一向就是用这种手段,有了得力的东西,就把它到处使用。既然你一定要说我是个老头子,那你就应该让我休息呀。我真是希望我的威名不是像现在这样叫敌人听了就害怕。让我整个闲搁起来长锈死去,也要比这样子奔走不休一点一点地刮磨没有了好得多。

大法官 得了,老实点吧,老实点吧,上帝保佑你出征胜利。

福 大人能不能借我一千镑打点行装呢?

大法官 一个子儿也不借,一个子儿也不借。你受不了坏运气,也就不能走财运。再见吧,见到我亲戚魏斯摩尔兰的时候,替我向他致意。 〔大法官及仆人下。

福 我要是替你致意,就拿三人抢的大锤震我。人一上岁数准是财迷,正像年轻力壮的总是色鬼一样。可是一发关节炎,老头儿就惨了;一长杨梅疮,年轻的也好受不了。所以这两种人都用不着我再咒他们了。孩子!

童 老爷?

福 我钱包里还有多少钱?

童 七格罗两便士。

福 我真不知道用什么药来治这钱包的消瘦病;借钱只不过是把病拖延下去,拖延到完,可是这病本身是没法治的。去把这封信交给兰开斯脱爵爷,这封交给太子,这封交给魏斯摩尔兰伯爵,这封交给乌尔苏拉老太太。说起这位老太太,打我在下巴上看见头一根白胡子的时候起,我就每礼拜发誓说要娶她,一直到现在了。快点走,等会到哪儿去找我,你是知道的。(童下)这混账的关节炎,要不然,就是

185

190

195

200

205

210

混账的杨梅疮,不知它们俩是哪个跟我的大脚指头
干上了。我走道瘸着点倒没关系,战争可以给我作 215
掩护,我得的奖金也就会显得更说得过去了。一个
脑子里有办法的人什么东西都可以利用;在这些病
上我也要打主意,发他一注利市。 〔下。

第 三 场

约克大主教府中。

约克大主教、海斯亭、牟伯莱及巴道甫勋爵上。

大主教 我们起事的原因和我们的力量,
诸位都听见了。现在,朋友们,请每人
坦白地讲讲他对成败的看法。
司礼大人,你先说,你觉得怎么样?

牟 我觉得起兵的理由是无可非议的, 5
但是很愿意听到进一步的解释,
好让我知道以我们这样的力量
怎么能高视阔步,无所畏惧地
迎击国王的声势浩大的队伍。

海 现在我们名册上征集的人数 10
已经达到二万五千名精兵,
此外还希望从尊贵的诺桑伯尔兰
得到大量的支援,他的怨愤
正在他胸膛里扇起炽热的怒火。

巴 那么目前的问题,海斯亭勋爵, 15
就是我们的二万五千人能不能
不要诺桑伯尔兰的援助而作战。

海 有他的援助就可以。

巴 关键就在这儿。
如果没有他,我们的力量太薄弱,

	我个人认为先要把他的帮助	20
	捉稳在手里,先不要过分冒进。	
	因为在这样一件血染的大事里,	
	对于没有把握的支援作各种	
	猜测、幻想和盼望,是不能允许的。	
大主教	一点也不错,巴道甫勋爵;事实上	25
	这正是飞将军在舒斯伯利的情况。	
巴	正是,大主教;他用希望骗自己,	
	把别人援助的空话吞下肚去,	
	专门打大算盘;结果援军的力量	
	比他最小的想法还要小得多。	30
	就是这样子,凭着疯子们特有的	
	大而无当的想象,使全军覆没,	
	眼睛半闭着,投入毁灭的深渊。	
海	话虽是这么说,估计未来的可能,	
	作一定的希望,总没有什么害处。	35
巴	如果战争的成败在此一举,	
	那么作就是有害的,事情一推动,	
	专靠希望就好像我们在早春	
	看见花苞出现;结果子的希望	
	并不太大,严霜却很有可能	40
	把它们摧折。我们想建筑房子,	
	总要先丈量地面,试画草图,	
	等我们看到房子的设计之后,	
	就需要细算一下兴工的费用;	
	如果工程超出了我们的力量,	45
	那时就只好重画另一幅图样,	
	把屋子减少几间,甚至于可能	
	根本就不盖。我们这巨大的事业	
	几乎等于是把一个王国推倒,	
	另建立一个新的——更需要我们	50

仔细地研究坐落的地面和图样，
最后决定选一个坚实的基础，
询问测量师，调查我们的财力，
看看能不能进行这一桩工作，
把抗拒我们的困难压倒。若不然， 55
我们就等于在纸上空洞地设计，
用士兵的名单代替真正的士兵；
恰像是一个人画好房子的图样，
财力并不能应付。结果只好
中途放弃，任他半盖好的建筑 60
赤裸地暴露在哭泣的云天之下，
遭受可恶的冬日残暴的欺凌。

海　我们的希望本来是非常良好的。
　　即使它夭折了，即使我们现有的
　　人数达到了期望最大的限度； 65
　　我还是认为，就目前这个样子，
　　我们这集团的力量是不弱于国王。

巴　怎么，国王也只有二万五千人吗？

海　我们要对付的许还没有那么多，
　　巴道甫勋爵。在这混战的时代， 70
　　他的兵力要分三队：一队打法国人，
　　一队打格兰道尔，第三队必然是来
　　对付我们；所以这动摇的国王
　　要三面应敌；而敲叩他的钱箱，
　　只会有空无一物的贫困的回响。 75

大主教　我们不用怕他会把分散的兵力
　　全部会集起来成一支大军
　　专来打我们。

海　　　　　　如果他真这么干，
　　他背后就没有防御，法国人、威尔士人
　　都会扯他的后腿。用不着担心。 80

巴　　谁可能率领开往这儿来的军队？

海　　兰开斯脱公爵以及魏斯摩尔兰。

　　　国王和哈利·孟摩斯管威尔士方面；

　　　可是指派了哪一个去打法国人，

　　　我还没得到确信。　　　　　　　　　　　　　85

大主教　　　　　　　　　　让我们前进吧，

　　　同时把我们起兵的理由公布。

　　　全国人民对自己选择的君王

　　　已经厌倦了，胃口已经吃倒了。

　　　恃仗老百姓好感为基础的人，

　　　盖起的住所总是摇荡不稳的。　　　　　　　90

　　　啊，愚昧的群众，在波陵布鲁克

　　　没达到如你们希望的地位之前，

　　　你们曾如何响彻云霄地祝福他！

　　　现在呢，追求的愿望全都实现了，

　　　你们却好像吞食过度的野兽，　　　　　　　95

　　　拼命想把他从胃里再度呕出来。

　　　同样地，你们这一班野狗，你们曾

　　　从贪馋的肚里吐出李查国王，

　　　现在又要把吐出的死人吞下去，

　　　狂叫着，四面寻找。这样的时代　　　　　　100

　　　如何能教人信任呢？李查活着时

　　　要他死的人现在又热爱他的坟。

　　　当年，跟随在波陵布鲁克脚后，

　　　李查王叹息着穿过热闹的伦敦，

　　　那时候曾向他头上扔灰土的人　　　　　　　105

　　　现在又喊道："大地呀，把他还我们，

　　　把这个国王埋了吧。"该死的态度！

　　　过去和将来的全好，当前的最可恶。

牟　　我们要不要点兵，准备出发？

海　　时间不容许延缓，快点走吧！　　　　〔同下。　　110

第 二 幕

第 一 场

伦敦。东市街道上。
老板娘桂嫂及爪牙上。

桂　爪牙大爷,你把状子递上去了没有?

爪　递上去了。

桂　你那伙计呢?他是不是身强力壮?他不会到时候
　　胆小吧?

爪　小子,罗网呢?　　　　　　　　　　　　　　　　5
　　罗网上。

桂　天啊,可不是吗!我的好罗网大爷!

罗　来了,来了。

爪　罗网,我们要抓约翰·福斯塔夫爵士。

桂　是啊,好罗网大爷,我已经把他给告下来了,什么全
　　办了。　　　　　　　　　　　　　　　　　　　　10

罗　这一来我们有的人说不定性命就难保,他准会用刀
　　子捅人。

桂　我的老天爷呀,可得要当心他一点。他就在我家里
　　都捅我,把我可捅惨了。说老实话,他一亮家伙,什
　　么事儿就都做得出来。他戳人的劲儿才凶呢,不管　　15
　　你什么男人,女人,小孩。

爪　要是我能跟他靠得切近,我倒不怕他乱杵。

158

桂　我也不怕他乱杵，我可以在一边帮你的忙。

爪　只要我一把揪住他，只要他叫我抓住不放——

桂　他这一走，我简直就毁了。我跟你们说吧，他欠我 20
的账简直就是语法书上说的不定式。好爪牙大爷，
把他抓紧点；好罗网大爷，别让他漏网。他不一会
儿就要上肉市去，两位大爷别见怪，到那儿去买马
鞍；那位绸缎商滑溜大爷还约束他了，请他到伦巴
街挂着耗子头的那家铺子里去吃饭。劳你驾，既然 25
我的状子已经递上去了，我这场官司闹得大家也都
晓得了，千万要把他拘捕到案。一百马克的账要一
个可怜的无依靠的妇道人家来担负，哪能担负得起
呢？我总算是担负得够了，担负得够了，担负得够
了；可是他就是一个劲儿地赖呀，赖呀，赖呀，一天 30
赖一天，那个赖劲儿想上去都让人丢脸。像这样的
买卖还讲什么信用呢？除非你叫女人家都去当驴
马，当畜生，任凭混账汉子来欺负——

福斯塔夫、小童及巴道甫上。

啊，他来了！还有那个坏透了的酒糟鼻子的混蛋巴
道甫也跟他在一起。办你们的公事吧，办你们的公 35
事吧，爪牙大爷，罗网大爷，给我，给我，给我办你们
的公事吧！

福　怎么了？谁家的母马死了？吵闹什么？

爪　约翰爵士，我现在要逮捕你，桂嫂把你给告了。

福　去你一边去，奴才！亮家伙，巴道甫。给我把这王 40
八蛋的脑袋剁下来，把那泼妇扔到沟里去。

桂　把我扔到沟里去？我还要把你扔到沟里去呢！你
真敢？你真敢？你这狗娘养的光棍！杀人喽，杀人
喽！哈，你这主意杀人的混账！你敢杀上帝和国王
的公差吗？哈，你这冒杀人的王八蛋！你专会冒杀 45
人，你要男人的命，也要女人的命。

福　拦住他们，巴道甫。

爪	劫犯人喽！劫犯人喽！
桂	诸位乡亲们，劫几个犯人来！（小童抱住桂）你敢 吗，真敢啊？你敢吗，真敢啊？好吧，干，你这光棍！ 50 干，你这小挨刀的！　　　　　　　　　　　〔挣脱。
童	去你的，你这贱货！你这臭娘儿们！你这丑八怪！ 我非得掏你后门不可！

大法官及差役上。

大法官	这是怎么了？谁敢扰乱治安，嘿！
桂	好老爷，你得给我做主。我求你啦，给我公道！ 55
大法官	怎么了，爵士？你在这儿吵闹什么？ 论地位，论时间，论军务，都太不像话！ 你早就应该上路向约克去了。 走开，你，你这样揪住他做什么？
桂	哎呀，我的清明的大人，不瞒你大人说，我是东市的 60 一个可怜的寡妇，是我把他告下来，叫人抓他的。
大法官	他该你多少款项？
桂	款项还是小事，大人，可是我全部的家私都完了。 他真是吃得我倾家荡产，我全部的产业全让他装到 他那胖肚子里去了。可是我非要让他吐出一点来 65 不可。（向福）不然我就跟噩梦似的整夜压在你身 上，让你不得好睡！
福	要是让我占了上风一下子起来的话，还不定谁把谁 压在底下呢！
大法官	这是怎么一回事，约翰爵士？呸！哪一个心地善良 70 的人能听得了这样惊天动地的叫骂呀？把一个可 怜的寡妇逼得不得不用这种粗暴的方式来向你要 债，你不觉得害羞吗？
福	我一共欠你多少钱？
桂	欠我多少？哼，你要是有良心，除了钱不算，连你自 75 己这个人也是欠我的。那回在降灵周的礼拜三，在 我的人鱼房间里，你坐在一个圆桌旁边，靠着一堆

烧硬煤的火,不是还凭着一个镀了几块金的杯子对我起誓来着吗？那天你拿太子爷开玩笑,说他父亲长得像温莎的一个唱诗的,结果太子爷把你的头打破了。我给你洗伤口的时候,你就对我起誓说,你要娶我,让我嫁给你做爵士夫人。你能说没有这事儿吗？后来那个卖肉的老板娘,肥膘大妈,不是来了吗？不是管我叫快嘴桂嫂吗？她来是要借一点醋,还跟我们说她那儿有一碟上好的大虾,你听了就想要几个吃,我不是还跟你说伤口没好,不能吃虾吗？她后来下楼去了,你不是还告诉我以后不要跟那帮穷人搞得这么秘密,说不久他们就得管我叫太太了吗？后来你不是还亲我,叫我去拿三十先令给你吗？我叫你凭着《圣经》起誓,看你怎么赖得掉！

福　　大人,这是个可怜的疯娘儿们。她满街到处对人说她的大儿子长得像你。她原来景况很好,就全是因为穷把她给逼得脑筋乱了！可是这两个糊涂的差役,我要请求你,好好地把他们惩办一下。

大法官　约翰爵士,约翰爵士,你那套颠倒黑白的本事我素来是领教的。不过你不要以为装出一副自以为是的神气,满嘴里滔滔不绝地吐出一大套无理取闹的言辞,就可以迷惑我的视听。照我看起来,你是利用这妇人柔弱易欺的性子,因此在钱财和身体方面都占了她的便宜。

桂　　可不是吗？就是这样,大人。

大法官　请你不要开口。(对福)偿还你欠她的债,弥补你对她犯下的罪恶。前者可以用白花花的大洋,后者可以用当场兑现的忏悔。

福　　大人,我不能受这样的责骂而不作答复。你把理直气壮叫无理取闹。要是一个人尽管作揖打躬,哑口无言,他就是正人君子了。不,大人,我对你的地位

| | 不敢失敬，可是我也犯不上向你求饶。我老老实实
地对你说，我要求这些公差们把我放开，因为我有
紧急的王事在身。 | 110 |

大法官 你说话的口气好像你有权利欺负人一样。可是为
　　　了顾全你自己的名誉，我责成你还是得满足这可怜
　　　的妇人的要求。

福　　老板娘，到这儿来。　　　〔牵桂嫂至舞台一边。　　115
　　　高厄上。

大法官 啊，高厄先生，有什么消息吗？

高　　大人，国王和威尔士亲王哈利就快来到了。其余的
　　　信上有交代。

福　　我以君子的身份向你担保。

桂　　哼，你以前还不是也这样说？　　　　　　　　　120

福　　我以君子的身份向你担保。得了，得了，别再说了。

桂　　老天爷在下，这一来我还不得把我的盘子跟雅座里
　　　挂着的锦帐都一齐当掉！

福　　有玻璃杯就成，有玻璃杯就成，喝酒就应该用玻璃
　　　杯。至于说你墙上挂的，找点好看的逗笑的画布就　　125
　　　行了；上头或者画浪子的故事，或者画德国人打猎，
　　　那比起你那些破床帘和虫子咬得稀烂的帐子来，要
　　　强千百倍。就说十镑吧，如果你拿得出来。得了，
　　　你就是有这份脾气，不然全英国也找不出一个比你
　　　更好的姑娘了。去吧，把脸洗洗，把状子撤销了。　　130
　　　得了，咱们俩不过这个，你还不知道吗？得了，得
　　　了，我知道这准是别人撺掇你的。

桂　　劳你驾了，约翰爵士，就二十诺布吧。说真格的，我
　　　实在舍不得当掉我的盘子，拿上帝起誓啦！

福　　算了，我想别的办法吧。你这傻性子反正改不掉！　　135

桂　　好吧，你要多少，我就给你多少，把我的袍子当了也
　　　认了。我希望你来吃晚饭。你一定一块儿还
　　　我啊？

福	没错,要不然我就死去。(向巴低语)去,跟她一块儿走,别放松,别放松。
桂	你吃饭的时候要叫桃儿·贴席来会会你不要?
福	别废话了,叫她来吧。 〔桂嫂、巴道甫及公差下。
大法官	(向高)消息不算太好。
福	有什么消息,大人?
大法官	(向高)国王昨晚是在哪里过夜的?
高	在巴兴斯脱克,大人。
福	大人,我希望没出什么事儿。有什么消息,大人?
大法官	(向高)他的军队全回来了吗?
高	不,一千五百名步兵,五百名骑兵, 已经开拔去援助兰开斯脱王爷 攻打诺桑伯尔兰还有大主教。
福	国王从威尔士回来了吗,好大人?
大法官	(向高)我立刻就把几封信写好交给你。 来,陪我一起走,高厄先生。
福	大人!
大法官	喊我做什么?
福	(向高)高厄先生,我想请你吃午饭,你肯赏光吗?
高	我还得陪着这位大人;我谢谢你了,好约翰爵士。
大法官	约翰爵士,你别在这儿逗留了。你不是沿路还要在各州郡里征兵吗?
福	(向高)你来和我吃晚饭可以不可以,高厄先生?
大法官	哪个糊涂老师教给你这一套客气话,约翰爵士?
福	(向高)高厄先生,要是我说起这些客气话来不像样子,教我这一套的人确是个糊涂虫。(向大法官)比起剑来就是这个劲儿,大人,一下还一下,拉拉手还是朋友。
大法官	愿上帝使你脑袋清一清,你就是那个老大的糊涂虫! 〔同下。

140

145

150

155

160

165

第 二 场

伦敦。太子住所。
太子及颇因斯上。

太子 　上帝在上，我真觉得疲乏了。

颇 　已经到这个地步了吗？我还以为像你这样血统高
贵的人，疲乏是不敢来抓的呢。

太子 　哼，它就硬是来抓我了，虽然以我的地位承认这点，
脸上的光彩就应该减几分。你看我直想喝淡啤酒， 5
这是不是很不像话？

颇 　是啊，一个王太子的想法应该高尚一点，不该还记
得这种淡薄无味的东西。

太子 　那么说来，也许我的口味不是像我的出身一样高尚，
因为凭良心说，我现在确是记起那下流可怜的东西 10
淡啤酒来了。可是，咳，这些卑下的想法也着实使我
厌倦了我这尊贵的身份。你说那是多丢人的事：如
果到明天我还记得你的名字，或者认得你的脸，或者
还注意你有几双丝袜子：让我数数看，这双，还有你
那双，从前一度是桃红色的！或者还计算得出来你 15
的衬衫的数目：一件备而不用的，一件常穿的！可是
关于这点，那个看网球场的人比我知道得还清楚，因
为等你不到那儿去胡打一阵的时候，多半就表示你
衬衫的存货快空了。你不是好久没去了吗？因为你
底下半截国家已经把你的荷兰细布都席卷光了。上 20
帝晓得那些把你的旧衬衫当作尿片子裹在里面哇哇
大哭的家伙将来会不会继承王国！不过接生婆们
都说不是孩子们的过错，因此世界上的人口就越来
越增加，子弟的势力也就越来越大了。

颇 　你这样出力打仗之后说起这种无聊的话来真是太 25

164

不伦不类了。告诉我,有几位年轻孝顺的太子会这样闲扯,如果他们的父亲病得像你父亲一样?

太子　我告诉你一句话,好不好,颇因斯?

颇　好吧,可得是一句特别出色的好话。

太子　就算不是特别出色,对你这样低级的脑筋也凑合了。　　　　　30

颇　算了,把你要讲的一句话讲出来吧,我还招架得住。

太子　咳,我告诉你,我父亲现在病着,我本是不该难过的;虽然我也不妨告诉你——因为现在找不到别人,我只好把你叫作朋友——我不是不能难过,而且事实上也的确很难过。　　　　　　　　　　　　35

颇　你在这问题上居然能难过,真不容易。

太子　好嘛! 你简直把我也跟你自己和福斯塔夫一样,看作是专心一志为非作歹,挂名在魔鬼的册子上,永不能翻身的人了。看人应该看最后的表现。可是听我告诉你,我父亲病得这样厉害,我内心里真是痛苦得　　　　40
流血,可是跟像你一样的下流朋友混在一起,当然也就使我不可能在外表上摆出悲哀的模样来了。

颇　这是什么理由呢?

太子　我如果哭起来,你会觉得我是怎么样的一种人?

颇　我会觉得你真有一手装腔作势的本领,不愧为王太子。　　45

太子　谁都会这样觉得;你的想法和大家一样,这就说明你是个走运的家伙。在这个世界上就属你的想法最能走群众的道路。可不是吗? 谁都会觉得我是在装腔作势。但是什么原因使得你老爷有这种想法,觉得我是这样呢?　　　　　　　　　　　　　　　　50

颇　什么? 还不就是因为你行为荒唐,净跟福斯塔夫一块儿打伙。

太子　还净跟你自己一块儿打伙呢。

颇　天日在上,我的名声是不错的;我自己可以用耳朵听得见。他们至不济就会说我是个老二,说我拳脚　　55
利落。这两点是生来的,我承认我自己也没办法。

哎哟,巴道甫来了。

巴道甫及小童上。

太子　我送给福斯塔夫的那个小童也来了。我送他去的
　　　时候,他还是个好基督徒呢,现在你看那混账胖子
　　　是不是把他给变成一个猴子了。　　　　　　　　　60

巴　上帝保佑殿下!

太子　也保佑你,尊贵的巴道甫。

巴　(向童)过来,你这一本正经的糊涂虫,你这见人害
　　　羞的傻瓜,怎么红起脸来了? 你红个什么劲儿的
　　　脸? 你这武士简直变得跟大姑娘差不多了! 给一　　65
　　　小壶酒开了苞,又有什么值得大惊小怪的?

童　他刚才从一个红格子窗户里叫我来着,殿下,我简
　　　直就看不出来窗子里哪块是他的脸。后来我才看
　　　见他的一双眼睛,我还当他在酒店女掌柜的新裙子
　　　上挖了两个窟窿,从那里面望着我呢!　　　　　　70

太子　这孩子的这张嘴学得越来越俏皮了,是不是?

巴　去你的,你这婊子养的两只脚站着的小兔子,去你的!

童　去你的,你这下流的阿尔西亚的梦,去你的!

太子　给我们解释解释,孩子;什么梦,孩子?

童　咳,殿下,阿尔西亚不是梦见她生下一个火把来吗?　　75
　　　所以我叫他阿尔西亚的梦。

太子　说明得好,值得赏一克朗。拿去吧,孩子。　〔给童钱。

颇　唉,但愿这朵鲜花别让虫子咬了! 好吧,给你六便
　　　士让你好好保护自己。　　　　　　　　　〔给童钱。

巴　就凭你们俩这样惯他,他早晚要不挨绞,绞架就算　　80
　　　丢了一笔好买卖了。

太子　你主人好吗,巴道甫?

巴　好,殿下。他听说殿下你回到城里来了,托我送给
　　　你一封信。

颇　信交得倒是毕恭毕敬的! 你主人是不是还肥得像　　85
　　　马丁节前后杀的猪牛似的? 他好吗?

巴	身体还健康,先生。
颇	哼,他不死的那部分倒需要一个大夫看看,不过这点他是不管的;灵魂尽管害病,反正死不了。
太子	我真得说是度量够大的,容许这个脓包像我的狗一样和我随意取闹;他对他这个地位还真是得意非凡。你看他写的这个——
颇	"约翰·福斯塔夫,骑士"——这点没有人不知道,他只要有机会一提起自己,就要卖弄卖弄;就像那些跟国王有亲戚关系的人似的,他们哪怕扎破了手指头都要说一句:"大好的国王的血液又流了一点。"旁边的人假装不懂,就问:"这怎么讲?"回答来得又快又顺当,就好像找人借钱的脱起帽子来的那个敏捷劲儿一样:"咳,先生,我是国王的一个不肖的亲戚。"
太子	是啊,这种人就硬要跟我们攀亲戚,哪怕往上一直数到雅弗都成。你听我念信(读信):约翰·福斯塔夫,骑士,向国王的儿子,次序居长的,威尔士亲王哈利,致意——
颇	嗬,简直像发证明文件似的。
太子	别响!(读信)我要模仿那位可敬的罗马人,和他一样简短。
颇	他意思准是说呼吸的简短——喘不过气来。
太子	(读信)我向你问候,我觉得你不错,我向你告别。不要老和颇因斯在一块儿鬼混,因为他凭着你的宠爱到处招摇,对人发誓说你要娶他的妹妹奈尔。闲着没事的时候多忏悔忏悔;再会。你的朋友,或者说不上是朋友,这也就等于说,看你怎么样对待他:贾克·福斯塔夫,这是和我相好的人们对我的称呼;约翰,这是我兄弟姐妹们对我的称呼;约翰爵士,这是全欧洲对我的称呼。
颇	殿下,我非得把这封信拿酒泡了,让他吃下去不可。
太子	这不过就是让像他这样惯于食言的人吃下二十来

90

95

100

105

110

115

个字罢了。可是你是这样对待我的吗,奈德?我是非得娶你妹妹不可吗?

颇　那丫头要有这种运气当然最好!可是我绝没有那么说过。　　　　　　　　　　　　　　　　　　　　120

太子　唉,我们的时间就都用在这种愚蠢的把戏上,让智慧的天使坐在云端嘲笑我们。你主人在伦敦吗?

巴　在伦敦,殿下。

太子　他待会儿到哪儿去吃晚饭?这个老野猪还在从前　　125
那个猪圈里吃喝吗?

巴　还是老地方,殿下,就在东市。

太子　有什么人跟他做伴?

巴　信奉旧教的那帮以弗所人,殿下。

太子　有女人和他一块儿吃饭吗?　　　　　　　　　　130

童　没有别人,殿下,就是桂大妈和桃儿·贴席姑娘。

太子　哪儿来的这么一个不干好事的女人?

童　她是个良家妇女,王爷,和我主人是亲戚。

太子　这门子亲戚就跟这里的母牛和镇上的公牛的关系
一样。奈德,他们吃晚饭的时候,我们偷偷地去瞅　　135
瞅他们,好不好?

颇　我是你的影子,殿下,你到哪儿我都跟着你。

太子　喂,听着,孩子,巴道甫,我回到伦敦这件事一个字
也不许泄露给你主人。这是赏给你们闭嘴的钱。

〔给巴及童钱。

巴　我就是哑巴,殿下。　　　　　　　　　　　　　　140

童　我虽然不哑,殿下,可是会管住我的舌头。

太子　再见。去吧。(巴及童下)这个桃儿·贴席准是个
旁门左道的女人。

颇　我可以向你担保,就像圣阿尔班和伦敦之间的大道
一样,谁都可以去逛一趟。　　　　　　　　　　　145

太子　我们今天晚上怎样才能看见福斯塔夫原形毕露而
不让他看见我们呢?

168

颇	穿上两件皮背心,围上皮围裙,装作酒保的样子在	
	桌子旁边侍候他就行了。	
太子	从神一变成为一头公牛吗?真是一落千丈!宙斯	150
	大神就是那么着;从王太子一变成为一个学徒吗?	
	真是天渊之别!我就这么着吧!既然目的是瞎闹,	
	手段自然也要和它相称。跟我来吧,奈德。〔同下。	

第 三 场

华克渥斯。城堡前。

诺桑伯尔兰、诺桑伯尔兰夫人及波西夫人上。

诺	我请求你们,夫人和贤惠的儿媳,	
	别给我艰巨的事务增添障碍。	
	你们不要也仿效这敌意的时代,	
	摆出阴沉的脸色来使我不欢。	
诺夫人	我已经放弃了,不准备再说什么。	5
	随你去做吧,听从你智慧的指导。	
诺	唉,贤妻,这关系我的荣誉,	
	我若是不去,荣誉就不能挽回。	
波夫人	啊,看上帝面上,不要去打仗吧!	
	以前,公公,你也曾经失约过,	10
	当战事比现在更和你血肉相关,	
	当你自己的波西,我心爱的哈利,	
	屡次地举首北望,等候他父亲	
	带领援军来,结果希望全落空了。	
	那时候是谁劝你留在家里的呢?	15
	两人的荣誉都丢了,你和你儿子的。	
	你的荣誉但愿能恢复光辉;	
	他的荣誉仍然照耀着,像太阳	
	嵌在灰色的高空里,以他的光明	

推动全英国喜好武事的人们   20
去建立功绩。他像是一面镜子，
供一切高贵的少年们鉴定自己。
只要有两条腿，谁都要模仿他走道，
说话急速——这是他生来的毛病——
也成了勇士们标准的发言方式；   25
因为即使是能够缓慢讲话的，
也想把自己的长处改造成缺点，
就为了要学他。所以，说话、走道、
饮食、平常的爱好、作战的规则、
古怪的脾气，他在这一切问题上   30
都是指标和明镜，蓝本和准绳，
帮助塑造他人。这可贵的英雄，
这天神一般的男子汉，你竟然抛下了！
让独一无二的他独一无二地
在众寡悬殊的情况下挺身面对   35
形状狰狞的战神，不停地冲杀，
虽然除了飞将军这个名号，
一切都瓦解了。你这样把他抛下了。
不要，啊，不要贬损他的英灵，
不要觉得对别人比对他更需要   40
斤斤地计较荣誉。让他们去吧！
司礼大臣和大主教力量也够强了。
哈利如果有像他们一半的军力，
今天我可能正攀着他的颈项
谈论孟摩斯的坟墓呢！   45

诺   真有你的，
我的好媳妇，你这样重新悲叹
旧日的失策，使我情绪也低落了。
可是我必得去那里和危险会见，
不然等危险在别处找到我头上，

| | 情形可能更不利。 | 50 |

诺夫人　　　　　　　　逃往苏格兰吧！

让那些贵族和武装起来的平民

用他们的力量先略微作一次尝试。

波夫人　如果他们对国王取得了优势，

你再和他们合起来，像一根钢条，

使坚强的更坚强；但是，看我们面上，　　　55

还是让他们先碰碰吧。你儿子也一样。

你当初让他去碰，结果我守寡了；

而不管我活多么长，也不能挥洒

足够的眼泪来浇灌记忆的花朵，

使它能抽芽怒长，直达云霄，　　　60

表示我对我高贵的丈夫的怀念。

诺　来，跟我进去吧。我的思想

正好像海浪涨起到最高的顶点，

反而静止了，决不定奔流的方向。

我实在想要前去和大主教会合，　　　65

但又有上千的理由阻止我这样做。

我还是去往苏格兰吧！在那儿等着看，

时间和风向有利了，然后再露面。　　　〔同下。

第 四 场

伦敦。东市野猪头酒店。

法兰西斯及酒保乙上。

法　你拿来的是什么东西？干苹果？你明明知道约翰
爵士最讨厌干苹果。

乙　哎哟，你说得一点也不错。太子爷有一次把一碟干
苹果摆在他面前，对他说又添了五位约翰爵士，然
后玩笑地脱了帽子说："现在我要向你们六位干干　　　5

的、圆圆的、老得又瘪又皱的骑士告别了。"把他气
得什么似的;可是他现在也忘了。

法　　那么就铺上桌布,把它们摆上吧。去看看能不能把
　　　偷摸乐班子找来;贴席姑娘直想听点音乐。快去
　　　吧,他们吃饭的屋子太热了,一会儿准会上这儿来。　　　10

　　　酒保丙上。

丙　　伙计,太子爷和颇因斯就快来了。他们俩要借我们
　　　两件背心和围裙穿,不让约翰爵士知道。这是巴道
　　　甫吩咐我们的。　　　　　　　　　　　　　　〔下。

法　　嘿,这可真逗,这一招想得高妙极了。

乙　　我去看看能不能找得着偷摸大爷吧!　　　　〔下。　　　15

　　　老板娘桂嫂及桃儿·贴席上。

桂　　实在的,好妹妹,我觉得你这会儿的健忘真可以说
　　　是怪好的;你的脉络跳得也是要多反常就多反常,
　　　你的脸色呢,不瞒你说,红得就跟一朵玫瑰花似的,
　　　这是实话啦!可是,实在的,你刚才喝的加那列葡
　　　萄酒太多了,那个酒往身子里走的劲儿可凶着哪,　　　20
　　　你三句话还没说完,它就能把你浑身的血都热得香
　　　喷喷的。你现在觉得怎么样?

桃　　比刚才好点了,哼!

桂　　对呀,这个说得好;好心肠,金不换。看,约翰爵士
　　　来了。　　　　　　　　　　　　　　　　　　　　25

　　　福斯塔夫上。

福　　(唱)亚瑟当年坐朝廷——把夜壶给倒了。

　　　　　　　　　　　　　　　　　　　〔法兰西斯下。

　　　(唱)一国之君真圣明——怎么样,桃儿姑娘?

桂　　她就是没事直恶心;不错,就是这点毛病。

福　　她这行姑娘们全是这样。只要一没事干,就会恶心。

桃　　你就该浑身出痘子,你这没人受得了的糊涂虫!你　　　30
　　　难道就会拿这种话安慰我吗?

福　　咳,桃儿姑娘,是你叫人胖的,当然就瘦不了啦!

172

桃　我叫人胖？撒开了吃,害些不干不净的病才叫人胖呢！我没有叫人胖。

福　撒开了吃,厨子有一份功劳;可是不干不净的病,你 　35
　也有一份功劳呀,桃儿。我们的病不是你传的吗,
　桃儿,你传的？这你不能不承认,我可怜的正经的
　姑娘,这你不能不承认。

桃　我传的,不错,心肝;把我的链子首饰全传给你了。

福　"钻石针,珠玉,满身装。"不错,满身疮——因为你 　40
　当然知道,我们交战得起劲,退下来的时候就累得
　一瘸一拐的了;在关口冲杀得起劲,长枪也就弯了;
　去找外科医生也挺起劲的;不要命地往火里奔,还
　是挺起劲的——

桃　你去上吊吧,肮脏的大鳗鱼,你去上吊吧！ 　45

桂　嘿,一点也不假,又是老一套。你们俩只要一见面,
　总要拌几句嘴。你们俩呀,说实在话,痰火都太旺,
　就跟两片干面包似的,净往一块儿蹭;要是一个人
　身子有点赤条,那一个就受不了。这年头儿怎么
　了？总得有一个受着点。要受着点就该你受,(向 　50
　桃)人家全那么说,女人不比男人,你是软弱的器
　皿,中空的器皿。

桃　软弱的中空的器皿哪儿受得了这么一大桶酒的重
　量啊？他肚子里灌的波尔多酒足够商人装一船的,
　你上哪儿也找不着一艘大货船的舱里塞得比他更 　55
　结实。好了,我还是跟你有交情的,贾克。你这就
　要打仗去了,我能看见你也好,不能看见你也好,反
　正谁都不在乎。

　法兰西斯上。

法　老爷,火枪军曹在楼下,他要见你。

桃　让他去上吊吧,专门找碴打架的奴才！别让他上这 　60
　儿来,全英国也找不出第二个像他这样满嘴脏话的
　混蛋了。

桂　他要是专门找碴打架,可别让他上这儿来。好,这
　　可不行;老实讲,我不能让我的四邻说闲话,找碴打
　　架的人我可不要。我的名声和地位是清白的,最上　　　65
　　流的人们也知道这点。把门关上,找碴打架的人可
　　不能进这儿来,我活了这么大年纪不是为着现在要
　　看人找碴打架的。劳你驾,快关上门吧!

福　听我说,老板娘!

桂　你不必多加盐啦,约翰爵士,反正找碴打架的人不　　　70
　　能进这儿来。

福　你听我说呀,那是我的军曹。

桂　军也好,曹也好,约翰爵士,你说也是没用;你槽里
　　的这位专门找碴打架的人反正不许进我的门。就
　　是不几天以前,我还让咳嗽大爷——就是那位检狱　　　75
　　长——叫去来着。他跟我说——说起来也不远,就
　　是上个星期三,一点也不错——"桂大嫂子,"他
　　说——当时我们的牧师哑巴大爷也在旁边——
　　"桂大嫂子,"他说,"要接待客人就接待文雅一点
　　的,因为,"他说,"你的名声现在不大好。"他是这　　　80
　　么说来着,我心里也明白是为了什么缘故。"因
　　为,"他说,"你是个老实的妇道人家,大家都觉得
　　你不错,所以你接待客人的时候,得小心点。千
　　万,"他说,"别接待找碴打架的人们。"这儿可不能
　　让他们来。他说的话你要是听见,心里也准舒坦着　　　85
　　呢。不行,我绝对不要找碴打架的人!

福　他不是找碴打架的人,老板娘;说真的,他不过是一
　　个小胆儿的骗子,你拿他可以当一只小狗儿似的随
　　便抚弄。就是一只巴巴利母鸡,只要是把毛往起一
　　竖,露出一点要抵抗的样子,他瞧见也就不敢找碴　　　90
　　打架了。叫他上来吧,酒保!　　　　　　　　〔法下。

桂　你说他是骗子吗?安分良民我是不拒绝的,骗子也
　　在内。我就是不喜欢找碴打架。这话一点也不假,

只要人说一句"找碴打架",我就不好过。你们摸摸看,各位大爷们,我这份发抖劲儿。你们看,我不骗人吧? 95

桃　可不是嘛,老板娘!

桂　是不是? 真的,说老实话,我抖得就和一片白杨树叶似的,我最受不了找碴打架的人。

　　火枪、巴道甫及小童上。

火　上帝保佑你,约翰爵士。 100

福　欢迎,火枪军曹。来,火枪军曹,我给你装上一杯酒,你冲我们老板娘放一枪。

火　约翰爵士,我一放枪就赏她两颗子弹吃。

福　她是火枪打不进去的,老兄,你绝没法打得她哼哼。

桂　去你们的吧,我不喝你们的酒。什么打不进去? 什 105
　　么子弹? 我喝酒有准,多一点都不喝。我不是给人们取乐的,我!

火　那么你吧,桃洛蒂姑娘,我跟你来一个。

桃　跟我来一个? 我才看不上你呢,你这下贱的家伙。什么,你这穷光蛋,没出息,招摇撞骗,连件衣服都 110
　　混不上的东西! 滚你一边去吧,你这倒霉的光棍,滚你一边去吧! 我是你主人嘴里的肉,你要放明白点。

火　我是知道你的底细的,桃洛蒂姑娘。

桃　滚你一边去吧,你这剪人钱包的无赖,你这下三烂 115
　　的扒手,滚你一边去吧! 拿这酒起誓,你要再跟我要这种不要脸的偷摸手段,我就往你那副长疮的嘴巴里戳几刀。戳几刀。滚你一边去吧,……滚你一边去吧,你这酒鬼,你这耍刀弄剑的老掉了牙的把式匠,你! 打哪天起你变成这样了,劳驾,大爷? 120
　　天晓得,肩膀上又添了两根带子了! 还怪不错的呢!

火　我要不把你的绉领扯了,上帝就别让我再活着了。

福　别嚷嚷了,火枪,我不要你在这儿走火,把你自己从我们这儿远远地放出去吧,火枪。　125

桂　得了,火枪队长,别在这儿吵闹,好队长。

桃　队长?你这可恶的该死的骗子,人家叫你队长,你不害臊吗?要是队长们跟我一般心思,看见你什么事都没干,就会把他们的头衔往自己头上戴,他们要不用军棍把你揍出去才怪呢!你还队长哪,你这　130
奴才?凭什么呀?就凭着你会在窑子里乱扯一个可怜的姑娘的绉领吗?他还队长哪?去他的吧,这王八蛋!他全仗着发了霉的煮青梅和干面馎馎过日子。队长?天晓得,这些奴才们早晚会把“队长”这字眼弄得跟“关系”一样难听,“关系”原来　135
也是好好的话吗?后来全让人给用坏了。“队长”要不小心,也好不了。

巴　请你下去吧,好军曹。

福　你上这边来,桃儿姑娘。

火　我才不下去呢。我告诉你,巴道甫伍长,我能把她　140
撕成两半。这个仇我非报不可。

童　请你下去吧。

火　让她先给我下地狱去;下到阎罗阴森的湖里,凭这只手起誓,下到地狱的深渊去,直趋鬼门关和各种悲惨的刑罚。抓紧鱼钩和线,我说,下去,下去,畜　145
生们!下去,奸贼们!建娘不是在这儿吗?

桂　好伙抢大爷,安静点吧。说真格的,已经很晚了,劳你驾,提提你的怒气吧!

火　这种脾气倒真是少有的。
　难道负重的马,　　　　　　　　　　　　　　　　150
　挨压的娇养的亚洲出产的驽骀,
　一天也不能走上三十里道路,
　竟想和恺撒、汗泥包之流以及
　特罗的希腊人相比吗?不,让他们

176

	去找三头的恶犬吧！哭声彻云霄，	155
	为这点玩意儿值得动手吗？	
桂	真格的，队长，你说这些话也未免太厉害一点了。	
巴	快走吧，好军曹，要不就惹出乱子来啦！	
火	死去吧，众人，像狗一样地死去！把王冠像别针一	
	样慷慨赠人！建娘不是在这儿吗？	160
桂	说真话，队长，这儿真没有这么一个人。这年头儿	
	是怎么了？你难道当是她来了，我不让她进来吗？	
	看上帝的面上，安静点吧！	
火	那么，美人卡莉，吃下去长胖吧！	
	来，我们来点酒喝。	165
	"今朝不得意，风云尚可期。"	
	大炮唬得住我们吗？让魔鬼开火吧！	
	给我点酒喝；姑娘，你躺在这里！　　　〔放下剑。	
	我们在这儿都打住了吗，不要再如此这般了吗？	
福	火枪，我不准你胡闹。	170
火	亲爱的骑士，我向你吻拳致敬。怎么着？我们在一	
	起守望过北斗七星啊！	
桃	看上帝的面上，把他推下楼去吧，我真受不了这样	
	一个大呼小叫的无赖。	
火	把他推下楼去？当我们没见过骑着玩的小马吗？	175
福	把他像滚铜子似的扔下去，巴道甫。要是他什么也	
	不干，什么好话也不说，像他这样的人我们当然是	
	说什么也不要。	
巴	来吧，给我下楼去。	
火	怎么，我们要开刀吗？要血染衫袖吗？	180
	(抓起剑来)那么让死亡催我入睡，截断我悲伤的一	
	生；是啊，让痛苦的，可怕的，巨大的创伤解开三姊	
	妹的纺线。来吧，阿卓波斯，我说！	
桂	这可吵得够瞧的！	
福	孩子，把我的长剑给我。	185

桃　我求你,贾克,我求你,别动剑。

福　你给我下楼去。　　　　　　　　　〔拔剑驱火枪后退。

桂　这场乱子闹得真可以!我今后一定不开店了,省得
　　这份担惊受怕。你看!我知道早晚要搞出人命来
　　的。哎呀,哎呀,把你们的家伙收起来吧,把你们的　　　190
　　家伙收起来吧。　　　　　　　　　〔火枪及巴道甫下。

桃　我求你,贾克,安静下来吧,那无赖已经走了。啊,
　　你这婊子养的勇敢的小挨刀的,你!

桂　你大腿窝里没受伤吗?我仿佛看见他狠命地向你
　　肚子上刺了一剑。　　　　　　　　　　　　　　　195

　　巴道甫上。

福　你把他赶到门外头去了吗?

巴　赶出去了,老爷。那混账家伙喝醉了。你把他肩膀
　　刺伤了,老爷。

福　混账家伙!跟我耍起威风来了。

桃　啊,你这叫人疼爱的小讨厌,你!哎呀,可怜的猴崽　　　200
　　子,瞧你这出汗劲儿!快让我来给你擦擦脸吧,快
　　来吧,你这婊子养的大块肥肉。啊,你这讨厌鬼,说
　　真的,我爱你,你这份勇敢就像是特罗的赫克脱,赶
　　得上五个亚伽门农,比起九勇士来还强十倍!啊,
　　你这小挨刀的!　　　　　　　　　　　　　　　　205

福　混账奴才!看我不拿毯子丢他的呢!

桃　对,丢他,如果你有这胆量的话。你要是拿毯子丢
　　他,我就拿被窝把你裹起来。

　　众乐师上。

童　音乐来了,老爷。

福　让他们奏起乐来吧。奏乐吧,诸位。(奏乐)来,坐　　　210
　　在我腿上,桃儿。混账的吹大气的奴才,那王八蛋
　　见着我逃得就跟一溜烟似的。

桃　可不是吗?你追起他来就跟一座山似的。你这婊
　　子养的,巴索罗缪市集上出卖的滚圆的小肥猪,你

178

什么时候才肯洗手，不再白天打架，晚上捅人，收拾 215
收拾你这老骨头准备进天国呢？

亨利太子及颇因斯作酒保打扮自后上。

福　算了吧，桃儿，别说起话来像个死人头似的，别老让
我想起我的末日。

桃　伙计，那太子是怎么样一个人？

福　一个还不错的没什么脑筋的年轻小伙子，他当个大 220
师傅倒不错，切面包准会切得蛮好的。

桃　人家都说颇因斯那人怪聪明的。

福　他聪明？他早该绞死了，那马猴！他那份粗鲁劲儿
就跟吐克斯伯利出的上好芥末似的。他脑袋里的
聪明比一根棒槌也多不了多少。 225

桃　那么太子干吗喜欢他呢？

福　因为他们俩腿一般儿粗；因为他会扔铁圈，爱吃鳗
鱼跟茴香；酒里漂着点着了的小玩意儿，他能跟火
龙似的往下灌；能跟孩子们玩跷跷板；能往凳子上
跳；骂起誓来也够派头；穿起长筒靴来利利落落，就 230
像是靴子铺门前挂的招牌；讲起故事来不是一本正
经，惹人嫌厌；诸如此类跳跳蹦蹦的把戏他还有不
少，说明他脑子虽然差劲，身子倒是蛮灵便的，所以
太子才跟他来往。因为太子自己恰恰就是那样的
人，他们俩简直是半斤八两，放在天平上称起来，一 235
根头发都会使这头轻，那头重。

太子　这个滴溜圆的混蛋两只耳朵多半不打算要了。

颇　我们当他妍头的面揍他一顿，好不好？

太子　你看这颗干枯的老树还让人抓他的头呢，就跟一只
鹦鹉一样。 240

颇　精力早就不足了，可是欲望还是那么旺盛，这真是
怪事。

福　亲我吧，桃儿。

太子　老萨腾和维纳斯聚在一起了。这不知道历书上要

怎么说？ 245

颇 你看，侍候他的那个人，那个火焰熊熊的三角星群，也在跟他主人的心腹、手册和记事本说体己话呢！

福 你吻我吻得真是怪热烈的。

桃 凭良心，我是拿一颗永恒不变的心来亲你的。

福 我老了，我老了。 250

桃 那些没出息的小毛孩子们，我才不理他们呢；我爱他们哪个也不如我爱你。

福 你要什么料子做一套上衣带裙子？我星期四就领到饷了。明儿就给你买个帽子。来，唱个快乐的歌。天晚了，该上床睡觉了。我走了之后你准就把我忘了。 255

桃 凭良心，你要这样说，我可要哭了。你看你在外面的时候，我会不会把自己打扮起来。不信，你等着瞧。

福 法兰西斯，来点酒。

太子、颇 来了，来了，老爷。 〔走向前方。

福 哈，这不是国王的一个私生子吗？你呢，你不是颇因斯的兄弟吗？ 260

太子 嘿，你这塞满了罪恶的大地球，你过的这是什么生活啊？

福 我比你总还强，我是个绅士，你是个酒保。

太子 一点也不错，我就保你让人提着耳朵丢出去。 265

桂 啊，上帝保佑你，殿下。说真的，欢迎你回到伦敦来。愿上帝祝福你那可爱的小脸儿。啊，耶稣，你是打威尔士来吗？

福 你这不干好事的疯头疯脑的王太子，凭这个女人浪漫的肉体和肮脏的血液起誓，我欢迎你回来。（指桃儿。） 270

桃 什么，你这傻瓜肥猪，我还看不上你呢！

颇 殿下，你要不趁着热劲，他就又会把一切都一笑了之，让你没法报复了。

太子 你这婊子养的脂油库，你！刚才当着这位老实、正经、彬彬有礼的大家闺秀的面，你骂我骂得多难 275

听啊!

桂　上帝保佑你的好心肠,凭良心,她的确是像你所说的那样一个人。

福　你听见我说话了吗?

太子　全听见了。你其实早就看出是我来了,就像那次在盖兹山底下你逃走的时候一样。你知道我在你背后,故意说那些话,看看我受得了受不了。 280

福　不,不,不,不是那样。我真的没想到你在旁边听着。

太子　那么我就要逼你承认你是在存心侮辱人,我也就知道怎么处置你了。 285

福　不是侮辱,哈尔,凭我的名誉起誓,不是侮辱。

太子　不是?讲我的坏话,骂我是厨师傅,切面包的,还有我不知道的什么一大堆难听的话,这还不是侮辱吗?

福　不是侮辱,哈尔。

颇　不是侮辱? 290

福　不是侮辱,奈德,一点也不是;老实的奈德,绝对不是。我是在恶人面前讲他的坏话,使恶人不会爱慕你。(转向太子)这样做,我就尽了一个关心的友人和一个忠实的臣民的职责。你父亲应该为这件事谢谢我才对呢。不是侮辱,哈尔;没有侮辱,奈德; 295
没有,真没有,伙计,真没有。

太子　看!就为了想向我们讨好,你纯粹由于害怕和不折不扣的懦怯,竟辱骂起人家这位正经的大家闺秀来了。她难道也算恶人吗?你这儿的这位老板娘难道也算是恶人吗?你的小童难道也是恶人吗?老实的巴道 300
甫,鼻子都让正气给烧红了,难道他也是恶人吗?

颇　回答吧,枯死的榆树,回答吧!

福　恶魔早就把巴道甫登记在册子上,当作不可救药的人了,他的脸是琉息弗的私厨,琉息弗在那里别的事不干,专门拿火烤酒鬼。至于那小童,他身边倒 305
是有一个良善的天使,可是魔鬼把他的眼挡住了,

181

让他看不见。

太子　这两个女人呢？

福　说起她们来,一个早已经在地狱里了,把一班可怜的家伙烧得遍体腐烂。另外那个呢,我欠着她钱;是不是因为这个她也就倒霉得下了地狱,那我不晓得。 310

桂　包你不会,放心吧！

福　是啊,我想你也不会;我想你这笔账算还清了。嘿,你身上还得再加一个罪名:违反法律在家里让客人吃肉。为这件事我想你不免要号啕痛哭。 315

桂　哪家开馆子的不这么着？在整个四旬斋当中吃那么一两块羊肉算得了什么？

太子　你,姑娘——

桃　殿下要说什么？

福　殿下说的那些好话,他自己的肉体就不承认。(内敲门声) 320

桂　谁这么使大劲敲门？去到门口看看,法兰西斯。

披多上。

太子　披多,怎么样,有什么消息？

披　你父亲,国王,已经到威斯敏斯特了。
此外从北方赶到了足足二十个 325
精疲力竭的驿使。我来的时候
碰见了追上了有那么十几个队长,
帽子都没戴,流着汗,见酒店就敲门,
挨家寻找约翰·福斯塔夫爵士。

太子　老天在上,颇因斯,当骚乱的狂飙, 330
像一阵南风满载着疾疫的黑雾,
融化成大雨向我们头上倾泻;
我还像这样浪费宝贵的时间,
实在觉得有一点过意不去。
把剑和袍子给我,福斯塔夫,夜安。〔太子、颇、披及 335
巴道甫下。

福　黑夜当中最香的一块都到嘴边了,我们又非走不可,
　　没法子尝尝。(内敲门声)又有人在敲门?
　　巴道甫上。
　　怎么了,什么事?

巴　老爷,你必须进宫去,马上就去,十几个队长正在门
　　口等着你。 340

福　(向小童)小子,拿钱把这些奏乐的打发掉。(童下)
　　再见,老板娘;再见,桃儿。好姑娘们,你们看有本
　　事的人是不是到处都有人找?那些庸庸碌碌不值
　　一笑的人可以睡大觉,可是干事业的人就消停不
　　了。再见,好姑娘们。我要是不急急忙忙地被派 345
　　走,我走以前一定还来跟你们见个面。

桃　我话都说不出来了,如果我的心不是眼看就要碎
　　了——好吧,亲爱的贾克,好好当心你自己。

福　再见,再见。　　　　　　　　　　〔福及巴道甫下。

桂　好吧,再见。我认识你要等到绿豆生莢的时候,算 350
　　来也有整整二十九年了。可是再要找比你更老实、
　　更心地厚道的人——算了,再见吧。

巴　(自内)贴席姑娘!

桂　有什么事?

巴　(自内)叫贴席姑娘来见我老爷。 355

桂　哎呀,桃儿,快跑;快着点,好桃儿,来。(带桃儿至
　　门口,向台内)她还一脸眼泪呢!(向桃)可不是吗?
　　跟我来吧,桃儿。　　　　　　　　　　　　〔同下。

第 三 幕

第 一 场

威斯敏斯特。王宫。

国王身披便袍,率一小童上。

王　去,把苏瑞和倭立克伯爵请来。
　　但在来以前,请他们先读这些信。
　　将内容仔细地考虑一下。快走。　　　〔童下。
　　目前有几千个我最穷苦的臣民
　　正在熟睡! 睡眠啊,温和的睡眠,　　　　　　　5
　　自然的保姆,我怎样触怒了你,
　　以至你不肯来闭上我的眼皮,
　　使我的知觉沉溺在昏忘的状态里?
　　为什么,睡眠,在烟熏的矮屋里面,
　　在干硬的草垫上,你反倒能舒展肢体,　　　　10
　　让嗡嗡的夜蝇催你酣然入梦;
　　而在贵人喷香的寝室当中,
　　华贵的宝帐底下,有迷人的音乐
　　低低弹奏着,你反倒不肯光临?
　　啊,昏愚的睡神,为什么和贱民,　　　　　　15
　　在肮脏的床上同寝,把御榻委弃,
　　让它成为表盒子或告警的钟楼?
　　难道在高耸炫目的桅杆顶上,

184

你倒能封闭起船童的眼睛,摇荡他,
使他安眠在怒涛起伏的摇篮里,　　　　　　20
四方吹着声势浩大的狂风;
蛮横的海浪,面上布满了皱纹,
被风把顶端抓住,喧声震耳,
高高悬起在滑不唧溜的云端,
那种喧噪,死神也不免惊醒?　　　　　　25
啊,偏心的睡神,在那种时光,
如果你能给淋湿的船童以安息,
为什么国王在最最宁静的夜里,
还加上各种物质设备的帮助,
反而得不到?安寝吧,幸福的愚民!　　　　30
头戴着王冠的睡眠永不能安心!

倭立克及苏瑞上。

倭　愿国王陛下清晨身体安好!

王　已经是清晨了吗,二位伯爵?

倭　已经一点钟过了。

王　哦,那么愿你们两位早安;　　　　　　35
　　你们看过我送去的信件没有?

倭　看过了,主上。

王　那么你们一定了解这国家
　　情况是如何恶劣,百病丛生,
　　特别在心腹深处,危险最大。　　　　　40

倭　现在仅仅是略微感到不适,
　　只要有良好的诊治,服一点药剂,
　　就不难恢复旧日康强的体质。
　　诺桑伯尔兰爵爷热度会下降的。

王　上帝啊,如果能窥读命运的书册,　　　45
　　看到时代的更替,陵谷的变迁;
　　看到大陆,对自己坚实的状态,
　　表示厌倦,溶化入邻近的海洋,

那够多么好！另外,如果再看见
环抱着大洋的滩岸像一根带子,   50
束不紧海神消瘦的腰身;机会
永远嘲弄人,变化的杯子里灌满了
各种不同的酒液！如果能这样做,
最开心的少年,看到他一生的历程,
过去的艰险,未来要遭遇的不幸,   55
也不免合起书,坐下,等候死亡。
还不到十年以前,
李查和诺桑伯尔兰还亲昵友好地
在一起饮宴;两年过去了之后,
双方就闹翻了。也就在八年以前,   60
这位波西是我最亲信的心腹,
为我的事业像兄弟一样地奔忙,
把他的忠爱和生命放在我脚下;
是啊,为了我,甚至当李查王的面,
公然反抗。当时你们谁在场?   65
(向倭)有你,纳微尔爵爷,照我所记得的。
当时李查眼睛里溢满了眼泪,
正遭到诺桑伯尔兰的责骂指摘,
他说过这些话,如今证实是预言:
"诺桑伯尔兰,借着你这把梯子,   70
我族弟波陵布鲁克爬上了宝座。"——
虽然,天晓得,那时我并无此意,
后来是大势所趋,结果才使我
不得不接受了国王尊荣的地位——
"将来总会有一天,"他继续说道,   75
"将来总会有一天,这些罪恶,
聚起来突然溃烂——"他这样说下去,
仿佛预见到现在这种时局,
预见到我们的友情将逐渐破裂。

倭　一切人生命里都有一本历史，　　　　　　　　　　80
　　反映着已经死灭的时代和人物；
　　观察到这点，一个人可能预言
　　到相当准确的地步，尚未发生的，
　　萌芽状态的，深深埋藏起来
　　不显露的事件将来大概会怎样。　　　　　　　　85
　　这些就是时代的胚胎和幼儿；
　　从这种不可动摇的逻辑的联系，
　　李查王可能作出完整的推断，
　　想到诺桑伯尔兰既对他不忠，
　　这不忠的种子一定会日渐增大；　　　　　　　　90
　　最后找不到一个生根的地方，
　　除了在你身上。

王　　　　　　那么说，这些是必然的了？
　　好吧，我们就当作必然的去对付，
　　这必然的情况现在正向我们呼召。
　　据说大主教和诺桑伯尔兰合起来，　　　　　　　95
　　兵力有五万人。

倭　　　　　　不可能那么多，主上。
　　传言总像是声音和回声，加倍地
　　报告所惧怕的人数。我祈求陛下，
　　先去安寝吧。凭我的灵魂起誓，
　　你已经派遣出去的军队，主上，　　　　　　　　100
　　足可以轻而易举地全胜而归。
　　此外，为了更使你高兴，我接到
　　确切的信息，说格兰道尔已经死了。
　　陛下这两星期以来一直不舒服，
　　这样不规则的起居免不了会使　　　　　　　　105
　　你病况加重。

王　　　　　　我接受你的劝告；
　　一旦这些内部的战争平息，

亲爱的伯爵们,我们就直赴圣地。　　　〔同下。

第　二　场

格劳斯特郡。浅潭法官住宅门前。

浅潭、闷宫自左右门上,相遇。黄霉、影子、肉瘤、
病夫、牛犊子及诸仆从随后。

浅　　来呀,来呀,来呀,老弟。把你的手给我,老弟,把你
　　　的手给我,老弟。凭十字架起誓,起得好早啊。我
　　　的好亲家闷宫近来身体好吧?

闷　　早上好,好浅潭亲家。

浅　　我的好姨妹——你的老伴儿——近来身体好吧?　　　5
　　　你那个长得很俊的女儿,也是我的女儿,我的干女
　　　儿,就是爱伦,她近来身体也好吧?

闷　　咳,别提了,浅潭亲家,还是跟一只老鸹似的。

浅　　老弟,我敢说八成儿我的侄儿威廉现在念书已经念
　　　得很好了;他还在牛津,是不是?　　　　　　　　　10

闷　　是啊,老兄,花我的钱可不少。

浅　　那他一定快进法学院了。我从前去的是克力门学
　　　院;现在他们准还在那儿谈论荒唐鬼浅潭呢!

闷　　那时候人家都管你叫采花蜂,亲家。

浅　　可不是吗?给我起的名儿可多啦。我那时候真是　　　15
　　　什么全干,还绝不缩手缩脚。有我,有斯塔弗郡的
　　　小约翰·蹦子,有黑乔治·巴恩斯,有法兰西斯·
　　　扣门,有威尔·裘饶,一个柯茨渥人;在所有的法学
　　　院里你再也找不出这么四个好汉来了。我还可以
　　　告诉你,那些高等的姑娘们我们全认识,其中顶好　　　20
　　　的,全是我们包下了。那会儿贾克·福斯塔夫还是
　　　个孩子呢,在诺佛克公爵汤玛斯·牟伯莱家当侍
　　　童;现在他已经是约翰爵士了。

闷	就是要到这儿来征兵的那个约翰爵士吗,亲家?	
浅	就是那个约翰爵士,就是那个。他还是没有这么高的一个小嘎嘣豆子的时候,我就看见过他在王宫大门口跟斯柯金打架,把人家的头打破了;就在同一天,我也在格瑞学院后面跟一个卖果子的打架来着,一个叫参孙·干鱼的。耶稣,耶稣,那些日子我胡搞得可真够瞧的! 现在呢,一转眼不少我的老朋友全死了。	25 30
闷	我们也逃不过的,亲家。	
浅	当然,那是当然;那是一定的,那是一定的。死亡,照写诗篇的人说,是谁都逃不过的,谁早晚都得死。一对上好的公牛现在在斯丹福市集上可以卖多少?	 35
闷	不瞒你说,我没上那儿去。	
浅	死是逃不过的。你们镇上那个老双份儿还活着吗?	
闷	死了,老兄。	
浅	耶稣,耶稣,也死了! 他可拉得一手好弓——他都死了吗? 他可射得一手好箭。约翰·干寿喜欢他极了,在他身上赌过不少钱。他是死了吗? 二百四十码远的垛子,他一下就能射中红心,用大箭直射可以射他二百八九十码,谁看见了心里都得佩服。二十头母羊现在卖多少?	 40
闷	要看情形;二十头上好的母羊或许可以卖十镑钱。	45
浅	老双份儿居然也死了!	
	巴道甫及一兵士上。	
闷	那儿来了两个人,我看许就是约翰·福斯塔夫爵士派来的。	
浅	早上好,二位。	
巴	请问,浅潭法官是哪一位?	50
浅	我就是罗伯·浅潭,先生,本地的一位微不足道的乡绅,国王驾下的一位治安法官。你找我有何贵干?	
巴	先生,咱家队长向你致意;咱家队长就是约翰·福	

斯塔夫,有名的勇士,而且凭老天起誓,惯会带兵。

浅　不敢当,他太客气了,先生。我认识他,他是个用哨　　　55
棒的好手。这位可敬的骑士近来好吗?我可以问
候他的夫人吗?

巴　恕我直言,先生,我们当兵的是不以家室为意的。

浅　真说得好,先生,而且确实说得好。"不以家室为
意!"好,没问题,的确好。像这样的名言当然是,　　60
而且过去也一向是,应该得到称赞的。家室,跟国
事对照着;很好,称得起是一句名言。

巴　恕我直言,先生,这话也是我听来的,你管它叫名言
吗?凭这大好的白天起誓,我不懂得什么名言;可
是我要拿我的剑证明这话是合乎军人身份的话,是　　65
很正确的指挥号令的话。家室——这就是说,一个
人有时候——就那么说吧——有了家室,或者一个
人到了那么个地步,不妨认为他是有了家室,反正
怎么着都挺好。

浅　说得很对。　　70

福斯塔夫上。

看,好约翰爵士来了。把你的尊手给我,把阁下的
尊手给我。说真的,你精神很健旺,一点也没有上
年纪的样子。欢迎,好约翰爵士。

福　我很高兴看见你也很健旺,好罗伯·浅潭先生。这
位,照我看,许是天杠先生吧?　　75

浅　不是,约翰爵士,这位是我亲家闷宫,跟我共同管理
治安的。

福　好闷宫先生,你这个名字做治安工作最合适不过。

闷　欢迎阁下光临。

福　可了不得,这天儿真热死人。二位,你们在这儿给　　80
我准备了六七个壮丁了吗?

浅　全准备停当了,爵士。请坐吧。

福　请你让我看看他们。

浅　名单在哪儿呢？名单在哪儿呢？名单在哪儿呢？　　　85
　　让我看，让我看，让我看。嗯，嗯，嗯，嗯，嗯，嗯，嗯；
　　对，成了，爵士。拉尔夫·黄霉！我叫谁，谁就上
　　来，听见没有？叫谁，谁就上来；叫谁，谁就上来。
　　让我看，黄霉在哪儿？

霉　有，老爷。

浅　你觉得怎么样，约翰爵士？身子骨挺棒的，年轻力　　90
　　壮，家里人也都靠得住。

福　你名字叫黄霉吗？

霉　是，回老爷。

福　那就该把你拿出去用用了。

浅　哈，哈，哈。妙极了，一点也不假。东西长了霉就是　　95
　　不用的缘故。真是奇妙无比，真是说得好，约翰爵
　　士，说得好极了。

福　把他给勾下来。

霉　你们就是不找我，我的魂儿也已经被勾得差不多
　　了。我的老娘要没人给她田里去做活，或者干点苦　　100
　　力，就没办法了。你们其实用不着勾我，有的是人
　　比我去当兵更合适。

福　得了，别说了，黄霉；你必得去，黄霉，不然你就快到
　　霉透了的时候了。

霉　倒霉透了？　　　　　　　　　　　　　　　　　　105

浅　少多嘴，你这家伙，少多嘴，站在一边。你知道不知
　　道这是什么地方？下面的几个，约翰爵士，让我看：
　　西蒙·影子！

福　好极了，他可以让我凉快凉快。他当起兵来心情恐
　　怕也热不了。　　　　　　　　　　　　　　　　　110

浅　影子在哪儿？

影　有，老爷。

福　影子，你是谁养的？

影　回老爷，是我妈养的。

福	你妈养的！这很可能,给你爸爸养个影子;妈妈阳,	115
	爸爸阴。女人养出来的就是男人的影子,平常总是	
	如此的;可是当爸爸的真正材料,里头就没多少了。	
浅	你觉得他成吗,约翰爵士?	
福	影子在夏天是有用的,勾下他来,因为我们的花名	
	册里有不少影子在充数呢。	120
浅	汤玛斯·肉瘤!	
福	他在哪儿?	
瘤	在这儿,老爷。	
福	你叫肉瘤吗?	
瘤	是,老爷。	125
福	你这个肉瘤的样儿可真惨。	
浅	要我把他也勾下来吗,约翰爵士?	
福	勾也是白勾,他这套衣服就搭在他背上,要不是靠	
	别针,早就全散了。别再勾他了。	
浅	哈,哈,哈,你真行,爵士,你真行,我算佩服你了。	130
	法兰西斯·病夫!	
病	有,老爷。	
福	你是干哪行的,病夫?	
病	我是个女装裁缝,老爷。	
浅	要我把他勾下来吗,爵士?	135
福	好吧,可是他要是个男装裁缝,他还许用钩针勾你	
	呢。你能不能像在女人的裙子上扎窟窿似的,在敌	
	人的战线当中扎他几个窟窿?	
病	我一定尽力做,老爷,你不能要求我比这个更高了。	
福	说得好,好女装裁缝！说得好,勇猛的病夫！你一	140
	定会勇敢得像一只暴怒的鸽子,或是发威的耗子。	
	把女装裁缝勾下来,好好地勾他,浅潭先生;深深	
	地勾他,浅潭先生。	
病	我希望肉瘤也能去,老爷。	
福	我希望你是个男装裁缝就好了,你可以给他缝缝补	145

补,让他出去像个样子。他手下已经有成千的队
伍,我没法子把他安插作一个普通士兵。就这样算
了吧,雄赳赳的病夫。

病　就这样算了,老爷。

福　我很感谢你,可敬的病夫。底下该谁了? 150

浅　草场那儿的彼得·牛犊子!

福　行,这倒不错,让我们看看牛犊子是什么样儿。

牛　有,老爷。

福　上帝在上,真是个好样儿的。来,把牛犊子勾下来,
看看他还会不会叫唤。 155

牛　天啊,我的好队长老爷——

福　怎么,还没勾你,你怎么就叫唤起来啦?

牛　天啊,老爷,我是个害病的人。

福　你害的什么病?

牛　一场该死的伤风,老爷;直咳嗽,老爷;就是在国王 160
加冕那天我去给国王打钟的时候招上的,老爷。

福　没关系,你可以穿着袍子去打仗;我们准可以治好
你的伤风。我可以想办法,叫你的朋友们将来替你
打钟。全在这儿了吗?

浅　这儿的人已经比你的名额多两个了;你在这儿只能 165
征四个,爵士。请你进来跟我用一点便饭吧。

福　走吧,我可以去跟你喝几杯,可是来不及吃饭了。
我很高兴看见你,说实在的,浅潭先生。

浅　啊,约翰爵士,你还记得我们那回在圣乔治广场的
风车里过的一夜吗? 170

福　别提这个了,浅潭先生。

浅　哈,那一夜过得够痛快的。叶来珍姑娘还活着吗?

福　还活着呢,浅潭先生。

浅　她老是想撵我走。

福　不错,不错,她老说她就是受不了浅潭大爷。 175

浅　可不是嘛,我专会逗她生气;她那会儿还是个头等

姑娘呢。她现在还不显得上年纪吧？

福　老了，老了，浅潭先生。

浅　是啊，她一定也老了；她有什么办法呢？准也得变
　　老；当然她也老了。她给叶老头养了个孩子叫叶鲁
　　宾，那时候我还没进克力门学院呢。　　　　　　　180

闷　说起来这有五十五年了。

浅　哈，闷宫亲家，你可不知道这位爵士和我见识过一
　　些什么样的场面！哈，约翰爵士，我说得不错吧？

福　我们的确一块儿听过半夜的钟声，浅潭先生。　　　185

浅　是啊，我们听过，我们听过，我们听过。可不是嘛，
　　约翰爵士？我们听过。我们那会儿的暗号是"嘿，
　　伙计们"。来吧，该吃饭了；来吧，该吃饭了。耶稣，
　　我们那会儿可热闹了！来吧。　　　〔福、浅及闷下。

牛　好巴道甫股长大爷，你帮帮忙吧，我这儿有几个法　　190
　　国克朗可以孝敬你，一共值四个哈利十先令币。说
　　真的，你叫我去，我宁可上吊，大爷；可是拿我自己
　　说，大爷，我倒也不在乎，我就是不大愿意去。拿我
　　自己说，我就想跟我朋友们一块儿待在家里，要不
　　然，大爷，我也就不在乎了；要拿我自己说，也就不　　195
　　怎么在乎了。

巴　好吧，你站在一边。

霉　好伍长队长大爷，看我老娘面上，你帮帮我忙吧。
　　我要一走就什么活都没人给她做了。她又上了年
　　纪，自己不能活动。我可以送你四十先令，大爷。　　200

巴　好吧，站在一边。

病　凭良心说，我不在乎。一个人反正就只能死一次；
　　我们都欠着上帝一死。我不愿意存那种卑鄙的思
　　想。要是我命该死，就死；要是命不该死，就不死；
　　给国王效劳，对谁说都是分内的事。命该怎么样，　　205
　　就怎么样；今年死了，明年就没事了。

巴　说得好，你是个好样儿的汉子。

病	就说呢,我是不肯存那种卑鄙思想的。	
福	斯塔夫、浅潭及闷宫上。	
福	来,先生,我带走哪几个呢?	210
浅	随你喜欢,挑四个吧。	
巴	老爷,我有话告诉你。我收下了三镑钱,答应放走黄霉和牛犊子。	
福	好吧,行。	
浅	来呀,约翰爵士,你要哪四个?	215
福	你给我挑吧。	
浅	好吧,那么就挑黄霉、牛犊子、病夫和影子吧。	
福	黄霉和牛犊子。你呀,黄霉,就在家里待着,等到你没有力量干活为止吧。拿你来说呢,牛犊子,等你长大成人了再说。你们俩我哪个都不要。	220
浅	约翰爵士,约翰爵士,你这不是让自己上当吗?这两个是你挑的最合格的人,我希望供给你第一流的士兵才好。	
福	浅潭先生,难道还用你教我怎么挑选合格的人吗?一个人的胳臂,腿,筋肉,身材,体魄跟魁梧的外表,我管他干吗呢?我要的是精神,浅潭先生。拿这个肉瘤说吧,你看他这副样子够糟心的吧,他要是上起子弹来,放起枪来,准就跟锡镴匠抡锤子一样灵便,卸枪端枪准比摇轳铲提酒桶的人还快。还有这个半张脸的家伙,影子,我就要这样的人;他根本不给敌人任何目标,对方要向他瞄准,还不如向一把小刀的刃儿瞄准呢。至于要讲到退却,病夫那个女装裁缝跑起来指不定有多快呢!是啊,我专要瘦子,大个儿的你收着吧。拿一支鸟枪放在肉瘤手里看看,巴道甫。	225 230 235
巴	拿好了,肉瘤,放!退!这样,这样,这样。	
福	来,做个放枪的姿势看。成,很好,对,很好,非常好。是啊,我要的就是这种瘦小、年老、干枯、秃顶	

	的枪手。做得好,真的,肉瘤,你这二流子有两下
	子。拿去,给你这个小钱。

240

浅	他根本不懂得这行,他的姿势完全不对。我还记得
	我在克力门学院的时候,有一回在亚瑟王射箭比赛
	里装达哥奈爵士,那时候,在迈蓝德广场上有那么
	个短小精悍的家伙。他给你那么拿着枪,然后他来
	回地转,来回地转,又往前去,又往前去。"啦,嗒,
	嗒,"他嘴里还说,"砰!"他嘴里还说;一下子就走
	了,一下子又来了。我看再也没有人能比得上
	他了。

245

福	这几个家伙就可以了,浅潭先生。上帝保佑你,闷
	宫先生,我不跟你多废话啦。再见,两位先生,我谢
	谢你们。我今天夜里还得赶十几里路呢。巴道甫,
	把军服发给这些士兵。

250

浅	约翰爵士,愿主祝福你。愿上帝使你的战事顺利。
	愿上帝给我们带来和平。回来的时候,务必到我们
	家里来。我们老相好的关系应该重新建立起来。
	说不定我还要跟你们一块上宫廷里去一趟。

255

福	但愿你能这样。

浅	好吧,我已经把话说下了。上帝保佑你。

福	再见,二位可敬的先生。(浅潭及闷宫下)走吧,巴道
	甫,把这些人带走。(巴道甫率诸新兵下)等我回来,
	我要在这两位法官身上好好地捞他一笔。我已经看
	见浅潭法官的底了。主啊,主啊,我们上岁数的人怎
	么全都那么容易犯扯谎的毛病啊!这位瘦得像整天
	吃不饱的法官什么都没干,净给我讲他年轻时候做
	了些什么荒唐事,他在腾牛街怎么显过本领;三句话
	里就有一句瞎话,接连地送到听的人耳朵里,比给土
	耳其苏丹纳贡还要准时不误。我记得他在上克力门
	学院时候的那副模样,就活像吃过晚饭后拿剩下的
	干酪皮捏成的人似的。他要是把衣服脱光,简直就

260

265

十足像一个生叉的萝卜,顶上安着一个用小刀刻出
来的奇形怪状的脑袋。他那个枯瘦劲儿,眼力马虎
点儿的人根本看不见他的身子。他就是地道的饿死
鬼,可是又跟猴子一样贪淫;窑姐儿们都管他叫人参
果。他老是在时髦的东西后头赶马后炮;听见赶大
车的吹口哨,他就把调儿学来唱给那些挨过不止一
次鞭打的娘儿们听,还发誓说那是他最爱的狂想调
或者小夜曲。现在呢,这把木头小刀居然成了乡绅
了,满口里讲什么约翰·干寿,好像他跟他是盟兄弟
似的。我敢发誓他就看见过他一次,就是在比武场
上;那回他还因为往司仪官的卫兵当中死挤活挤叫
人把头给打破了。我亲眼看见的,我还跟约翰·干
寿说,他比干寿的名字更高一筹,因为你可以把他连
人带衣裳穿戴一起塞到一条鳝鱼皮里;一个装尖音
笛子的盒子就可以给他做一所住宅,做一个宫廷。
现在他居然也有土地和成群的牲口了。好吧,我要
是回来,就跟他搭上这个交情;我要不把他当成双份
的点金石供我使用,那才怪呢。要是老梭鱼都可以
拿小鲦鱼当点心吃,我看不出自然规律为什么就不
许我咬他一口。时候到了,自有道理,现在我就先打
住了。   〔下。

第 四 幕

第 一 场

约克郡。高卢垂森林。
约克大主教、牟伯莱、海斯亭、巴道甫勋爵及兵士上。

大主教	这个森林叫什么？
海	禀告大主教，这叫高卢垂森林。
大主教	叫军队停驻，贵爵们；派出探子去 打听一下我们的敌军的数目。
海	我们已经派人去探听了。
大主教	很好。 和我共举大事的朋友兄弟们， 我应当叫你们晓得我刚才接到 诺桑伯尔兰最近发出的信件； 意图，口气和内容相当冷淡： 他说他希望亲自到场，率领着 与他身份相称的雄厚的军队， 但他又征集不起这多人来； 因此他已经引退到苏格兰，等候着 命运的好转；最后他虔诚地祈祷 你们的举动能够平安地度过 战争的风险和敌军可怕的攻击。
牟	我们在他身上寄托的希望就这样

5

10

15

198

掉下来撞成碎片了。

探子上。

海　　　　　　　　　　　有什么消息？

探子　在这座森林西边，不到一里远，

敌军排成堂堂的队伍前来了；　　　　　　　　20

从他们占据的地面，我判断他们

大概有三万人，或者接近三万人。

牟　正像我们当初所估计的力量。

让我们开动吧，和他们在战场相见。

魏斯摩尔兰及随从上。

大主教　前面那铠杖鲜明的大将是谁？　　　　　　25

牟　我想大概是魏斯摩尔兰爵爷。

魏　我们的统帅约翰·兰开斯脱公爵

委托我向你们致意，祝你们安好。

大主教　平和地讲吧，魏斯摩尔兰爵爷：

你来到负什么使命？　　　　　　　　　　30

魏　　　　　　　　那么，大主教，

我就主要针对着你来传达

我这番言辞的内容。如果叛乱

以本来的面目出现：乌合的队伍，

由嗜杀的青年人率领着，衣着褴褛，

仅得到一帮孩子和乞丐支持；　　　　　　35

如果丑恶的暴动这样子露面，

显示出它的真实本色和原形，

你，可敬的大主教和这些贵爵们，

想来当然是不会将你们的威信

借给卑鄙和残暴无人性的叛党，　　　　　　40

给他们遮盖凶丑。你，大主教，

你的管区是建立在和平的政权上，

和平的手指使得你须发银灰，

和平给了你学术方面的熏陶，

你的白礼服也代表无邪的心思，   45
好像是鸽子——幸福的和平的化身。
你何苦让自己堕落到这步田地，
把你原来动听的和平的言辞
转化成喧嚣野蛮的战争的噪声，
把经书变成坟墓，墨变成鲜血，   50
笔变成戈矛，把你生花的舌头
变成冲杀时吹起的尖厉的号角？

大主教　为什么我要这样做？是你的问题。
让我简单地回答：我们都害病了，
饱食终日加上荒唐的嬉戏   55
给我们带来一场火热的发烧，
所以要放一点血液；我说的这种病
也传染了去世的李查王，使他命终。
然而，尊贵的魏斯摩尔兰爵爷，
老实讲，我没有把自己想作医生，   60
也不是作为和平的一个敌人
来参加在这些战士的行伍里面；
仅仅是暂时扮演可怖的战争，
为了好节制享受过度的身心，
好清除那些开始把我们的血管   65
堵塞起来的障碍。说得更明白点：
我曾在精确的天平上仔细衡量过
起事会引起的和我们身受的灾害，
发现冤愤重过可能的罪名。
我们很了解时代浪潮的趋向，   70
无奈被大势粗暴的激流推动着，
迫使我们离开了安静的本位。
我们的不满都已经概括地写下在
若干条文中，正在等时机公布；
很久以前曾想要呈递给国王，   75

但多方祈求仍然得不到接见。
在受到屈辱时,我们要向他申冤,
反倒让屈辱我们最厉害的人们
挡驾了,根本不能够和国王会面。
新近刚过去的日子里种种险难,   80
记忆还写下在大地上,血痕未灭,
再加上以往的先例,正被当前
每分钟发生的事件反复证实;
这才使我们穿上不合身的武装,
不是为摧折和平的任何枝叶,   85
而是要在国内建立真正的和平,
不仅是名义,而且有相符的实质。

魏　　你们的申请什么时候被拒绝过?
国王在哪点上曾经错待过你们?
哪一位贵爵受指使欺压过你们,   90
才使你们把神圣的印记盖在
叛逆所伪造的非法血污的文件上?

大主教　为了这整个国家,我的兄弟,
我才特为举兵来打抱不平。

魏　　像这种纠正根本是不需要的,   95
即使需要,也不在你的分内。

牟　　这是他,也是我们大家的本分。
因为我们都感受到岁月的创伤,
因为目前这种时代的趋势
正在用沉重不公平的手段压抑   100
我们每个人的荣誉。

魏　　　　　牟伯莱爵爷,
正确地认识到时代趋势的必然性,
你就会老实地承认,正是这时代,
而不是国王,对你们有什么不公道。
可是拿你个人说,我看不出来,   105

对国王也好,对当前的时局也好,
你有任何一丝一毫的理由
来申冤控诉。你的尊贵的父亲,
受众人怀念的诺佛克公爵的采地,
不是都已经归还到你手里了吗?   110

牟　按荣誉讲来,我父亲丢失过什么,
　　需要再恢复归还到我的手里?
　　当时的情况很明白,国王是爱他的,
　　只是出于不得已才把他放逐。
　　那时候亨利·波陵布鲁克和他   115
　　都已经上马了,挺直地坐在鞍上,
　　战马焦急地长嘶,等候着踢刺,
　　长枪已经端平了,面甲放下了,
　　眼睛透过钢孔喷吐着怒火,
　　嘹亮的号角在催促他们交锋。   120
　　那时候,那时候,什么都不能阻止
　　我父亲刺穿波陵布鲁克的胸膛。
　　啊,国王偏偏把指挥杖抛下——
　　他的性命就系在那短杖上面——
　　他等于断送了自己,也等于断送了   125
　　所有后来在波陵布鲁克手里
　　被诬告,惨死在锋刃之下的人们。

魏　你说话,牟伯莱伯爵,太不加考虑。
　　赫佛德伯爵那时候被大家公认为
　　全英国境内最骁勇善战的武士。   130
　　谁敢说命运可能对哪一方微笑呢?
　　然而即使你父亲决斗胜利了,
　　他也不可能安全地离开考文垂。
　　因为全国人民用一致的声音
　　愤怒地诅咒他,把祈祷和忠爱集中在   135
　　赫佛德伯爵身上。他们崇拜他,

202

祝福他,赞扬他,远过于当时的国王。
但是这一切都是题外的闲话。
我这次使命是代表我们的王爷
来了解你们的不满,传达给你们　　　　　　　　140
他的意旨:他愿意和你们会谈,
只要你们的要求看来是公正的,
就能够得到满足;其余一切
敌对的迹象都可以不再过问。

牟　　我们被迫举兵了,他才让步,　　　　　　　　145
　　　这番话是出于诈谋,不是真情。

魏　　牟伯莱,你这样未免太不自量了。
　　　不要把国王的仁慈解释作恐惧。
　　　看吧,眼前不远是我们的大军,
　　　拿荣誉起誓,每人都信心饱满,　　　　　　　　150
　　　绝对没转过任何恐惧的念头。
　　　我们有比你们更多的知名人物,
　　　我们的兵士用武器比你们纯熟,
　　　甲胄同样地坚固,事业是正义的,
　　　因此按情理讲,勇气决不会逊色,　　　　　　　155
　　　所以你不要说我们是被迫让步。

牟　　好吧,反正依我就不必谈判。

魏　　这仅仅表示你们自觉理屈,
　　　腐烂的箱笼自然经不起颠扑。

海　　约翰王子的职位能不能使他　　　　　　　　　160
　　　作为他父亲派遣的全权代表
　　　来听取我们坚决要求的条件,
　　　并且作出最后的正式决定呢?

魏　　给他元帅的名义就说明了这点,
　　　我奇怪你居然发这种琐碎的问题。　　　　　　165

大主教　那么,爵爷,把这张单子拿去吧,
　　　这里面包括我们一般的不满。

只要每一项都得到适当的纠正，

我们参加这一次举兵的人们，

每一个成员，现在和从今以后，　　　　　　　170

以正当的法律形式得到开免，

并且即刻实现我们的愿望，

不出我们本人和要求的范围，

我们就会回转到恭顺的本位，

用我们的力量来加强和平的统治。　　　　　175

魏　　我一定把这单子带回给统帅看，

现在，各位，让我们在阵前会见；

愿上帝帮助我们缔结和平，

不然就只有诉诸武力，来解决

我们的争论。　　　　　　　　　　　　　180

大主教　　　　　　　我们同意，爵爷。　　　　　〔魏下。

牟　　我心里有一种感觉告诉我说，

我们的和平条件是不能经久的。

海　　用不着担心，如果和平的基础

是像我们的条件所要坚持的

范围那样广大，有充分保证，　　　　　　185

我们的和平就会安稳如山岳。

牟　　不错，可是我们是不会被信任的；

今后每一桩细琐虚构的理由，

每一个不负责吹毛求疵的指控，

都会使国王回味到这次事件。　　　　　　190

即使我们有为王室效死的赤诚，

狂暴的骤风也会把我们扬散，

使我们的谷子和糠秕一样轻飘，

在善恶之间找不到清楚的分界。

大主教　　不，爵爷，这点要请你注意：　　　　　195

国王已经厌倦于寻衅责难，

因为他发现把一个可疑的杀死，

活人中就会有两个更惴惴不安。

因此他是想抛开过去的旧账,

不留下什么痕迹来重复和记载　　　　　　　　200

他的失算的地方,使他不至于

永远有如新的记忆。他非常了解,

他不能每逢碰到疑虑的场合,

就把这国家作一番彻底的清洗。

因为他的敌友是交缠在一起,　　　　　　　　205

只要想连根拔起一个敌人,

他也就损害了动摇了一个朋友。

所以正好像一个惹厌的妻子

触怒了丈夫,使他要动手打她;

刚刚要打她,她却把孩子抱起,　　　　　　　　210

因此使丈夫不得不重新放下

高举的手臂,无法给她以惩治。

海　此外,国王的凶威已经耗尽在

新近起事的人们身上,所以

他已经不掌握什么讨伐的手段;　　　　　　　　215

他的势力,像失去爪牙的狮子,

能扑人,可是抓不住。

大主教　　　　　　　　　　一点也不错。

因此,好司礼大臣,请你放心吧。

我们如果能圆满地达到和解,

和平就会像一条折断的肢体,　　　　　　　　220

接起来比以前更结实。

牟　　　　　　　　　　但愿是这样。

　魏斯摩尔兰上。

看,魏斯摩尔兰伯爵回来了。

魏　王子已经来近了,请你,大主教,

在两军距离正当中和他会见。

牟　约克大主教,凭上帝的名义,去吧。　　　　　225

大主教 你先走,向殿下致意,我们就来了。　　　　〔同下。

第 二 场

同上。
牟伯莱、大主教、海斯亭及兵士自一方上,约翰王子、
魏斯摩尔兰及兵士自另一方上。

约翰 很高兴在这儿碰到你,牟伯莱爵爷;
你身体安好,慈祥的约克大主教;
你好,海斯亭勋爵;你们好,诸位。
约克大主教,按你的身份来说,
你应该做的是发挥《圣经》的文义,　　　　　5
敲起钟来,召集你属下的教民,
让他们环绕着你虔诚地静听。
而现在你竟然变成一个铁人,
敲着战鼓,给乌合的叛徒们助威,
用刀剑代替宣教,死代替生命。　　　　　10
假定有个人深得君王的欢心,
在宠爱的阳光里一天一天地成长,
若是他想要滥用国王的亲信,
凭借这有利的荫覆,他可能掀起
多大的祸乱啊! 对你说来,大主教,　　　　　15
情形是同样的。谁没有听见说过
上帝对你是如何的关切眷顾;
谁不是拿你作上帝议会的主持人,
以为你代表上帝发出的声音,
把神的恩爱,上天庄严的意旨,　　　　　20
从一个阐明者或是媒介的地位,
传达给我们愚人? 有谁会相信
你竟然亵渎你的尊严的职权,

像一个奸臣利用他君王的名义，
把上天对你的亲信和善意用来   25
做种种不名誉的事？仗你伪装的
信奉上帝的热情，你竟然发动了
上帝的代理人我父亲治下的臣民，
使他们在这里啸聚起来，破坏
天上和国内的和平。   30

大主教　　　　　　　　兰开斯脱殿下，
我来不是为破坏你父亲的和平。
正如我告诉魏斯摩尔兰伯爵的，
谁都能看出来，是这动乱的时代
把我们驱迫排挤到这种地步，
来保卫自己的安全。你已经收到了   35
我们按项目列举出来的不满，
这封陈情书过去被轻蔑地抛开，
结果产生了战争这百头的怪物；
但我们公正的请求若得到满足，
他怕人的眼睛也可能闭起来入睡。   40
这一阵疯狂治好了，真正的忠诚
将会在君主脚下驯服地拜倒。

牟　　不然我们就不惜试一试运气，
直到最后一个人。

海　　　　　　　　我们挫败了，
还有后继者支援我们的举动。   45
他们再败了，还有他们的后继者；
只要英国的世代传递下去，
这样产生的战祸将延续不断，
子子孙孙将进行同样的斗争。

约翰　你眼光太浅短，海斯亭，浅短得厉害；   50
别这样狂妄地推测未来的演变。

魏　　请殿下给他们一个直截的答复吧！

你对他们的条文有什么意见？

约翰　我认为它们都很好，很有道理。

　　　　我愿意以我尊贵的血统起誓，　　　　　　　　55

　　　　我父亲的用意没有被正确地了解，

　　　　他手下的人也可能有些时候

　　　　假借他的职权，擅作主张。

　　　　凭我的灵魂起誓，大主教，这些事

　　　　将得到迅速的纠正。如果你同意，　　　　　　60

　　　　请把军队散遣到各个州郡，

　　　　我们也同样做；首先在两军之间

　　　　让我们友好地饮酒并且拥抱，

　　　　叫士兵看见，也可以带回家去

　　　　这一番恢复友爱的动人景象。　　　　　　　　65

　　　　侍从端酒杯上。

大主教　我相信殿下对我们许下的诺言。

约翰　我答应你了，说话一定算数，

　　　　现在我干一杯，表示对他的敬意。

海　（对一军官）队长，请你把这个讲和的消息

　　　　告诉全军，让他们领了饷回家吧。　　　　　　70

　　　　我知道他们会高兴的。快去吧，队长。　　〔军官下。

大主教　我为你干一杯，魏斯摩尔兰伯爵。

魏　我祝你健康。如果你知道为了

　　　　达成目前的和平我费了多少劲，

　　　　你就会开怀畅饮；今后你们　　　　　　　　75

　　　　一定会更了解我对你们的情意。

大主教　那是当然的。

魏　　　　　　　　　我很高兴你相信我。

　　　　祝你健康，表弟牟伯莱勋爵。

牟　你祝我健康实在是非常及时的，

　　　　因为我突然感觉到不大舒服。　　　　　　　　80

大主教　坏运要来了，人总是欢天喜地；

208

沉重的心情往往是好运的先驱者。

魏 所以老弟,欢笑吧。突然的悲痛
就等于告诉你:你明天准要走运。

大主教 相信我,我的心情是异常轻快的。 85

牟 照你自己的话说,那岂不更糟了? 〔内欢呼声。

约翰 讲和的消息传到了,欢呼得好响啊!

牟 如果在胜利之后,听上去更开心。

大主教 和平在本质上也就相当于战胜,
因为双方面都是光荣地屈服了, 90
而谁都不算战败。

约翰 去吧,伯爵,
请你也把我们的队伍遣散吧! 〔魏下。
如果你同意,我想让双方的军队
从这里开过,我们也好看一看
原来要对付的敌人。 95

大主教 海斯亭勋爵,
你去吧,叫他们解散前从这里开过。 〔海下。

约翰 我相信今晚上大家会睡得很好。

魏斯摩尔兰上。

伯爵,我们的军队为什么不动啊?

魏 带队的受你的指示驻扎在那里,
他们要听你发号令才肯解散。 100

约翰 他们很懂得守纪律。

海斯亭上。

海 大主教,我们的军队已经遣散了。
像解开轭绊的小牛,东奔西走,
又像是散学的儿童们,迫不及待地,
各自回家或找寻游玩的场所。 105

魏 好消息,海斯亭勋爵,为了这个,
反贼,我以叛国的罪名拘捕你;
还有你,大主教;还有你,牟伯莱勋爵;

叛国的重罪同样使你们被捕。

牟　这种手段是公正的,守信义的吗? 　　　　　　　　110

魏　你们的集团是那样的吗?

大主教　你发的约誓呢?

约翰　　　　　　　　我没有发什么约誓。
我只答应你纠正你们所抱怨的
那些不良的情况;凭我的荣誉,
我将以基督徒的精神去做到这点。　　　　　　　115
不过你们,叛徒们,等着尝一尝
叛逆和你们的行为应得的惩罚吧。
你们轻率地召集了这一批人手,
狂妄地带到这里来,又愚蠢地遣走。
敲起战鼓来,追逐溃散的敌兵,　　　　　　　　120
是上帝,不是我们,立下这奇功。
来人,把这些反贼带往刑场,
叛逆正当的归宿就是死亡。　　　　〔击鼓。同下。

第 三 场

同上。
战号声,两军冲杀。福斯塔夫、
柯维尔自左右门上,相遇。

福　报上名来,将军,说明你的身份,出生在哪里?

柯　我是一个骑士,将军,我的名字是山谷里的柯维尔。

福　嘿,那么说,柯维尔是你的名字,骑士是你的头衔,
你出生的地方是山谷。柯维尔将继续作你的名字,
反贼是你的头衔,地牢是你的安身所在。那地方要 　　5
讲深还是够深的,所以你还可以继续叫自己山谷里
的柯维尔。

柯　你不是约翰·福斯塔夫爵士吗?

210

福　　反正不比他差，将军，不管我是谁都好。你还是要
　　　投降呢，将军，还是要我出点汗来抓你？我要是出　　　　　10
　　　起汗来那可非同小可，那就等于你的亲友们的眼泪
　　　在哭泣你的死亡，所以打点起你的惧怕和哆嗦劲
　　　儿，老老实实地向我请求饶命吧。

柯　　我想你就是约翰·福斯塔夫爵士，在这种想法之
　　　下，我向你投降。　　　　　　　　　　　　　　　　　　　　15

福　　我这个肚子里装满了一大堆舌头，每一个舌头都不
　　　说别的，只管宣告我的名字。只要我肚子能变得大
　　　小再合适一点，我简直就可以是全欧洲最敏捷灵便
　　　的人了。全是这大肚子，这大肚子，这大肚子，把我
　　　给毁了。看，我们的统帅来了。　　　　　　　　　　　　20
　　　王子约翰、魏斯摩尔兰、布伦及兵士上。

约翰　激烈的战争算完了，不必再追赶了。
　　　魏斯摩尔兰伯爵，叫军队回营吧。　　　　　〔魏下。
　　　福斯塔夫，方才这半天你到哪儿去了？
　　　等到事情全完了，你才露面。
　　　你这种拖延的把戏，要让我看来，　　　　　　　　　　25
　　　早晚有一天会让绞架垮台。

福　　是啊，殿下，你这番话并不使我奇怪。我早就知道
　　　勇敢的人能得到的报酬左不过是倒霉挨骂。你当
　　　我是一只燕子，一支箭，或是一颗子弹吗？我这可
　　　怜的岁数，动起来能像转念头一样快吗？我急急忙　　　30
　　　忙地赶到这儿来，总算是尽了一切的一切可能了；
　　　一百八九十匹驿马都让我骑得趴下了。我满身灰
　　　尘地赶到这儿，一发威风，不费吹灰之力就捉拿了
　　　这位山谷里的柯维尔爵士，一个凶猛的骑士，骁勇
　　　的敌人。可是这又算得了什么呢？他一看见我，就　　　35
　　　束手投降了。所以我完全有资格可以和罗马的那
　　　位鹰爪鼻子的家伙——他们那位恺撒——一样地
　　　学说一番：我来了，看见了，征服了。

约翰　与其说是你的力量,不如说是他给你的面子。

福　那也未必见得。反正他在这儿,我就把他交出来了; 40
同时我还请求殿下把我这桩功劳和今天立下的其他
战功一起登录下来;不然,上帝在上,我准叫人来编
一首专门讲这事情的歌,篇子上头画着我自己的模
样,还有这柯维尔趴在地下亲我的脚。等把我挤对
到采取这个途径的时候,你们这帮人和我比起来就 45
全要像是镀了金的两便士小钱似的;我的英名就会
像是万里无云的天空里的一轮满月,你们这些星星
就会像是天上的残灰,光芒也就有针尖儿大,完全被
我盖过去啦。要有半句是假的,今后就用不着相信
高贵的人说的话了。所以还是给我公道的待遇吧, 50
让立功的人往上升升吧。

约翰　你这么重,升不上去。

福　那么就光彩光彩吧。

约翰　你的肉皮太厚,也发不出光彩。

福　好殿下,反正得让我立下的功给我点好处,你叫它 55
什么倒没有关系。

约翰　你的名字是柯维尔吗?

柯　是,殿下。

约翰　你是个有名的叛徒啊,柯维尔。

福　结果让一个有名的忠臣给捉住了。 60

柯　殿下,我不过是和率领我来的
贵人们一样;假使听我的计谋,
你这场胜仗就不会如此便宜。

福　那些贵人们要的是什么价钱,我不晓得;反正你这
家伙心是够好的,白白就把自己让出来了,这点我 65
得谢谢你。

魏斯摩尔兰上。

约翰　怎么样,停止追击了吧?

魏　已经收兵了,不再赶尽杀绝。

212

约翰　把这柯维尔和他的一些党羽们
　　　押送到约克去,在那里就地正法。 70
　　　布伦,带他去,小心别让他逃了。　　　〔布及柯下。
　　　现在,诸位,我们要快点回朝去,
　　　我听说国王我父亲病得很厉害。
　　　胜利的消息应该先让他知道,
　　　伯爵,你先去告诉他,给他以安慰, 75
　　　我们随后就可以从容地赶到。

　福　殿下,我请你允许我回去时经过格劳斯特郡,还请
　　　你回到朝廷里替我多美言几句,我的好王爷。

约翰　再见吧,福斯塔夫,从我的地位出发,
　　　我将要称许你过于你应得的本分。 80

　　　　　　　　　　　　　　　　〔除福外,众人皆下。

　福　要想称许我过于我应得的本分,你得有聪明的口才
　　　才行,净凭你那个公国是管不了多大的事的。说真
　　　的,这位年纪轻轻冷冰冰的孩子可不喜欢我;想叫
　　　他笑一笑都不容易。不过这也不稀奇,因为他根本
　　　不喝酒。这些稳重的孩子们从来就不会有什么出 85
　　　息,因为淡而无味的饮料把他们的血都变得凉透
　　　了;再加上顿顿吃鱼,结果就害上了一种男性的经
　　　期失调,外带上贫血病;然后等他们结了婚,也只能
　　　生女儿。他们大多数都是些傻蛋和尿包;要不是仗
　　　着酒把血液燃烧起来,我们有些人也会变成那样 90
　　　的。上好的白葡萄酒可以起双重的作用:先是冲到
　　　你脑子里,把包围着它的各种愚昧迟钝的邪气都给
　　　你驱除了,使它变得开朗,敏锐,有创造性,充满了
　　　各种活泼、辉煌、可喜的形体;这些形体再通过声
　　　音——舌头——来一表达,就降生下来了,成为绝 95
　　　妙的言语。上好的白葡萄酒的第二个好处就是使
　　　血液暖起来。血原来是寒冷的,凝固的,使肝脏颜
　　　色苍白;这正是窝囊怯懦的标志。可是白葡萄酒就

能把它暖起来,使它从内部一直跑到身体外面的各部分。它能把脸点亮了,就好像一把烽火,向"人"这个小王国的其余部分发出警报,使它们武装起来;于是身体里的生命力就好像京都附近的百姓平民,全都在他们的统帅"心灵"的呼召下会合起来;有这样雄厚的势力给他撑着,那"心灵"自然是什么勇敢的事都做得出来了。这种勇气就是从白葡萄酒来的。所以,要没有酒,精通武艺也是白费,因为非得要有酒,这种本事才能见诸行动;要没有酒,学问也不过就像是魔鬼看守着的一堆黄金,酒来了才好像得到学问,从此学问就用上了。这就是为什么哈利太子那么勇敢善战;因为他虽然从他父亲那儿天然传来一股冷血,可是他拿它就当干硬枯瘠不长庄稼的土地一样,用尽苦心地下肥料、保养、耕种,喝了不知多少白葡萄酒来灌溉它,终归他果然变得非常火热勇敢了。即使我有一千个儿子,我要教给他们的头一个世俗的道理就是禁绝一切淡薄的饮料,专心一意地喝酒。

巴道甫上。

怎么样,巴道甫?

巴 军队全部都遣散了,各自回家了。

福 让他们去吧。我回去要路过格劳斯特郡,在那儿我要去拜访罗伯·浅潭乡绅大爷。我已经把他在大拇指和二指中间揉搓得差不多了,不久就可以密封起来,万无一失。来吧。　　　　　　〔同下。

第 四 场

威斯敏斯特。耶路撒冷室。

国王靠在椅中,众人抬上,克拉伦斯、格劳斯特二王子,倭立克及诸贵爵随上。

王　　诸位,如果上帝肯顺利地结束
　　　　这一番在我们门前流血的斗争,
　　　　我就要率领我们的青年,走上
　　　　更崇高的战场,为圣教拔刀作战。
　　　　舰队已经会齐了,军队征集了,　　　　　　　　5
　　　　代理国事的都已经得到了任命。
　　　　一切都和我原来的意图符合;
　　　　现在我缺少的就是一点体力,
　　　　同时还要等这帮猖獗的叛徒
　　　　俯首认罪,听从王室的号令。　　　　　　　　10

倭　　在这两方面,我们深信陛下
　　　　不久都可以如愿。

王　　　　　　　　亨弗利,孩子,
　　　　你哥哥太子到哪儿去了?

格　　我想,父王,他是到温莎打猎去了。

王　　谁跟他同去的?　　　　　　　　　　　　　15

格　　　　　　　我不知道,父王。

王　　他弟弟汤玛斯·克拉伦斯没跟他去吗?

格　　没有,父王,他现在就在这儿呢。

克　　父王陛下有什么吩咐?

王　　完全是为了你好,汤玛斯·克拉伦斯。
　　　　你怎么不跟你哥哥太子在一起?　　　　　　20
　　　　他爱你,可是你却疏远他,汤玛斯。
　　　　在所有兄弟当中,只有你是他
　　　　心里最喜欢的;如果你珍视这一点,
　　　　我死了以后你就可以肩负起
　　　　重大的责任,在他尊荣的地位　　　　　　　25
　　　　和其余兄弟中间调解说和。
　　　　因此不要疏远他,漠视他的爱,
　　　　表面上冷淡,不尊重他的意旨,

以至失去他对你善意的爱宠；
因为，如果顺着他，他会是宽大的。　　　　　30
他有怜悯的眼泪，柔和的同情心，
为帮助他人，肯张开慷慨的手掌；
不过，要把他惹恼了，他心肠是硬的，
像冬季一样善变，又像是破晓时
冻结的风雪一样翻脸无情。　　　　　　　35
所以要当心地摸准他的脾气；
看到他心情倾向欢乐的时候，
不妨恭敬地指出他一些过错；
遇到他不高兴，先让他任意跳荡，
使他的火气像搁在滩上的鲸鱼，　　　　　40
自己去发泄净尽。记住这一点，
你就能成为你的朋友的庇护者，
像一根金箍把你的兄弟们束紧，
使亲人的血液汇合在一个桶里，
永远能保持不漏；尽管将来　　　　　　　45
随着时代的变化不可避免地
会掺入一些恶意中伤的毒品
有如火药或乌头草一样猛烈。

克　我一定十分当心敬爱地顺从他。

王　为什么你没有同他到温莎去，汤玛斯？　　50

克　他今天不在那儿，他在伦敦吃中饭。

王　有谁和他在一起，你知道不知道？

克　颇因斯，还有他那些经常的伙伴们。

王　越是肥沃的土地越容易生野草。
他是我少年时代高贵的化身，　　　　　　55
也让野草盖满了；所以我现在
要为我死去之后的情形悲痛。
当我想象我一旦和我的祖先们
长眠在一起，你们将会看到

如何荒唐的日子,败坏的年月, 60
我心里就不禁滴下点点血泪。
因为如果听任他胡作非为,
让少年放肆的脾气自由发作,
侈靡的天性和机会遭逢在一起,
哎呀,那时候他将会如何飞快地 65
扑向面临着他的危险和灭亡!

倭　宽大的主上,你这就把他看错了。
太子爷和他那些伙伴们在一起
就像是学习外国语:既然要学会,
那么就连最脏的字眼也需要 70
弄清楚并且掌握;一旦懂得了,
就会知道它,嫌恶它,绝不会滥用;
这点陛下是了解的。因此,太子爷
等时机成熟了就会把他的同伴们
像粗话一样地抛开。回想起他们, 75
恰好供太子爷作为鉴戒和尺度,
使他能更好地衡量他人的行动,
把以往的过失转变成有利的优点。

王　蜜蜂把蜂房建造在臭朽的死尸里,
怎么肯飞开呢? 80

魏斯摩尔兰上。

谁来了? 魏斯摩尔兰?

魏　愿国王陛下健康,愿我所报告的
喜信之后还会有更多的喜信!
约翰王子向陛下吻手致敬。
牟伯莱、斯库普主教、海斯亭等人
都已经受到陛下法律的惩治。 85
再没有叛徒敢于拔剑猖狂,
和平已经把橄榄枝植遍全国。
至于这一场胜利是如何获得的,

　　　　　一切详细的经过都写在这里，
　　　　　等陛下有工夫可以慢慢阅看。　　　　　　　　　　90

王　　啊,魏斯摩尔兰,你永远好像是
　　　　春寒将尽时来到的夏季的候鸟
　　　　为明朗的天气歌唱。

哈科特上。

　　　　　　　　　　　　又来消息了。

哈　　愿上帝使陛下不受敌人的伤害;
　　　　他们要反对你,愿他们永远会如同　　　　　　　　95
　　　　我向你报告的人们一样崩溃。
　　　　诺桑伯尔兰伯爵和巴道甫勋爵
　　　　率领的一支英国人和苏格兰人的大军,
　　　　已经被约克郡守将完全击败。
　　　　详细的情况和战事进行的过程,　　　　　　　　100
　　　　在这邮包里写得十分清楚。

王　　为什么这些好消息倒叫我不舒服?
　　　　难道命运总不能十全十美,
　　　　而喜信必须用丑恶的字体传达吗?
　　　　命运使健康的穷人永远有胃口,　　　　　　　　105
　　　　可是不给他食物;对富人说来,
　　　　盛宴在眼前,胃口又被夺去了,
　　　　明明是应有尽有而不能享受。
　　　　这快乐的消息应该使我高兴,
　　　　但现在我两眼昏花了,头脑晕眩了,　　　　　　110
　　　　哎呀,来近点,我实在非常不好过。　　〔晕倒。

格　　别着急,陛下!

克　　　　　　　　啊,尊贵的父王!

魏　　至高的主上,振作一下,抬起头来。

倭　　安心吧,王子们! 你们大家都知道
　　　　陛下经常有这种晕厥的病症。　　　　　　　　　115
　　　　站开点,给他些空气,他就会好的。

克　不会,不会,他禁不起这样的痛苦。
　　经久不断的忧虑,神思疲劳,
　　已经把躯体磨损得十分薄脆,
　　生命都透露出来了,就快要突破了。　　　　　　　　120

格　百姓们也使我害怕;他们常看到
　　无父自生的子女,畸形的怪胎;
　　季节改变了次序,仿佛在一年里
　　有些月份睡着了,因此被跳过去。

克　河水连涨了三次,中间不退落,　　　　　　　　　　125
　　老辈的人们,一脑子旧日的掌故,
　　都说当年我们的曾祖父爱德华
　　病死前不久发生过同样的事情。

倭　低声点讲话,王子们,国王醒来了。

格　这中风的毛病一定会使他送命。　　　　　　　　　　130

王　请你们把我抬起来,从这里抬到
　　另一个房间里面去,千万要轻一点。

　　　　　　　　　　〔众人将国王抬至内台床上。

第 五 场

同上。

王　不要叫声音吵我,好心的朋友们,
　　除非有催人入睡的柔和的手指
　　肯给我疲倦的心魂轻轻奏乐。

倭　叫人在那间屋子里奏起乐来。

王　把王冠替我放在这边枕头上。　　　　　　　　　　　5

克　他两眼凹陷,形状完全改变了。

倭　小声点,小声点。

　　　　太子上。

太子　　　　　谁看见克拉伦斯公爵了?

克	我在这儿,哥哥,心情非常沉重。
太子	怎么了,屋里下着雨,外头倒没有?
	父王怎么样?
格	病得很厉害。
太子	他听见了好消息没有?
	快告诉他吧。
格	他听到之后病势越发恶化了。
太子	如果他生病是因为过分快乐,那么用不着吃药就可
	以好。
倭	王子们,别这样大声。太子爷,轻一点;
	国王陛下正打算好好睡觉。
克	我们到方才那间屋子里去吧。
倭	殿下是不是也和我们一块儿来?
太子	不,我要坐在这儿,看守着国王。

〔除太子外,众人皆下。

为什么这个讨厌的东西,王冠,
在这儿放着,和他同床共枕?
啊,光亮的烦恼,黄金的忧虑!
为了你,父王曾经在多少夜晚
不能合眼!陪着它一起安睡吧!
可是还赶不上头戴普通席帽的
打鼾一直到天明那样舒服,
睡得没有他一半香。尊严的王位啊!
你使人感觉难过的时候就如同
火热的天里穿上华美的铠甲,
安全倒是安全了,可是烧得慌。
他嘴边有一根绒毛一动也不动;
他要是还有气,这根轻飘的羽毛
免不了要吹动。仁慈的主上!父王!
这回可真算睡熟了;这样的睡眠
曾把多少英国的国王从这个

10

15

20

25

30

35

黄金的圈子里解开。我要报答你，
只有用眼泪和沉重彻骨的悲哀，
这些是天性、敬爱和儿子的孝心，
一定会大量给你的，亲爱的父亲。 40
你要交付给我的是这顶王冠；
作为你地位和血统的直系继承者，
它应该传到我头上。且让我戴起来，　〔戴上王冠。
上帝将守护它。即使全世界的力量
聚集在一只巨大的手臂里，也不能 45
夺去我承袭的荣誉；这是你给我的，
我也要照样子把它传递下去。　　　　〔下。

王　倭立克！格劳斯特！克拉伦斯！

　　倭立克及二王子上。

克　父王是叫我吗？

倭　陛下要做什么？是不是感觉好一点？ 50

王　你们为什么把我一个人丢在这儿？

克　太子哥哥方才还在这儿，主上，
　　他说要坐在一边看守着你。

王　威尔士亲王吗？他在哪儿？让我见见他。
　　他没有在这儿。 55

倭　这个门开着，他是从这儿出去的。

格　他没有打我们那间屋子经过。

王　王冠呢？谁把它从我枕头上拿走了！

倭　我们出去的时候王冠还在这儿。

王　那么是太子拿去了。去把他找来。 60
　　他难道那么性急，看到我睡着了，
　　就当我死了吗？
　　找他去，倭立克爵爷，叫他趁早来。　　〔倭下。
　　他干这一手更让我病上加病，
　　简直是催我送命。孩子们，你们看， 65
　　你们就全是这样，一瞧见黄金，

很快地天性就变成悖逆了！
为了你们，那些傻瓜的父亲们
连觉也不睡，计算，操心，
把脑汁绞尽，把骨头都几乎压断；　　　　　　70
为了你们，做父亲的连搜带刮，
积累起大批脏臭的不义之财；
为了你们，他们还好心好意地
使你们学会读书和一身武艺；
就像是蜜蜂，从各式各样的花里，　　　　　　75
采取芳香的精髓，
腿上带着，嘴里满含着甜蜜，
我们回到窝里来；和蜜蜂一样，
卖尽了力气就叫人弄死。做父亲的
创下家业，临死了就吃这苦头。　　　　　　80

倭立克上。

那孩子在哪儿呢？难道忍一忍让死亡
帮他把我处置了都等不及吗？

倭　主上，我是在隔壁那间屋子里
找到太子的。他一脸孝顺的眼泪，
带着如此动人的悲痛的表情，　　　　　　85
即使嗜血如命的暴君看见他，
也一定会用善良的泪水来冲洗
手里的屠刀。他立刻就要来了。

王　可是他为什么要把王冠拿走呢？

太子擎王冠上。

看，他来了。到我这儿来，哈利。　　　　　　90
请你们先退下，让我们两个人谈谈。

　　　　　　　　　　　　　　　〔除国王及太子外均下。

太子　我当是再也不能听见你讲话了。

王　是你的希望使得你有这种想法。
我待得太久了，哈利，使你厌烦了。

222

难道你是这样急于要占据　　　　　　　　　　　95
我空虚的宝座,以至时机未成熟,
就先要披戴起我的服饰吗? 傻孩子啊,
你追求的地位是会把你压倒的。
还是等等吧。我的尊荣像乌云,
仅仅被一丝微风抵住,很快地,　　　　　　　100
就要散落;我的白昼昏暗了。
你所窃取的只要过几个钟头
就可以不费心机地得到。临死时,
你更加证实我生前对你的判断。
你的生活本来就说明你不爱我,　　　　　　105
现在你还要我死得更死心塌地。
在你的思想里隐藏着一千把尖刀
是你在铁石的心上磨得锋快的,
准备来对付我这半小时的光阴。
咳,你连这半小时都不肯给我吗?　　　　　110
那么就去吧,亲手去掘我的坟墓吧!
让快乐的钟声对你的耳朵宣告
你加冕的喜讯,不要提我的死亡;
让应该在我灵前挥洒的眼泪
都变成涂在你头上滴滴的香膏;　　　　　　115
让我和遗忘的尘土去混在一起,
把给你生命的人交还给蛆虫;
把我的官吏们撤职吧,把法令破坏吧,
因为到现在还要讲什么体统呢?
亨利五世加冕了。得意吧,浮华!　　　　　120
没落吧,君主的尊严! 贤明的臣僚们,
滚开吧! 现在英国宫廷要收集
从各地来到的游手好闲的家伙们!
现在,邻国啊,清洗你们的渣滓吧!
你们那儿有没有咒骂,酗酒,跳舞,　　　　125

整夜地狂欢,抢劫,杀人的流氓,
专讲究用新的方法为非作歹?
放心吧,他不会再来麻烦你们了。
英国会加倍地醉心于他的罪行,
英国会给他官职,荣誉,权势;　　　　　　　　　130
因为第五个亨利会把牵制着
奢淫的嘴套解开;这条野狗
将要在良民的身上磨牙吮血。
我这可怜的内战不休的王国啊!
如果我尽力都不能防止作乱,　　　　　　　　　135
尽力捣乱会落到怎样的地步呢?
啊,你将要再一度变成荒野,
供你旧日的居民——豺狼们——遨游!

太子　啊,饶恕我,父王! 要不是我的泪
使得我不能发言,等不到听你　　　　　　　　　140
悲伤地讲到这个地步的时候,
我早会把你这一番痛切诚恳的
申斥打断了。你的王冠在这儿,
愿那永生头戴王冠的上帝
使你能长久戴着它! 我企望获得它,　　　　　　145
只因为它代表你的荣誉和威名;
如果有半分私意,现在我真诚的
儿子的孝心教导我跪在这里,
愿我就匍匐着永远不再起来。
上帝可以作见证,当我进来　　　　　　　　　　150
发现陛下仿佛是断了气的时候,
我的心真是冷透了! 如果是伪装,
愿我就在这荒唐的现状下死去,
使我不能活着对惊讶的世人们
实现我原定的改邪归正的计划。　　　　　　　　155
我进来探望你,认为你已经死了,

224

我自己,主上,也几乎悲痛地死去。
当时我就拿王冠作为是有知觉的,
这样责骂它:"正是你带来的忧虑
逐渐把我父王的躯体侵蚀了。　　　　　　　　160
你,说是最好的,其实是最坏的黄金!
其他的都比你更珍贵,尽管质量差,
化炼成药水还可以益寿延年;
而你呢?最精美,最受人看重,歆羡,
反倒把主人吞食了。"父王陛下,　　　　　　165
我这样谴责它,把它戴到我头上,
拿它当作是一个当着我的面
害死我父亲的敌人,我作为忠诚的
继承者,要和它好好地算算这笔账。
假使这样做我心里感觉欣喜,　　　　　　　　170
或者让骄傲冲昏了我的头脑,
假使我真有悖逆虚荣的想法,
对于接受这象征着威权的王冠,
有一丝半点欢迎的心思的话,
愿上帝使我永不能把它戴起,　　　　　　　　175
叫我永远做一个最卑微的臣子,
看到王冠时只配震惊地跪倒。

王　　啊,我的孩子!
　　　是上帝启示你把这顶王冠拿走的,
　　　就为了好使你作这番动听的辩解,　　　　　　180
　　　更加赢得你父亲对你的爱情。
　　　到这儿来,哈利,坐在我的床边上;
　　　听取恐怕是我这一生中最末一次
　　　吐露的指示。天晓得,我的孩子,
　　　我是用如何迂曲诡诈的手段　　　　　　　　185
　　　得到这顶王冠的。我自己很知道
　　　它在我头上惹起了多大麻烦。

225

传给你之后，风波可能会少一点，
群众的意见会好些，更显得合法；
因为在攫夺它时沾染的污点   190
都和我一齐埋葬了。在旁人眼里看，
我是用暴力抢到的这种尊荣；
同时，我一天活着，总会有许多人
责备我得意之后，忘恩负义；
因此经常会酿成纷争和流血，   195
危害这名义上的和平。这些威胁，
如你所见到的，都被我冒险打退了，
事实上我的统治就完全像一场
专门演杀打的武戏。我死去之后，
调子就不同了。在我是非法获得的，   200
传到你手里就比较光明正大，
因为你是直系地继承这王冠。
不过，你站的地位虽然说比我稳，
也还是不够坚定：怨愤还没有平；
我那班朋友，你也要作朋友看待的，   205
毒刺和牙齿都不过新近才拔掉；
我当初得势是假借他们的奸谋，
所以完全有理由害怕他们会
重新废掉我；为了避免这一点，
我剪除了他们；现在还在打算   210
把其中许多人带到圣地去作战，
免得休息和无事可做使他们
死盯着我这个王位。所以，哈利，
你的策略应该是用国外纠纷
吸引浮动的人心，远离开本国   215
进行些活动来消除旧日的记忆。
我还有话讲，但是我的肺太弱了，
完全不给我开口说话的力量。

	我怎样得到这王冠的,愿上帝宽恕!	
	同时愿你能和平地把它保住!	220
太子	慈爱的父王,	
	你得到这王冠,戴起它,又把它给了我;	
	因此我的占有权非常分明:	
	我要保护它,用尽我最大的努力,	
	全世界也不能动摇我的权利。	225

约翰·兰开斯脱王子及倭立克上。

王	看啊,我孩子约翰·兰开斯脱来了。	
约翰	愿父王能享受健康、和平和快乐。	
王	你给我带来了快乐和和平,约翰,	
	可是健康从我这枯弱的躯干里	
	早驾起年轻的翅膀飞走了。看见你,	230
	我在这世上的事务也正好结束。	
	倭立克伯爵在哪儿?	
太子	倭立克伯爵!	
王	刚才我晕倒在里面的那间屋子	
	有没有什么自己独特的名称?	235
倭	尊贵的主上,那屋子叫耶路撒冷。	
王	赞美上帝,我就该在那里命终。	
	许多年以前有人曾对我预言过:	
	我只有在耶路撒冷才会死亡;	
	我错误地认为那指的就是圣地。	
	把我抬去躺下吧! 到那个房间,	240
	在那个耶路撒冷让哈利长眠。 〔同下。	

第 五 幕

第 一 场

格劳斯特郡。浅潭住宅。

浅潭、福斯塔夫、巴道甫及小童上。

浅　凭公鸡和馅饼起誓,爵士,你今晚上绝不能走。喂,
　　台维,听着!

福　我实在得请你放我走,罗伯·浅潭先生。

浅　我不能放你走;你要走可不行;要走是谈不到的;你
　　怎么说要走也不管事;你要走可不行。喂,台维!　　　5
　　台维上。

台　来了,老爷。

浅　台维,台维,台维,台维,等我想想,台维;等我想想,
　　台维;等我想想。对了,厨子威廉,叫他到这儿来。
　　约翰爵士,你要走可不行。

台　啊,老爷,是这么回事:那几张传票没法送。还有,　　　10
　　老爷,我们要不要在田边的空地上种点小麦?

浅　种点赤小麦吧,台维。可是讲起厨子威廉;家里没
　　有小鸽子吃吗?

台　有,老爷。这是铁匠的账单,给马打掌,还有打犁头
　　的钱。　　　15

浅　算算多少钱,给他吧。约翰爵士,你要走可不行。

台　还有,老爷,我们家那吊桶得安一节新链子了。另

228

外,老爷,威廉那天在辛克莱市集上把一个口袋给丢了,你要不要扣他一点工钱?

浅　那是要让他赔的。来几只鸽子吃吧,台维;再来他一对短腿的母鸡,一大块羊肉,另外再随便想几样什么小巧玲珑的可口的菜。去告诉厨子威廉吧。 20

台　这位军爷要在这儿过夜吗,老爷?

浅　不错,台维,我要好好招待招待他。宫廷里有个朋友比钱包里有大洋还管事。你也好好招待招待他手下的人,台维;因为他们全是些地道的光棍,说不定一转背就咬你一口。 25

台　他们自己要转过背来看看,挨咬倒挨够了。你没看见他们衣服的那份恶心劲儿呢!

浅　你这话说得真俏皮,台维。快去办事吧,台维。 30

台　我还要求求你,老爷,在翁考特的威廉·维则和山那头的克利门·波克斯两人打的那场官司里多照应照应维则。

浅　我接到好些人的控诉,台维,都是说这维则的。这维则,照我所知道的,简直就是个地道的光棍。 35

台　我承认你老爷说的话:他是个地道的光棍,老爷;可是,上帝在上,老爷,一个光棍要是有他朋友给他说几句话,也应该得到点照应啊。一个老实的良民,老爷,自己就能替自己说话;可是一个光棍就不能。我尽心尽意地服侍你老爷,说来也有八年了;要是 40
在一个季度里就有那么一两次想帮帮一个光棍压倒老实的良民都做不到的话,那就表示老爷你不大把我看在眼里了。你说的那光棍是我的知心朋友,老爷。所以,我求老爷啦,多照应照应他吧。

浅　好了,我答应你不能错待他。看看有什么事要照料 45
的。(台维下)你上哪儿去了,约翰爵士?来吧,来吧,来吧,把你靴子脱了。把你的手给我,巴道甫老弟。

巴　我很愉快又能见到大人。

浅　我真心真意地感谢你,好巴道甫老弟。(对小童)欢　　50
　　迎你来,大个子。来吧,约翰爵士。

福　你先走一步,好罗伯·浅潭先生,我随后就来。(浅
　　潭下)巴道甫,照料一下我们的马。(巴道甫及小童
　　下)这位浅潭先生瘦得活像根隐士拄的拐棍,上头添
　　了一把胡子;就是把我锯成小片,也足可以顶得上像　　55
　　他这样的四五十个。他的下人们脾气和他简直就是
　　一式一样,这真是奇妙至极。他们看他看惯了,结果
　　一举一动就好像是愚蠢的法官;他呢,跟他们来往久
　　了,也就变成一个带法官味儿的用人。两方面的脾
　　气,由于成天到晚混在一起,已经紧密地结合起来　　60
　　了,就像是一群野鸭子似的,往哪儿飞都是成群结队
　　的。假如我有事要求这位浅潭先生,我就先向他的
　　下人们讨好,说他们跟他们的主人是如何地亲近;假
　　如我有事要求他的下人们,就先恭维这位浅潭先生,
　　说谁的仆人也没有他的那么听使唤。这点是千真万　　65
　　确的,智慧老成的举动和粗鲁无知的派头都是可以
　　感染的,就好像有些病可以你传给我,我传给你。所
　　以一个人老跟哪些人处在一起是一件非常值得当心
　　的事。就从这位浅潭身上,我管保能找出足够的笑
　　料来使哈利王子不停地笑,一直到时兴的衣裳换了　　70
　　六种花样;也就是说等于四个法院开庭的季度,或者
　　两场官司的时间;而且笑起来还讲究中间不带休庭
　　放假的。啊,碰见这么一个年轻的小伙子,从来不懂
　　得什么叫腰酸背痛;你只要对他撒谎的时候发下点
　　无足轻重的誓,或者给他讲笑话的时候装出个一本　　75
　　正经的样子,就不定把他逗得什么样子呢! 啊,你看
　　吧,他准会笑得脸上满是皱纹,就跟一件没有好好折
　　叠起来的湿淋淋的外衣似的。

浅　(自内)约翰爵士!

福　　我来了,浅潭先生;我来了,浅潭先生。　　　　〔下。　　　　80

第 二 场

威斯敏斯特。王宫。
倭立克及大法官自左右门上,相遇。

倭　　怎么样,大法官大人? 你要到哪儿去?
大法官　国王怎么样?
倭　　很好,他的忧虑算全部结束了。
大法官　我希望——没死吧?
倭　　　　　　　　他已经离开这世界,
　　　对我们说来,他是不再活着了。　　　　　　　　　　5
大法官　但愿先王也把我一起带走。
　　　他活的时候,我对他尽忠地服务,
　　　现在免不了会使我受到伤害。
倭　　不错,我也想新王是不喜欢你的。
大法官　我知道他不喜欢我,已经有充分的　　　　　　　　10
　　　心理准备来迎接变更的局势;
　　　不管未来的面目是如何可怕,
　　　也不会比我自己想象的更坏。
　　　约翰、克拉伦斯、格劳斯特、魏斯摩尔兰及余人上。
倭　　这些是死去的哈利的悲痛的后裔。
　　　啊,如果活着的哈利能够像　　　　　　　　　　　15
　　　这三位王子当中最坏的一个,
　　　多少贵人就能够保持住地位,
　　　不至于要向下贱的人们屈膝了!
大法官　上帝啊,我看这回要天翻地覆了。
约翰　早上好,倭立克伯爵,早上好。　　　　　　　　20
克、格　早上好,伯爵。
约翰　我们好像见了面不知道说什么。

倭	知道是知道的,只是我们的话题
	太过于悲痛了,使我们不忍细讲。
约翰	愿那使我们悲痛的人得到安息。
大法官	愿我们能安息,免得更加悲痛。
格	啊,大人,你确是失去了一位好朋友,
	我敢发誓你这副伤心的面容
	不是借来应景的,而是你自己的。
约翰	虽然说谁都摸不清国王的态度,
	你所能期望的待遇无疑最冷淡。
	我为你难过;但愿情况不如此。
克	是啊,你现在得奉承福斯塔夫爵士了;
	这是与你的本性格格不入的。
大法官	王爷们,我做的事情是理直气壮的,
	出自我本人无所偏倚的良心;
	你们永不会看见我低声下气
	去祈求一丝半心半意的宽恕。
	如果真理和忠诚不能帮助我,
	我宁可杀身去追随地下的先王,
	告诉他是谁驱使我来和他做伴。
倭	太子来了。
	太子及布伦上。
大法官	早安,愿上帝保佑陛下。
太子	这尊号,像一件华丽的新衣,披上去
	真不像你们所想的那样舒服。
	兄弟们,你们的悲哀里混杂着恐惧。
	这是英国,不是土耳其宫廷;
	不是阿木拉继承另一个阿木拉,
	是哈利继承哈利。可是,悲哀吧,
	说实话,兄弟们,悲哀对你们很相称,
	你们表现的悲痛是如此动人,
	我只有沉默地仿效你们的榜样,

25

30

35

40

45

50

在心里陪你们伤悼。是啊,悲哀吧。

不过,好兄弟,也不要悲哀得过分,

要记住这不幸是我们大家分担的。 55

至于我,我发誓你们可以放心,

我将同时做你们的父亲和兄长,

把友爱给我,让我来代你们操劳。

为死去的哈利哭泣吧,我也要同样做;

但哈利还活着,他将把这些眼泪 60

转化成同样数目的欢乐的时辰。

诸王子 这正是我们对陛下所抱的期望。

太子 你们都奇怪地望着我。(向大法官)你尤其是这样;

我想你多半认为我不喜欢你。

大法官 我认为,如果按照公平的判断, 65

陛下并没有正确的理由要恨我。

太子 没有?

一个像我这样地位尊荣的王子,

怎么能忘记你给我的莫大侮辱?

好嘛!把英国太子连申斥带责骂, 70

最后粗暴地关到监狱里,这像话吗?

这种事能在忘河里洗清忘掉吗?

大法官 那时候我是作为你父亲的代理人,

我身上体现着他的权力的形象;

然而,当我在执行他的法律, 75

忙于维持国家的治安的时候,

殿下你竟然忘记了我的地位,

忘记了法律公理的威严和力量,

忘记了我所代表的国王的形象,

在我审判的官座上公然殴打我; 80

我这才把你当作你父亲的罪人,

大胆地运用我所掌握的职权,

把你囚禁了。如果这事情做错了,

好吧,现在你已经戴上御冕,
你愿意有一个藐视法纪的儿子吗? 85
任他把公理从堂堂的高座上揪下来?
阻挠司法的进程,使卫护你的
和平和安全的利剑失去锋锐?
这还不算,还藐视你君王的形象,
把他人代你做的事当作玩笑? 90
请陛下问一问自己,设身处地,
你作为父亲,有这样一个儿子,
听到你君主的尊严这样被亵渎,
看到你神圣的法律这样被轻视,
眼看着自己让儿子这样侮慢; 95
然后想象我,从你的地位出发,
代表你给你儿子以温和的制裁——
这样冷静地想想,再给我判决吧。
你既是国王,以你的身份讲一下,
我做的有哪点不合我的地位、 100
我的官职或者我主上的威权。

太子　说得对,法官,你的话入情入理,
因此这天平和宝剑还归你拿着吧。
我希望你的盛德能日益增长,
直到你有一天看见我的儿子 105
像我一样冒犯你,然后屈服。
那时候我就能像先王一样说道:
"我实在很幸运,有这样忠直的官吏,
敢对我儿子施行正义的制裁;
尤其幸运是又有这样的儿子, 110
肯把他尊崇的地位放在一边,
听法律处理。"你当初曾把我抓起来,
所以我现在命令你抓在手里,
你一向携带在身边的无瑕的宝剑;

但是有这样的了解：在运用它时， 115
你须像当年对我一样地勇敢，
一样地大公无私。我伸手给你。
我年纪还轻，你将要做我的严父，
我的声音将依从你的提示，
我将低头使我自己的意图 120
符合你久经事变的老练的指导。
同时，诸位兄弟们，请你们相信我：
不妨想象，我父亲是荒唐地下世了，
因为我旧日的脾气已随他埋葬，
而他严正的性格留下在我身上。 125
我将要使世人对我的期待落空，
推翻人们的预计，把那些依照
表面行为判断我的风言风语
一概消除。我的血液像潮水，
过去一向是放纵地喧哗汹涌； 130
现在要改变方向，退回到大海里，
今后，和海洋的巨浪汇合在一起，
它的流动将显得正大而庄严。
我现在就要召集最高的议会，
还要选一些贤明的大臣做顾问， 135
使我们庞大的政府机构能够和
治理得最好的国家并驾齐驱；
使我能有机会研究并且熟悉
战争，和平，或二者并存的状态。
你，老人家，将是其中的骨干。 140
加冕礼举行之后，我方才说了，
我打算亲自去会见朝廷百官。
只要上帝协助我良好的愿望，
我一定不让王公贵族们有理由
对我的统治不满或咒诅不休。〔同下。 145

第 三 场

格劳斯特郡。浅潭住宅果园内。
福斯塔夫、浅潭、闷宫、巴道甫、小童及台维上。

浅　不,我非要你看看我的果园不可。我们可以坐在凉
　　亭里面吃一颗我自己接种的去年的苹果,再外加一
　　碟香菜子什么的。来,闷宫亲家。完事我们就该睡
　　觉了。

福　上帝在上,你这住宅真够漂亮的,真够阔的。　　　　　5

浅　寒碜得很,寒碜得很,寒碜得很;我们全是些穷叫
　　花子,全是些穷叫花子,约翰爵士。嘿,空气不
　　错。摆桌吧,台维;摆桌吧,台维;行,这样很好,
　　台维。

福　你有这么个台维倒是很得力的;家里的事,地里的　　10
　　事,他全管。

浅　他是个好用人,是个好用人,是个很好的用人,约翰
　　爵士。天啊,我吃晚饭的时候酒喝多了。是个好用
　　人。请坐吧,请坐吧;来,亲家。

闷　啊,伙计,他开言道:我们要(唱)　　　　　　　　　15

　　　　什么也不干,逍遥自在,
　　　　赞美上帝这年头不坏;
　　　　肉卖得便宜,娘儿们可爱,
　　　　小伙子到处玩得痛快,
　　　　　　好开心,　　　　　　　　　　　　　　　　　20
　　　　一天到晚好开心。

福　你兴致不错! 好闷宫先生,就冲这个,待会儿我就
　　得敬你一杯。

浅　给巴道甫先生倒点酒,台维。

台维　(向巴)大哥,请坐,我这就来陪你;好大哥,请坐。　　25

小弟,好小弟,你也请坐。别客气啊！肉虽然不够,酒可有的是;你们就多包涵一点吧,主要是我们这片心。　　　　　　　　　　　　　　〔下。

浅　别拘束啊,玩个痛快,巴道甫先生;还有你,我的小军人,你也玩个痛快。　　　　　　　　　　30

闷　（唱）

　　玩个痛快吧,有太太管我,

　　女人们个个全不好惹。

　　酒喝得痛快,把胡子一抹,

　　欢迎,快乐的悔罪节。

　　好痛快来好痛快。　　　　　　　　　　35

福　我真没想到闷宫先生玩起来能这么起劲。

闷　谁,我吗? 我以前也撒开玩过那么一两回。

台维上。

台　（向巴）给你端来了一盘厚皮苹果。

浅　台维!

台　老爷,我这就来了。（向巴）来一杯酒吧,大哥。　　　　40

闷　（唱）

　　来一杯酒吧,又冲又香,

　　为你喝下去,我的姑娘。

　　心里头快乐活得长——啊。

福　好呀,闷宫先生!

闷　我们要想玩个痛快,现在正是晚上最好的时候。　　　　45

福　祝你健康长寿,闷宫先生。

闷　（唱）

　　倒满了酒杯,递给我,

　　我的量没底儿,多少都敢喝。

浅　巴道甫老兄,欢迎。你要是要什么,可别不说话啊,不然自己吃亏。欢迎,我的小贼孩子,真真正正的欢迎,不是白说。我来为巴道甫先生和伦敦那边所有的好汉们喝一杯。　　　　50

237

台　我就希望在没死以前能去伦敦逛一次。

巴　要是咱们能在那儿见着，台维——

浅　好呀！那还不在一块儿干他四两酒吗？哈！你说　　　　55
　　我说得对不对，巴道甫先生？

巴　没错，先生，拿论斤的大壶喝。

浅　上帝在上，这我得谢谢你。这小子看见你准就不放
　　了，我可以担保。他不会给你丢面子，他生来会交
　　朋友。　　　　　　　　　　　　　　　　　　　　　　60

巴　我也不会放他的，先生。

浅　是啊，这话说得简直有国王的派头。别客气，痛快
　　地玩吧。（敲门声）看看门口是谁，喂！谁在敲门？

　　　　　　　　　　〔台维下，闷宫向福敬酒。

福　好嘛，你这才算对得起我。

闷　（唱）

　　　　　对得起人，　　　　　　　　　　　　　　　　65

　　　　　封我做将军，

　　　　　撒明哥。

　　是这么着不是？

福　是这么着，一点也不错。

闷　是这么着吧？哼，你们还是说老头子也有两下子。　70
　　台维上。

台　回大爷话，有一位火枪从宫里带信来了。

福　从宫里来的！叫他进来。
　　火枪上。
　　怎么样，火枪？

火枪　约翰爵士，上帝保佑你。

福　哪一阵风把你给吹到这儿来了，火枪？　　　　　　75

火枪　吹我来的不是净干坏事不干好事的歪风。亲爱的骑士，
　　你现在算得上是这个国家的数一数二的大人物了。

闷　凭圣母起誓，他个子是不算小，可是还比不上巴森
　　村子那个名叫鼓肚子的庄稼汉。

火枪	鼓肚子？	80
	我叫你咽下肚去，下贱的厖包！	
	约翰爵士，我是你朋友，火枪，	
	马不停蹄地忙忙赶到这里，	
	带给你好信，无上幸福的快乐，	
	黄金的未来，欢欣可贵的消息。	85

福　那么我请你把它老老实实地像平常人似的讲出来吧！

火枪　去他妈的，平常人，不值一文的家伙们，
　　　我讲的乃是非洲和黄金的欢乐。

福　下贱的亚述骑士啊，有什么消息？
　　来对考菲秋国王细讲一番。　　　　　　　90

闷　（唱）罗宾汉，约翰和红衣。

火枪　吃粪的野狗要和诗神们斗斗吗？
　　　传达好消息要受到扰乱吗？
　　　好吧，火枪，让你的脑筋起火吧！

浅　这位先生，我不知道你的来历。　　　　　95

火枪　是吗？那该你倒霉。

浅　请你原谅我，先生。如果，先生，你是从宫里带了什
　　么信来，我认为只有两个办法：或者说出来，或者憋
　　着不说。我自己，先生，也在国王驾下有那么一官
　　半职。　　　　　　　　　　　　　　　　　　100

火枪　哪个国王，怯大兵？要命就快讲。

浅　哈利国王。

火枪　　　　　　哈利第四还是第五？

浅　哈利第四。

火枪　　　　　去你妈的那点官职！
　　　约翰爵士，你的娃娃做国王了。
　　　如果火枪撒谎，这么着，拿我当　　　　　105
　　　吹牛的西班牙人，给我榧子吃。

福　怎么着，老王死了吗？

火枪　僵得像门上的钉子，我说的没有错。

| 福 | 快点,巴道甫,把我的马鞴好。罗伯·浅潭先生,你说吧,要国家里任什么官职地位,全算归你啦。火枪,我这回准给你枪膛里装上双份的荣誉。 | 110 |

巴　咳,这回可算走运了!
　　现在要封我做骑士,我都不干。

火枪　怎么样?我带来的消息不错吧?

| 福 | 把闷宫先生抬到床上去。浅潭先生,浅潭爵爷——你要做什么全可以;我现在就是幸运大神的总管。把靴子穿起来,我们得整夜赶路。啊,亲爱的火枪!快走吧,巴道甫!(巴下)来,火枪,再给我仔细讲讲。另外,想想你自己要什么好处。快穿起靴子来,快穿起靴子来,浅潭先生!我知道这位年轻的国王准是想我都快想死了。管他什么人的马,我们抢来就骑,没关系;英国法律现在就得听我指挥。那些当初跟我做朋友的可以得意了!那位大法官等着受罪吧! | 115

120 |

| 火枪 | 让凶恶的饥鹰啄食他的脏腑吧!
"大好的日子过去了。"有些人这么说;
我们的就在眼前,好不快活!　　　　〔同下。 | 125 |

第 四 场

伦敦。街道上。

衙役数人,拉老板娘桂嫂及桃儿·贴席上。

桂　我偏不,你这地道的奴才。我宁可上帝叫我死在这儿,好叫你也绞死偿命。你把我肩膀这儿的骨头都揪断了。

| 衙役甲 | 巡官们把她交给我了,我敢保她这回可以饱饱地吃一顿鞭子。近来为了她的缘故,出了一两条人命。 | 5 |

桃　狗腿子,狗腿子,你完全是胡说。去你的吧,听我告

诉你,你这黄脸膛的混账,我肚子里的小孩要是流产了,那罪过就比打你自己的亲妈还要重,你这白纸脸的奴才。

桂　　主啊,约翰爵士要来就好了! 他要在这儿,说不定 　　10
就得让谁头破血流。但愿上帝让她肚子里的娃娃能流产!

衙役甲　要是流产了,你就又得揣起一打枕头来了;这会儿你不过才揣起十一个。来吧,我命令你们俩全跟我来。谁让你们跟火枪合伙打人来着? 那人让你们 　　15
打死了。

桃　　我告诉你,你这香炉盖上的瘦妖精,就冲这件事我得叫你狠狠地挨揍。你这青皮的混蛋,你这快饿死了的臭教养官,你要不挨揍,我从今天起就不穿短裙子了。 　　20

衙役甲　来吧,来吧,你这母夜叉,来吧。

桂　　啊,上帝,正义竟然把暴力给压倒了! 咳,算了,现在受着点,以后有好日子。

桃　　来,你这混蛋,来,带我见法官去。

桂　　是啊,来,你这没吃饱的猎狗。 　　25

桃　　僵尸老爷,骷髅老爷!

桂　　你这小原子,你!

桃　　来吧,你这瘦猴,你这混账。

衙役甲　好吧。　　　　　　　　　　　　　　　〔同下。

第 五 场

威斯敏斯特寺院附近广场。
仆役二人上,铺芦草。

仆役甲　再来点芦草,再来点芦草。
仆役乙　喇叭已经吹了两次了。

仆役甲	等他们加冕礼举行完就是两点多了。快着点吧,快着点吧。　　　　　　　　　　〔二仆役下。

喇叭声。国王及诸大臣随从列队上,横过舞台,进入寺院;福斯塔夫、浅潭、火枪、巴道甫、小童上。

福	就在我身边站着,罗伯·浅潭先生,我要让国王给你赏赏脸。待会儿他过来的时候,我跟他飞一个眼,你等着瞧吧,看他对我的那份表情。	5
火枪	愿上帝保佑你的心肺,我的好骑士。	
福	到这边来,火枪,在我后头站着。(向浅)哎呀,要是我来得及做几套新号衣,我找你借的那一千镑就有地方花了。不过,没关系,这副难看的样子更好,从这儿可以看出来我是多么急着想见他。	10
浅	可不是嘛!	
福	可以看出我对他真正的感情——	
浅	可不是嘛!	15
福	我的一片忠心——	
浅	可不是嘛! 可不是嘛! 可不是嘛!	
福	就仿佛是白天黑夜地骑马赶来;没工夫考虑,没工夫仔细想,连换衣服都急得不耐烦——	
浅	这样最好,没错。	20
福	就这么站在这儿,满身路上的灰土,一脸大汗,等着想见他;什么全不想了,把一切事情都忘在一边了,就仿佛是除了要见他以外,没有别的事要做一样。	
火枪	正是所谓"不改其度",因为我们是"昼夜匪懈,以事一人"。正是一切的一切,反正是这样。	25
浅	一点也不错。	
火枪	我的好骑士,我要使你动肝火,使你大发雷霆。你的桃儿,你高贵的心中敬仰的海伦,现在被卑下地囚禁在恶臭的狱里,被人用最下贱肮脏的毒手剥夺了自由。从乌黑的洞穴里唤起复仇女神和她的怪蛇来吧,桃儿关起来了;火枪说的是实话。	30

福　　我会把她放出来。

〔内欢呼声、喇叭声。

火枪　　海涛在汹涌，呜呜的号角齐鸣。

国王头戴王冠，与大法官及诸随从上。

福　　上帝保佑你，哈尔王，我尊贵的哈尔。　　　　　　　35

火枪　　皇天卫护你，英名远扬的小鬼。

福　　上帝保佑你，我亲爱的孩子。

王　　大法官，你去和那个妄人讲话。

大法官　你疯了吗？你知道你说的是什么话吗？

福　　我的王！我的神！我和你讲话哪，心肝！　　　　　40

王　　我不认识你，老头子，去跪下祈祷吧！

头发都白了，做小丑多么难堪！

我很久以来梦见过这样一个人：

吃得滚圆的，上年纪，满嘴脏话；

可是，醒来了，我自己憎恶我的梦。　　　　　　　　45

以后把身体缩小点，多加点德行吧；

别狼吞虎咽了，要知道坟墓为你

张着嘴，比任何别人要阔大三倍。

不要用愚蠢无聊的笑话回答我，

别妄想以为我还和旧日一样。　　　　　　　　　　　50

上帝晓得，全世界也将要看到

我已经抛弃了我自己过去的为人，

同样我也要抛弃我那些伴侣。

等到你听说我又和往日一样了，

你可以来找我，再和往日一样地　　　　　　　　　　55

作为我荒唐行为的导师和策动者。

不过，在那天以前，我要放逐你，

像放逐其他诱惑我的人一样：

来到离我十里内就是死罪。

我将要发给你们生活的费用，　　　　　　　　　　　60

免得没有钱驱使你们去作恶。

等到我听说你们都改过自新了，

我将要考虑你们的能力和特长，

再提拔你们。大法官，这责任交给你，

照我的旨意执行，不得违误。 65

前进！ 〔国王及随从诸人下。

福 浅潭先生，我还欠你一千镑呢。

浅 是啊，不错，约翰爵士；我请求你把钱还我，让我带
回家去吧！

福 这是怎么说的呢，浅潭先生？你别因为这桩事丧气， 70
待会儿他准就私下派人来找我。你得明白，他在众人
眼前不得不装得这样一本正经。别为你的升官担忧，
结果你准还会倚仗我的力量成为一个大人物。

浅 我实在看不出我怎么还能成为一个大人物，除非你
把你那件紧身上衣给我穿，里面还是塞些稻草。我 75
求你啦，好约翰爵士，还给我那一千镑的一半——
五百镑吧。

福 先生，我说话绝对算数；你刚才听见的那套话不过
是一种烟幕。

浅 我恐怕你就会熏死在这烟幕里面，约翰爵士。 80

福 烟熏不死人，怕什么？走，跟我吃饭去。来，火枪副
官；来，巴道甫。等会儿晚上他准就叫人来找我。

大法官、约翰王子及诸警官上。

大法官 把约翰·福斯塔夫送到弗里特监狱去；

他这些伙伴也都一起抓走。

福 大人，大人—— 85

大法官 我现在没工夫说话，等会儿再听你讲。

把他们带走。

火枪 今朝不得志，风云尚可期。

〔除约翰王子及大法官外均下。

约翰 我很赞成国王这公正的办法。

他的意思是要他旧日的同伴们 90

244

　　　　　每人都能够得到优厚的待遇；

　　　　　可是在他们的行为还没有变得

　　　　　正当和守法以前，一概都放逐。

大法官　结果真做到了。

　约翰　国王已经召集议会了，大法官。　　　　　　　　　　95

大法官　是啊。

　约翰　我敢打赌，在今年年底以前，

　　　　　我们将要把内战的刀剑和火焰

　　　　　直带到法国去。我听见一只鸟这样唱，

　　　　　它的歌曲，据我看，国王很欣赏。　　　　　　　　　100

　　　　　来吧，一块走好吗？　　　　　　　　　〔同下。

收　场　白

　　首先，我害怕；然后，我敬礼；最后，我致辞。

　　我害怕的是你们会觉得厌烦；我敬礼因为是我的本分；我致辞是请你们诸位多原谅。如果你们以为现在会听到一套绝妙的辞令，那你们可要了我的命了；因为这篇讲词是我自己作的，我自己无论讲什么恐怕都应了那句话：自作自受。可是，闲话少说，让我豁出去试一次。你们要知道——事实上你们当然知道得很清楚——不久以前我在这儿出现过一次，给一出不受欢迎的戏收场，那时候我要求你们大家多包涵，答应你们下回另编一出好的。我原来想就拿这出戏抵账了；要是它像一笔不顺利的海外投资，回家一算赔了钱了，那么我就破产了；而你们呢，我这班好心的债权人，也就吃了亏了。我当初答应你们还要在这儿出现，现在我既然在这儿，就只好挺身听你们诸位处置；诸位要抬抬贵手，我就先拿这出戏算还一部分，然后，跟大多数借钱的人一样，口头上再作下无穷无尽的保证。

　　如果我的舌头不能说动你们饶了我，好不好请你们命令我用一下我的两条腿呢？不过跳一场舞就把账赖掉了，这种还账的方式也未免太轻而易举了。可是一片好心是什么人都不会挑剔的，我也就希望诸位领受我这片心。在场的小姐太太们已经都宽恕我了，如果先生们还不肯，那就表示先生们和小姐太太们意见不同；在我们这种上流社会里，这是闻所未闻的事。

　　请你们允许我最后再说几句话。如果诸位的口味对肥肉还没有腻的话，我们这位微不足道的作者就打算把这故事再继续下去，让约翰爵士还在里面串演，另外还叫一位美貌的法国公主凯萨琳出场，使大家开心；据我所知道的，福斯塔夫最后要出一

5

10

15

20

身大汗而死去;除非是你们诸位现在就对他没有好感,那他当然就没有理由再活下去了;因为欧尔卡苏是殉教死的,我们演的不是他。我舌头说累了,等我腿也跳累了,我就要敬祝诸位夜安而告辞了。现在我在诸位面前跪倒——可是,你们以为我要做什么呢?原来是为女王陛下祈祷。

注释（注码系正文行数）

序　幕

舞台说明　华克渥斯　见"上篇"二幕三场首注。

谣言上——舌头　这是在民间短剧和假面剧里"谣言"一贯的装束,象征多嘴多舌,搬弄是非。

9—15　当暗藏——才显得胀大了　"战火快要爆发的时候,谣言散布和平的消息;明明是太平无事,谣言却又惊师动众,使局势紧张。"这几行诗反映出当时人民是如何生活在战争的气氛里,不得安宁。1596—1597 年有过很多次"恐惧的征集军队,准备防御"。参看序言。

21　在自己一家人当中　意思说观众都是谣言的义务传播者。

37　诈病　参看"上篇"四幕一场。那里没有提起诺桑伯尔兰是装病,但从下面二幕三场波西夫人对他的责备看来,诺桑伯尔兰似乎是有意没有去参加舒斯伯利战役,因而牺牲了自己的儿子。

第 一 幕

第 一 场

舞台说明　巴道甫勋爵　参看下 34 行注及"附录"。这是一个参加叛党的贵族,不可与福斯塔夫的伙伴相混。

1　舞台说明　守门人出现在平台上　伊利莎白舞台上有一个突出的平台,在演出时有时充当楼或城墙等。这里可能是设想为一个堡门上的守望楼。有些通行版本此处作"守门人开门",今依新剑桥版及西松版。

16　两位布伦　"上篇"只提到一个倭尔脱·布伦爵士。但尼尔在史诗《内战》里讲到另一个名叫布伦的国王的旗手也在舒斯伯利战役中阵亡。

34　翁菲尔勋爵　这是莎士比亚改写本剧时留下的破绽。原来在这一场里巴道甫勋爵的台词都是属于一个翁菲尔勋爵的;四开本在 161 行行首还保留着"翁菲"的字样。后来莎士比亚可能在读纪事史时发现叛党里并没有这样一个人,而王军里却

248

有一个罗伯·翁菲尔爵士,因此才把他改作巴道甫勋爵。另外一个破绽是在一幕三场里巴道甫勋爵还不知道率领王军前来的是谁,而在这一场里莫顿已经明明报告小王子约翰和魏斯摩尔兰要来了。

60　像一页封面　伊利莎白悲剧和挽诗有时在卷首用黑色的题页,并附简短的内容说明。

73　普赖姆　特罗的国王。特罗的陷落见维吉尔的《伊尼亚德》第二章。

89　快意的屈辱　听某人说谎,从当时的习俗看来,是莫大的侮辱。诺桑伯尔兰表示宁愿接受这种侮辱,只希望听到他儿子还活着。

119—120　如果某一件——格外快　指重的物体在下坠或投掷时的速度往往快于轻的。

155—160　别让这世界——台上的尸体　一系列有关戏剧演出的比喻。这是莎士比亚最爱用的。

157　该隐　亚当和夏娃的长子,《圣经》上第一个杀人者,见《创世记》第四章。

161　巴　参看上34行注。此外台词的划分依西松版。

180—186　我们这一伙——投进去　海外投机的买卖在莎士比亚时代是非常盛行的,当代文学里充满了这方面的比喻。参看收场白9—14行。

191　双重的保证　大主教的随从者把在他领导之下举事看作是一桩神圣的事业,因此把身体和灵魂都交给他。大主教不只是一个一般的领袖,还具有宗教上的威信。189—209行在四开本里被删掉了,可能因为当时有许多反对伊利莎白政府的活动是在宗教名义下进行的,因此检察官感到不安。

205　庞弗烈　庞弗烈堡垒在约克郡,是李查二世被弑的地方。

第　二　场

因为在舒斯伯利立了功,得了一笔奖金,所以福斯塔夫这次出现,样子比较体面;但他的钱包还是在害着无法医治的"消瘦病"。在这一场里最值得注意的是福斯塔夫对有钱商人的憎恨,和他与大法官舌战时表现的机智。

舞台说明　小童　演出时小童总是跟在福斯塔夫背后,学主人走路的摇摆姿势。

1　大个子　玩笑的反话。

1　医生说我的尿怎么样　在其他伊利莎白剧作家的作品里也有关于验尿的笑话。这种检查的办法在当时才开始试行,没有很好的科学基础,所以许多人视为新奇。莎士比亚同时的作家布勒东在一篇描写庸医的小品文里说:"碰到赶集的日子,就有很多人提着夜壶找他。"

12—13　跟在我——像样呢　伊利莎白朝末年男人有时在帽檐上戴珍宝装饰。

21—22　王家的脸——六便士　双关语。"王家"金币约值十先令,参看"上篇"一幕二场120—122行及注。福斯塔夫意思说既然太子没有胡须,就不必付修脸的六便士,这样他的"王家"的脸就可以永远保持原来的价值——十先令。

31　大肚子财主　见"上篇"三幕三场28行注。

32　亚希多弗　见《旧约·撒母耳记下篇》十六章,一个奸狡的挑惹是非的贼臣。

35　剃平头　新兴城市资产阶级的标志,贵族都蓄长发。

42　头上都长角了　俗语说:妻子与人通奸的人头上生角。

43　好灯　当时的提灯有时用角质的外壳。

45　史密斯菲尔　伦敦卖牛马的市场。

46　保罗教堂　圣保罗教堂当时是一个群众聚集的热闹场所;在那里可以做买卖、订约会、雇仆人。格林在他的《詹姆士四世》里有一场描写三个年轻人在教堂的大柱上贴广告,找寻工作。

50　舞台说明　大法官　威廉·加斯柯因爵士,见"附录"。

49—50　因为——打了他一下　莎士比亚剧中没有这一段,但这是尽人皆知的关于哈尔太子传说的一部分。关于这个事件的意义,参看序言。

51　走近点,我不愿意见他　远十八世纪初期,在有些舞台演出里就已经把这行改成:"孩子,挡住我点,我不愿意叫他瞧见我。"小童平举两臂企图"挡住"肥胖魁梧的福斯塔夫,那是很惹笑的一个场面。

54　那件盗案　盖兹山抢劫案,见"上篇"二幕二场。

55　在舒斯伯利立了功　福斯塔夫在"上篇"五幕三场讲到他率领部下的褴褛兵士冲到战事最激烈的地方,结果差不多全部送命。这里所说的"立功"就是一般的说法;杜佛·威尔逊以为太子果真替福斯塔夫撒谎,因此福斯塔夫冒领了杀死飞将军的奖赏,这是没有根据的想法,而且与剧情发展也不合。

65—70　什么!——事儿的话　参看序言。

81　你鼻子闻错方向了　以猎犬作比喻。

104　加伦　古代有名的医生(约公元129—189)。他的著作是用希腊文写的,尚存有近百种,中世纪医学家把他看作最高权威之一。

112　约伯　见《旧约·约伯记》,"像约伯一样能忍耐"是一句俗语。

120　陆上作战　暗指路劫。

126—127　我就是——他是我的狗　没有可靠的解说,但大意是明显的:不是我带他,而是他在前面带着我。可能这里指的是一个观众都熟悉的常出现在伦敦街头的盲乞丐。

135　闻见一只狐狸　俗语,意思是:"疑心别人在使坏。"狐狸指大法官。福斯塔夫疑心大法官在阴谋拆散他和太子的关系,见下 174 行。

144　磨了的"星"就轻了　与上"魔星"谐音。"星"也是当时的一种钱币名,如果磨损或者削薄,就不能使用了。

147—154　在这种贩货争利的年头——专门干荒唐事　这是理直气壮的抗议。

148　耍狗熊　要驯顺的狗熊是不需要什么了不得的勇气的,这是讽刺的反话。

164　吆喝跟唱圣诗　"吆喝"大概是指在打猎或作战时的呼声。福斯塔夫在这里讽刺上层社会的人们,因为打猎和唱圣诗正是他们最爱干的事。

167—169　至于太子打你那一记耳光——识相的大人　福斯塔夫扯进这桩事来气大法官,同时表明自己在识见方面是"老成"的。

178—180　可是请你们注意——别太热　拿性命去冒险的兵士们,对坐在家里夸夸其谈的人是有反感的。以下的话一定在许多观众心里引起共鸣,因为十六世纪末送往海外去打仗的差不多都是穷人,而有钱的则"坐享太平"。

184　口吐白沫　喝酒过多所致。

186—191　不过我们这英国——好得多　第一对开本里没有这一段。检察官当然不肯放过这种厌战情绪的公开吐露。

197　三人抡的大锤　十八世纪评注家斯蒂文斯的解释是:儿童们常玩的一种游戏,叫作"震蛤蟆"。把蛤蟆放在木板一头,然后用锤敲另一头,把蛤蟆震飞到空中。福斯塔夫玩笑地说:要震起他来,需要使用三人抡的用来砸大桩子的大锤。

204　七格罗两便士　约两先令多。

第 三 场

从这一场里我们可以看出:(一)叛党之间的相互不信任,诺桑伯尔兰的临时退缩在这里已经埋下了伏线;(二)人民对亨利政权的厌苦。巴道甫勋爵虽然在这场里出现,但后来在高卢垂森林两军会谈的场面里(四幕一、二场),却又没有他。参看一幕一场 34 行注。

1—2　我们——听见了　叛党刚刚聚谈完毕。在现代舞台上,开幕时可以显示诸人围坐在桌旁看地图或文件,然后大主教起立发言。

36—37　如果——有害的　原文语意晦涩,诸家标点方式也不同。今依新剑桥版的解说,译其大意。

41—62　我们想——欺凌　这个建筑房子的比喻,在细节方面非常鲜明,因此有些人认为可能和莎士比亚自己在 1597 年计划重修一所故乡新买的房子有关联。

71　一队打法国人　依照何林雪德的记载,这时候法国方面也准备对亨利发动战争,因此亨利派遣了汤玛斯小王子及一部分军队开往卡莱。

82　兰开斯脱公爵　莎士比亚把约翰的爵位弄错了,见"附录"约翰条。

89—90　恃仗——不稳的　这话出自大主教口里是合乎性格的,但有些资产阶级批评家竟从这里得出莎士比亚不信任或惧怕人民群众的结论。关于大主教的感慨,参看序言。

105　那时候——扔灰土的人　见《李查二世》五幕二场28—31行(约克公爵给他的夫人讲述波陵布鲁克把李查带回伦敦的情况):

> 没有人喊道:"上帝保佑他!"
> 没有欣喜的声音欢迎他归来,
> 只有人向他神圣的头上扔灰土,
> 温和而悲痛地,他摇头把灰土甩落。

第 二 幕

第 一 场

5　小子,罗网呢　有些编注者使一小童随爪牙上,这是不必要的。爪牙仅是转身向台后呼喊。

11—12　这一来——捅人　当时的时髦人士都佩带长剑或短刀,所以警官或公差在逮捕他们时总要担心自己的安全。

14—18　捅我……亮家伙……戳人……乱杵　双关语,以男女关系开玩笑。

21　不定式　意即"多得无限"。莎士比亚时代大多数人民是不识字的,但是通过看戏、唱歌、听讲道等,他们往往从听觉学到许多新颖的字眼。这些字眼他们在运用时自然有时会弄错。桂嫂是一个极端的例子,但也不是莎士比亚凭空捏造出来的。

23　两位大爷别见怪　仿佛在两位公差跟前提到肉市不大文雅。

24—25　约束——耗子头　桂嫂想说"约请""豹子头"。当时男人衣服有时在肘膝等地方绣豹头作装饰,所以绸缎商用来做招牌。

28　可怜的——妇道人家　桂嫂的丈夫这时已经死了。

38　谁家的母马死了　俗语:"怎么回事?闹什么?"

44—45　主意杀人——冒杀人　"蓄意杀人""谋杀人"。伊利莎白朝的市民经常要打官司,所以都有点法律知识。

47　拦住他们,巴道甫　福斯塔夫照例自己退后,让巴道甫和小童去打架。

48　劫犯人喽　伦敦街头常听见的呼喊。当时警察制度很不健全,逮捕到的犯人有时在街上就被抢去。特别是年轻的学徒们,常常聚集起来,手持木棒,解救他们的伙伴。在下一行里桂嫂错误地认为"劫犯人"是"找帮手"之意,所以说:"劫几个犯人来!"

63　款项还是小事　桂嫂不懂"款项"的意思。

68—69　要是——压在底下呢　双关语。

77　人鱼房间　见"上篇"二幕四场24行注。

80　唱诗的　唱诗的当时被认为是流氓无赖。一说:有些唱诗的是阉人,所以太子生气。

88　秘密　意即"亲密"。

92—93　她满街——长得像你　"她说她的大儿子是你和她两人生的。"有意侮弄大法官。

122　老天爷在下　应为"——在上"。桂嫂急得语无伦次了。

124　有玻璃杯就成　在莎士比亚的时代,玻璃刚开始盛行,逐渐代替了银器的地位。

125　画布　见"上篇"四幕二场21行注。

126　浪子　见"上篇"四幕二场28—29行注。

130　把脸洗洗　因为可怜的桂嫂在哭。

133　二十诺布　约值六镑多。

141　桃儿·贴席　"桃儿"是当时戏剧里经常给娼妓或女骗子起的名字。

143—168　消息不算太好——糊涂虫　很有趣的一场。福斯塔夫把桂嫂打发掉了之后,兴高采烈地又想插进来和大法官商讨国事。他尝试了三次,但是忙于公务的大法官总不理睬他。福斯塔夫认为这是他不能忍受的侮辱,因此在大法官和高厄两人转身要离开时,揪住高厄,大为客气一番,而当大法官对他讲话时,假装充耳不闻,以为报复。

159—160　你不是——征兵吗　伊利莎白朝的制度是授权军官自己招集兵马。

163—164　要是——糊涂虫　"你如果认为我这样做不应该,我是跟你学的,大法官!"

167　清一清　可能是"轻一轻"的谐音,取笑福斯塔夫的肥胖。

第 二 场

太子在"下篇"里首次出场。他的表现已经透露出一定的变更。淡啤酒、胡闹和

"下流"的伴侣还在呼唤他,但是他已经逐渐在把它们摆脱了。亨利王病势的严重使太子不得不考虑他未来的道路。在他和颇因斯的谈话里,我们听到一种微带鄙夷的声调,仿佛表示:"你们还当我是和你们一样的吗?""看人应该看最后的表现。"这等于是未来意图的招供。但是颇因斯听了还是不以为意。福斯塔夫给太子的信也是很有意义的。他没有觉察到太子已在渐渐地游离开,还以旧日呼兄唤弟信口胡说的方式跟太子来往。这一场加深了福斯塔夫和太子开始分裂的印象。

2—3　我还以为——抓的呢　以逮捕作比喻。颇因斯话里含有一种细微的暗示:有地位的贵人应该是不受法律制裁的。

12　你说那是多丢人的事　太子借玩笑的口吻吐露出一些真心话。他模仿那些突然富贵的人们,表示对旧日的朋友应该假装记不得,翻脸不认。

13　明天　太子可能指的是:我做国王那一天。

16—19　可是——存货快空了　"只要你还有两件衬衫,一件穿在身上,一件留着换,你就准天天跑到网球场去了。"网球自十六世纪起在英国开始盛行。年轻人在打网球时往往隔一会儿换一件衬衫,以示时髦。

19—20　因为——席卷光了　双关语。"低下诸国"是一个地理名词,包括荷兰、比利时和卢森堡。莎士比亚时代,那里的国际情势很紧张,英国经常派遣军队去和当地驻扎的西班牙军队作战。这里暗喻人的下体。"荷兰细布":当时认为是做衬衫最好的料子,参看"上篇"三幕三场桂嫂说她送过福斯塔夫一打衬衫,"上好的荷兰细布,八先令一码!"

20—22　上帝晓得——继承王国　太子意思说颇因斯在外面胡搞女人,养了些私生子,没有能力抚养,只好把衬衫扯了充当小孩的尿片子。"继承王国":在这里指死,进入天国。耶稣教导他的门徒们说,只有纯洁谦卑像小孩子的能入天国(《马太福音》第十八章)。第一对开本里这段完全删掉。

26—27　告诉我——一样　太子的话"继承王国",使颇因斯想起现实的问题:老王快死了。

48—49　可不是吗——装腔作势　沉思地自言自语。太子意识到他应该即刻着手"挽救"他的名誉;可能他当初没有预料到他把胡闹作计策会产生这样的印象。

55　老二　参看"上篇"四幕二场23行注。小兄弟在封建社会里总是倒霉的。

60　猴子　福斯塔夫把小童打扮得奇形怪状。

63—66　过来——大惊小怪的　四开本和对开本都把这一段归给颇因斯。今依葛瑞格在"莎士比亚剧本校改原则"里的说法,把这段话给巴道甫。小童因为和巴道甫一起喝了点酒,再加上穿得奇怪,所以在见到旧日的主人时,感觉有点害羞。

65—66　给一小壶酒开了苞　流行的玩笑语。

73　阿尔西亚　特罗王后赫丘巴在怀着巴里斯的时候"梦见她生下一个火把来";阿尔西亚在生下她的儿子麦利亚哲的时候听见命运女神说:在某一根木柴烧尽的时候她的儿子就要死了。莎士比亚在引用时混淆了两个神话故事。

79　好好保护自己　因为六便士币上刻有十字架。

85　信——毕恭毕敬的　讽刺。巴道甫还是照旧日的习惯把信随手向太子怀里一丢。

86　马丁节　11月11日,在这时通常大杀猪牛,腌藏起来,准备过冬。

101　雅弗　见《创世记》,挪亚的儿子,普通被视作欧洲民族的始祖。

101　舞台说明　读信　对开本使颇因斯读信,今依四开本,并参照现代评注者(亚屯、新剑桥、西松)的更定,使太子读信。

105　那位可敬的罗马人　指恺撒,他的文体以简洁著名。下面"我向你问候——"是模仿恺撒的名言:"我来到了,我看见了,我征服了。"古本"罗马人"都作多数,今依西松。

125—126　这个老野猪——吃喝吗　莎士比亚没有在剧本里点明"野猪头酒店"的名字,仅仅用这个拐弯的说法。在莎士比亚时代,伦敦还有不止一个"野猪头酒店"。

129　信奉——以弗所人　"以弗所人"见《新约·以弗所书》和《启示录》。这里用来玩笑地指酒肉朋友。

150　从神——公牛吗　大神宙斯爱上了少女攸罗巴,化为公牛把她载走,见奥维德《变形记》第二章。

第 三 场

34　独一无二地　孤立无援地。

37—38　虽然——瓦解了　叛党纷纷溃败逃走,只有飞将军还在高呼自己的名号,鼓舞部下作战。

45　孟摩斯　即哈利太子。

54　钢条　可能是指箍桶时所用的钢条。四幕四场43—48行有同样的比喻。

第 四 场

这一场卓越地体现了莎士比亚描写下层社会人民生活的能力。通过几乎是左拉式的真实的笔触,莎士比亚使一个喧闹污秽的酒店兼妓院活生生地在我们面前展开。在福斯塔夫和桃儿、桂嫂两个妇女的关系上,除开很明显的滑稽畸形的一面外,我们还应该看到善良的伴侣感情的成分。尽管福斯塔夫对她们也使用了老一套的欺骗吹牛手段，有时也占她们一些小便宜，但他也给予她们并且和她们共同享受一定的快乐。最后的分手场面写得是很真挚动人的。太子和福斯塔夫在这一场里仅有一个短短的不愉快的会见，这次会见事实上标志着他们旧日关系的终结。直到最后的"斥逐"一场里，两人才再度面面相对。很明显，莎士比亚想暗示太子在逐渐倒向另外一方，大法官"英明的筹划"已经发生作用了。

1　干苹果　放了很久的果皮干皱的苹果；年老衰弱的象征。

9　偷摸乐班子　在酒店里吃饭的时候找乐师来奏乐是当时的一种时髦风气。

10　舞台说明　酒保丙上　以下舞台说明依西松本校改。普通版本没有酒保丙上场，谈话始终在法兰西斯及乙两人之间进行。

16—17　健忘……脉络……反常　桂嫂意思是说："健康""脉搏""正常"。

23　哼　咳嗽一声，喝过大量的酒以后试试嗓音。

24　好心肠，金不换　歪曲地引用格言："好名声，金不换！"

29　她这行——恶心　双关语。一般认为娼妓们在生意冷落时容易害病。

32　是你——瘦不了啦　花柳病有时会使人虚胖。福斯塔夫说"瘦不了"，与桃儿的"受不了"谐音。

40　"钻石针，珠玉，满身装"　一句歌词。可能福斯塔夫说时也用歌唱的声调。

40—44　因为你——挺起劲的　一系列双关语；用军事行动上的名词影射性病及当时的治疗方法。

47　痰火　桂嫂意思说"肝火"。

49　赤条　意思是"失调"。

51—52　软弱的器皿　《新约·彼得前书》第三章第七节："你们做丈夫的也要按情理和妻子同住，因她是软弱的器皿。"伊利莎白剧作家常常引这段话作猥亵的取笑。

70　多加盐啦　桂嫂意思说"多言"。

74—86　就是不几天以前——找碴打架的人　从这段神气活现的话里，我们知道城市当局曾把桂嫂找去过，申斥她不正规的做生意方式。

75—76　咳嗽大爷——检狱长　"典狱长"通常是选极端正派的市民充任。这位"咳嗽大爷"大约是一位年老多病说话迟缓的绅士。

78　牧师哑巴大爷　莎士比亚时代许多牧师不学无术，没有能力讲道，所以博得"哑巴"的称号。

89　巴巴利母鸡　一种天生羽毛凌乱的鸡。一说"巴巴利母鸡"这里是"妓女"的代名词。

100 舞台说明 火枪 莎士比亚创造的无数不朽的次要人物之一。像当时伦敦的许多学徒一样,他是个戏迷;因此走起路来要摆姿势,开口就是戏词。在《亨利五世》里,火枪是一个相当重要的人物。

103 我一放枪——两颗子弹吃 猥亵的双关语。下面福斯塔夫的回答也是同样。

117—118 我就往——戳几刀 当时的娼妓很多身带短刀之类的武器。

120—122 打哪天——不错的呢 讽刺火枪身穿军装扬扬得意的样子。

121 两根带子 用来把胸甲缚在军装上的带子。

123 把你的绉领扯了 兵士和粗暴的客人喝醉酒以后,常常这样欺负桃儿之流的女人,因为妓女们喜欢把绉领做得特别宽大。

126 火枪队长 火枪其实是“军曹”。桂嫂给他升了级表示恭维。

128 要是队长们跟我一般心思 说时斜眼看一下福斯塔夫。福斯塔夫是真正的队长,桃儿想挑惹他们打架。

133 发了霉——干面饽饽 妓院里残留下来的食品。桃儿暗示火枪平常只晓得在窑子里讨剩饭吃。

143—146 下到阎罗——这儿吗 火枪开始记起许多戏词,于是大呼小叫,顺口引用。“抓紧鱼钩和线”是一句钓鱼的歌词,火枪记不得别的词了,就把它也插了进去。

146 建娘 取自乔治·庇尔的一篇失传的剧本《土耳其穆罕默德和美丽的希腊女郎建娘》。“建娘不是在这儿吗?”其他剧本里也时常引用,可能已经变成玩笑的流行语。“建娘”有时也指“娼妓”。火枪在唱这句时,抽出剑来,表示威风。杜佛·威尔逊认为火枪学故事中的英雄,给他的剑起一个女人的名字,同时取“剑”“建”的谐音。

147—148 伙抢——提提你的怒气 即“火枪”“压压你的怒气”;桂嫂害怕出事,所以语无伦次。

150—152 难道负重的马——三十里道路 模仿马尔娄的《帖木儿下篇》(当时极为流行的一出戏剧)四幕三场开首两行:

　　哎呀,娇养的亚洲出产的驽骀!
　　怎么,一天只能拉二十里路吗?

火枪把“哎呀”错引作“挨压的”。(仅仅通过耳朵学习戏词的人,常会把个别字眼搞错。)

153 汗泥包 其实应该是“汉尼拔”,迦太基名将,罗马的敌人。

154　特罗的希腊人　特罗人和希腊人的战争构成荷马史诗《伊里亚德》的中心内容。火枪荒谬地把双方混在一起。

155　三头的恶犬　即塞比鲁斯,看守地狱门户的三头怪物。

159—160　死去吧,众人——在这儿吗　火枪继续唱戏。这些词句可能还是出自《穆罕默德》一剧中。火枪显然爱听热闹激烈的武戏,在威吓他人时就把听到的半懂不懂的戏词全部乱搬出来。有些批评家在火枪身上看到莎士比亚对一个敌对剧团——海军大臣剧团——的讽刺;因为那个剧团的主要演员阿伦,擅长扮演气魄雄浑的角色。

164　那么——长胖吧　约略地引自庇耳的另一篇剧本《阿尔卡扎战役》。剧中人物马罕谟德剑尖上挑着狮子肉上场,叫他的妻子卡莉吞食下去。在唱这句时,火枪可能用剑刺起一个干苹果来,送到桂嫂口边。

166　"今朝——可期"　格言。有些批评家认为火枪在诵读他剑柄上刻的文字。

171—172　我们——北斗七星啊　译文按照通行的解释:"我们曾经一起欢乐地度过许多夜晚。"自然,话里也含有在夜里共同偷盗抢劫的意思。一说火枪的话应该解释作:"守望北斗七星在我说不是什么新鲜事儿! 你们叫我出去,我就出去好了。"

175　骑着玩的小马　双关语,侮辱桃儿。

182—183　三姊妹——阿卓波斯　希腊神话里的三个命运女神。克罗梭执纺锤,拉凯茜斯抽线,阿卓波斯用剪刀剪断。剪下的线的长度代表人的一生。

192　我求你——已经走了　福斯塔夫在火枪已被巴道甫揪下楼去之后,仍然暴跳发威。

203—204　赫克脱……亚伽门农……九勇士　赫克脱:《伊里亚德》史诗中特罗一方的主要英雄。亚伽门农:《伊里亚德》中希腊军的统帅。九勇士:说法不同。较普通的说法是:赫克脱、亚力山大、恺撒、约书亚、大卫、犹大·马加比、亚瑟、查理曼、布雍的哥德弗烈。

206　拿毯子丢他　对懦夫的惩罚。

217—218　别说——我的末日　"死人头"是一种刻在指环上的装饰,参看"上篇"三幕三场26行注。福斯塔夫希望永远保持青年的快乐情绪,不愿听到死亡。

227　腿一般儿粗　伊利莎白朝男人穿紧瘦的裤子及长袜,因此腿若生得"漂亮"是很惹眼的。

228—229　酒里——往下灌　当时的花花公子们讲究玩的把戏,"点着的小玩意儿"一般是葡萄干之流。

237　两只耳朵多半不打算要了　割掉耳朵是伊利莎白政府对无赖和流氓常用的惩罚。

244　老萨腾和维纳斯　天象学的名词:萨腾即土星,维纳斯即金星。萨腾是神话里宙斯大神之父,此处指衰老的福斯塔夫;维纳斯,恋爱女神,此处指桃儿。

244—245　这不知道历书上要怎么说　因为土星金星平常是不会聚在一起的,所以可能表示灾异。当时的历书里含有大量迷信的成分。

246—247　那个火焰——体己话呢　"三角星群"指一脸红疙瘩的巴道甫;桂嫂是福斯塔夫的"心腹、手册和记事本"。

260—261　你不是颇因斯的兄弟吗　依四开本。对开本作:"你不是他的兄弟颇因斯吗?"意思说颇因斯也是一个私生子。

280—281　你其实早就——时候一样　"上次在盖兹山底下你逃走了,后来不是便说你早就知道是我吗?那么这次你的'本能'一定也告诉你我就站在你背后。你明明是故意气我!"这是讽刺挤对福斯塔夫的话。有些缺乏幽默感的资产阶级批评家竟信以为真,根据它来论证福斯塔夫在盖兹山抢劫时确实看穿了太子的伪装!

304　琉息弗　恶魔的别名。

309—310　把一班——腐烂　指害性病。

314—315　违反法律——吃肉　伊利莎白政府为了保护渔业,曾多次下令在四旬斋期内不准卖肉。这里含有双关的意义:"出卖肉体"。

320　殿下——不承认　他"嘴里称你'大家闺秀',但他的肉体可以证明你是个娼妓"。

339　进宫去　接受有关战事的指令。埃·斯透尔等人认为福斯塔夫因为怠弃职务而被传去申斥,这是没有根据的。

341　拿钱——打发掉　福斯塔夫学时髦人士的办法,叫小童替他拿着钱包。

350—352　我认识你——再见吧　被福斯塔夫带累得"倾家荡产"的桂嫂说出这种话来,当然是万分荒唐滑稽,但我们也应该从这里看出真正深厚的感情。莎士比亚的幽默绝不是如有些英美批评家所想的那样简单庸俗。

第 三 幕

第 一 场

17　表盒子或告警的钟楼　旧日的表形状较大,常配有华贵的盒子。国王把他的床帐比作盒子,而他自己像是躺在里边彻夜嘀嗒不息的表。在钟楼里的守夜者也是不能睡眠的。

18—25　难道——惊醒　这段精彩的诗使许多人相信莎士比亚一定曾在海船上亲身经历过风暴。

45—56　上帝啊——等候死亡　这种对时代和世事变幻无常的慨叹在莎士比亚的一部分十四行诗里表现得很突出(例如第64首)。

57—79　还不到十年以前——破裂　这些情节大致都可以在《李查二世》里找到。

66　纳微尔　当时的倭立克伯爵是李查·博尚(见"附录")。莎士比亚把他和较后的倭立克伯爵李查·纳微尔混为一人。又:在莎士比亚剧本《李查二世》里,当诺桑伯尔兰和李查王作这段谈话时,亨利王和倭立克都不在场。参看下注。

70—79　在《李查二世》五幕一场里,当诺桑伯尔兰逼迫李查和他的王后分手,并准备把李查送进伦敦塔里去的时候,李查王说出了以下的一段话(55—68行):

> 诺桑伯尔兰,借着你这把梯子
> 波陵布鲁克爬上了我的王位,
> 从现在算起,用不了多少时光,
> 丑陋的罪恶就将会长出脓头
> 开始溃烂。你一定会感觉不满,
> 即使他把王国平分,给你一半,
> 因为整个都是你帮他获得的。
> 他呢,一定会觉得既然你能够
> 扶植起非法的君主,只要再碰到
> 些微的借口,当然会改弦易辙,
> 把他从篡夺的宝座上一把揪下来。
> 恶人的友情很容易转化为恐惧,
> 恐惧再转化为仇恨,最后将会使
> 一方或双方都遭到横死的报应。

102—103　我接到——格兰道尔已经死了　这是错误的。格兰道尔的死期虽然不能确定(参看"附录"),但无疑要比这晚得多。

第 二 场

格劳斯特郡的几个场面是"下篇"中最精彩的部分。它们显示了作为喜剧作者的莎士比亚惊人的观察能力,塑造典型形象的本领和运用人民语言的纯熟技巧。两位瘦削的治安法官浅潭和闷宫是刻画得惟妙惟肖、令人无法忘记的人物,但尤其值得注意的是黄霉等善良农民的形象。这些是莎士比亚幼年时在他的故乡斯特拉佛德所熟识的人物;而贯注在这些形象里的深厚感情说明莎士比亚在去到大城市和宫廷里之后,始终没有放弃对这些朴实可爱的平凡人物的怀念。必须看出,这些场面是不能和全剧分割开的:这里展开的社会画面和对封建统治提出的严厉抗议,不可避免地会影响我们最后对全剧思想内容的估价。有些资产阶级批评家,本着他们一贯的"瓦解"伟大文学作品的企图,称这些场面为"绝妙的不相干的拼凑",说莎士比亚看到"下篇"的历史情节比较贫乏枯燥,所以硬把它们扯进来填补空隙。这种歪曲和诬蔑是我们应当坚决驳斥的。

战争在莎士比亚的时代给许多贵族和官吏造成发财机会,这个尽人皆知的事实在当代的讽刺诗和小册子里曾不断遭到猛烈的攻击,本场里福斯塔夫捞几镑钱的手段不过是供我们"从一粒沙看整个世界"罢了。1597 年全英国广泛进行壮丁征集,贪污舞弊的情况异常猖獗;当时枢密院曾责令大法官"仔细研究此事,因类似的弊病过去曾屡次发生,州郡当局和负责军官互相推卸责任,不知到底是哪一方的过错"。同年 6 月,在狄汪、诺佛克、苏佛克诸郡都发生了严重的贪污事件,"勒索钱财,使某些个别的人逃脱兵役,或者接受贿赂,冒名顶替,甚至盗窃属于各州郡的武器和装备"。(《枢密院通令》,1597 年 6 月 14 日,转引自哈瑞逊:《伊利莎白朝私记》第二卷,193页)

8 跟一只老鸹似的 伊利莎白女王头发是黄金色的,因此当时以金发为美观。闷宫的女儿很不幸是黑发。

12 法学院 当时伦敦有四个法学院,专收贵族子弟。牛津和剑桥在伊利莎白时代几乎相当于中学,所以念完后才能进法学院。

12—13 克力门学院 一个小法学院,里面收容不能进入正规法学院的学生。

17—18 蹦子……扣门……裘饶 这些名字象征"微不足道""吝啬"和"怯懦"。浅潭所拼命吹捧的"好汉"就是这帮人。

22 诺佛克公爵汤玛斯·牟伯莱 本剧里的牟伯莱勋爵的父亲。

27—29 就在——参孙·干鱼的 浅潭的话所以产生异常滑稽的效果,主要在他自以为少年时候很时髦,干过不少"荒唐事儿",而其实他所讲的一些经历都是鄙陋不堪的。别人打架在王宫门口,他打架却在"学院后面",对方还是个卖果子的——可能是因为吃东西不付钱。

33—34 死亡——逃不过的 "谁能常活免死,救他的灵魂脱离阴间的权柄呢?"(《诗篇》第八十九篇四十八节)

34—35 一对——多少 这位乡绅先生的脑子从《圣经》对人生空虚的悲叹毫不费力地就过渡到很实际的买卖打算上去了。

42—43　用大箭——佩服　当时的弓手在射长距离时一般用比较轻便的箭,向天仰发,射程是弧形的。老双份儿用大箭直射能射二百多码,说明他技艺过人。

52　治安法官　职务和我国旧日的乡长村长相仿。充任这种职位的常常是当地的土豪劣绅。

55—56　用哨棒的好手　哨棒是学徒们惯使的家伙。

64　我不懂得什么名言　浅潭听到"家室"认为新奇可喜;巴道甫以往没听见过"名言",所以莫名其妙。

75　天杠先生　挖苦貌不惊人、一语不发的闷宫。

115—117　你妈养的——没多少了　拿"养""影""阳""阴"等谐音取笑。大意是母亲养出来的常常不是父亲真正的种子。

119—120　因为——充数呢　虚报士兵名额,吞没军饷,也是当时军队里的通弊。1592 年 5 月枢密院在调查英国驻诺曼底军力的时候,发现名义上有十九个队长,而实际军士数目不满八队。

128—129　勾也是——早就全散了　肉瘤衣着非常褴褛可怜。这里"勾"是双关语,有用钩针织补的意思。

134　女装裁缝　裁缝一般体质都很坏。在其他戏剧里也有征兵时不收裁缝的笑话。

146—147　他手下——队伍　指身上的虱子。

153　有,老爷　牛犊子是一个声如洪钟的小伙子。

160—161　一场——老爷　牛犊子的借口当然是不能令人信服的。可能他的意思是多年前招上的病,每年如期复发。

163—164　叫你的——替你打钟　双关语:(一)代行你的打钟职务,(二)替你敲丧钟。

165—166　这儿——征四个　浅潭意思说已经叫了六个人了,事实上只叫了五个。最后福斯塔夫只带走三人,不是四人。莎士比亚在类似的细节上常是不大注意的。

182　说起来这有五十五年了　从这里我们可以猜想得到浅潭一定常给闷宫等人讲他的少年时代。

187—188　"嘿,伙计们"　酒徒们劝酒的呼声。

190　股长　巴道甫是"伍长"。

190—191　法国克朗——四个哈利十先令币　莎士比亚时代币制很紊乱,旧日铸的和外国铸的钱币都可以在市场流通,所以往往需要复杂的折算。"哈利"十先令币是亨利七世时代铸的,莎士比亚在这里犯了一个时代错误,把它放在《亨利四世》

剧中。

212　三镑钱　巴道甫一共收下 80 先令,共合四镑钱,自己暗中吞没一镑,交出三镑。

236　放!退　退后是为了重上火柴。参看 244—245 行注。

237—238　来——非常好　演出时肉瘤把枪端在手里东倒西歪,姿势非常可笑。

238—239　我要的——枪手　当时步兵的主力是长槊和火枪。使长槊的要高大健壮,使火枪的要短小敏捷。

242—243　在亚瑟王——达哥奈爵士　"亚瑟王射箭比赛"是一个以亚瑟王和圆桌骑士为名的社团每年公开表演的射箭节目。社团成员每人取一个骑士的名字。达哥奈是亚瑟王的弄人。浅潭的伙伴们无疑为了捉弄他才给他这个名字。

243　迈蓝德广场　伦敦壮丁操练的地方。

244—245　浅潭描写枪手的标准动作:卸枪,冲到前方,排队射击,再退到后方,由长槊掩护重装火药。在说这段话的时候,浅潭把肉瘤的枪接过来,自己作示范表演。

265　腾牛街　伦敦最下流的街道,盗贼和娼妓聚集的地方。

266—267　给土耳其苏丹纳贡　土耳其苏丹向领地征贡税时是有名地严厉的。

275—276　挨过不止一次鞭打的娘儿们　娼妓常受鞭打的惩罚。福斯塔夫暗示浅潭根本不认识什么"上等姑娘",只跟下贱的娼妓来往。

277　木头小刀　见"上篇"二幕四场 123 行注。

278　满口里讲——干寿　浅潭谈论约翰·干寿的时候,福斯塔夫还没有出场,这是莎士比亚的疏忽。

283—284　尖音笛子　笛子有许多种。尖音笛子是最细最长的,因此需要一个同样细长的盒子。

第 四 幕

第 一 场

23　正像——力量　叛党原来估计王军大约会有二万五千人。

57　放一点血液　双关语。旧日医生把给病人"放血"看作一种重要的治疗手段。

64—66　为了好——障碍　原文可能有脱误的地方。因为大主教在 60 行刚说并不把自己"想作医生",这里却又采取了医生的口吻。

77—79　在受到——会面　大主教暗示他们举兵仅仅是为了要"清君侧",并不是针对国王。

92　叛逆——文件上　有些四开本在这一行后面还有一行;下面大主教的话也多一行。今依第一对开本及大部分现代学者的意见将两行删去。

93—94　为了——不平　原文有脱误。"我的兄弟"疑指斯库普伯爵。

97—104　这是他——不公道　关于这段对话的意义,参看序言。

113—127　当时的——人们　牟伯莱描写的这场未能实现的决斗见《李查二世》一幕一场。诺佛克和波陵布鲁克互相指控大逆不道,准备在国王驾前进行单独决斗;但是当两人都已上马,只等发号令的时候,李查王突然"把指挥杖抛下",宣布决斗取消,给双方以放逐的处分。

129　赫佛德伯爵　应作"赫佛德公爵",136 行同。

181—182　我心里——经久的　依照何林雪德的记载,司礼大臣牟伯莱始终怀疑讲和的诚意,只是在他同党的反复劝说下,才勉强应允。

第 二 场

本场的情节都是有历史根据的。纪事史家一致说大主教等人的失败是由于过分轻信对方的诺言;虽然根据较早的记载,玩弄背信弃义手段的似乎是魏斯摩尔兰而不是约翰王子。王军的胜利在这里不是没有象征意义的;它说明一味死抱着"勇敢""信义"等骑士道德的贵族已经趋向末路,一个把那套道德标准完全撕毁的新时代已经开始到来。正是在这样一个时代里,福斯塔夫的讽刺才是有的放矢。

舞台说明　十八世纪的颇普编注本初次在这里划分一个新场。这可能不是必需的,因为大主教等人不一定要下场;在演出时两场可以紧密衔接。

8　铁人　披着铁甲的战士。大主教的情形并不是独特的,中世纪有许多教会人士经常带兵打仗。

28　上帝——我父亲　中世纪有些政治思想家(例如但丁)认为君主是直接替上帝在地面上行使职权的代表,在本身权利范围之内不必对教会屈服。

40　他怕人——入睡　怪物阿格斯有一百只眼睛,可以永远保持警醒。后来赫尔米斯用笛子吹奏出美妙的音乐,才催他入睡。(奥维德:《变形记》第一篇)

43—49　我们——斗争　后日玫瑰战争的伏线。

52—53　请殿下——意见　魏斯摩尔兰看见双方相持不下,怕搞成僵局,所以提醒约翰回到当前亟待解决的事务上来。

71　我知道他们会高兴的　参看102—105行叛军解散的描写。从这里可以看出叛乱贵族的举兵在人民中间是没有坚实基础的。

73—76　如果你知道——情意　这话用若有深意的声调说出。大主教等人当然不了解魏斯摩尔兰的言外之意。

102—109　大主教——被捕　"那些人们本来就不习惯于战争的劳苦,又看见双方种种和平的表示:像握手啦,在一起友好地饮酒啦,所以就从战场散开,各自回家了。但是在大主教手下的人散去的时候,对方军士的人数(依照魏斯摩尔兰伯爵原来的命令)却渐渐增多;而大主教却还没有发现他已经受了骗。最后魏斯摩尔兰伯爵把他和司礼大臣以及若干其他的人都逮捕了。"(何林雪德)

121　是上帝——奇功　约翰嘴里还赞颂上帝,真是莫大的讽刺!

第　三　场

14—15　我想——投降　福斯塔夫是一个老于行阵的战士,所以享有一定的声誉。

16—17　我这个肚子——名字　任何人只要看见我这个肚子就可以立刻认得我是福斯塔夫。

19—20　全是这大肚子——毁了　玩笑地模仿受骗的妇女们的口吻。

20　舞台说明　布伦　约翰·布伦爵士,"上篇"的倭尔脱·布伦爵士的儿子。

32—33　满身灰尘——不费吹灰之力　有意的对比。

38　我来了,看见了,征服了　恺撒在向罗马元老院报告某次战胜时写下的有名文句,参看二幕二场105行注。

46　镀了金的两便士小钱　两便士小钱是银做的,若是镀金,可以冒充大小类似的半克朗金币。

49—50　要有——说的话了　刚刚听见约翰许下庄重诺言的观众们一定会感到这句话里暗含的锋锐。

64—66　那些贵人们——谢谢你　这些话都是从柯维尔说的"便宜"两字上想出来的。

108　魔鬼——黄金　迷信认为埋在地下的黄金由地狱的魔鬼或阴魂看守,他们当然是不能动用宝藏的。

120—122　我已经——万无一失　用封文件的火漆作比喻;"揉搓",使火漆柔软可用。

第 四 场

3—4 我就要——作战 亨利王原来计划率领英国军队赴耶路撒冷作战。

16—17 他弟弟——这儿呢 据何林雪德,克拉伦斯这时还在法国。

34—35 像冬季——无情 斥逐福斯塔夫的伏线。在某些方面国王似乎比福斯塔夫更了解哈尔太子的真正性格。

48 乌头草 烈性毒品,据说其毒性能渗透铁石。

97—99 诺桑伯尔兰——击败 布拉罕战役(1408 年 2 月 19 日)。诺桑伯尔兰在这次战役里阵亡,巴道甫也负重伤而死。

121 百姓们也使我害怕 以下描写的各种反常现象,从当时迷信的角度看起来,都是可怕的凶兆。诸人担忧的不仅是老王驾崩,还生怕新王登位之后国内会大乱。

第 五 场

舞台说明 四开本和对开本在这里都并不另起一场。国王被放在内台里的床上之后,床可以推出至前台。

9 屋里下着雨 指众人哭泣。

43 且让我戴起来 太子从垂死的国王枕畔把王冠取走的事件在诸家纪事史里可以找到,同时这也是一个流传很广的故事。我们应该记住在亨利四世统治末期他和太子之间的关系是很恶劣的。

118—138 把我的——遨游 这段话代表国王心里的不安和恐惧。他怕太子要撤换旧日当权的王公贵族,更改封建统治的法令,起用"从各地来到的游手好闲的家伙们"。

162—163 尽管——益寿延年 中古方士认为把黄金炼成液体,服食之后可以长生。

205 我那班朋友 四开本对开本都作"你那班朋友",译本按现代各版本校改。

207—213 我当初——王位 从这里可以看出亨利远征耶路撒冷的计划有它明确的政治目的,决不是如资产阶级批评家所说的只是为了忏除弑君的血债。

213—216 所以——记忆 这段话极有意义。莎士比亚并没有被艾金考特的辉煌胜利冲昏头脑,他看出这样的战事是按照统治阶级的计划进行的,结果主要也是对统治阶级有利。这个看法在《亨利五世》四幕一场战役前夕国王和诸兵士的谈话里得到极深刻的体现。

236　那屋子叫耶路撒冷　据说是因为屋子里面悬挂着描述耶路撒冷历史的帷幕。

第 五 幕

第 一 场

1　公鸡和馅饼　原文是玩笑的发誓口吻,今按字面直译。一说"馅饼"应译作"喜鹊"。"公鸡"在英文里与"上帝"声音相近。"人们……由于不敢滥用上帝的名字……常指小东西发誓,像公鸡和喜鹊、老鼠脚及许多类似的玩意儿。"(乔治·纪法德:《问答篇》,1583)

28—29　他们自己——恶心劲儿呢　指衣服里有虱子。

31—45　我还要求求你——不能错待他　莎士比亚在这里嘲笑和攻击作为迫害良民的工具的封建法统。听过这一段对话之后,谁还会责怪福斯塔夫对"老掉了牙的糊涂虫王法"表示不满呢?杜佛·威尔逊(《福斯塔夫的运气》第2页)认为莎士比亚在这里是站在贵族的立场,讽刺代表枢密院的治安法官系统,这是极端荒谬的。从这个例子里我们不难看出现代一些资产阶级莎士比亚学者在涂改和歪曲莎士比亚时不可告人的用心。

41　一个季度　法院开庭的季度,参看71—73行。

70—71　一直到——六种花样　莎士比亚时代的新贵和富商们在衣着方面拼命讲求奢侈,新奇的花样层出不穷;许多作家都曾攻击这种风气。黎利在《尤弗依斯》序文里曾慨叹地说:"时兴的衣服只能穿一天。"

71—73　也就是说——休庭放假的　福斯塔夫常因欠债被告,需要到法院出庭,所以滑稽地用打官司来作计算时间的尺度。

第 二 场

42　太子来了　仍称他作"太子",因为还没有正式举行加冕礼。

48　阿木拉　1574年土耳其的阿木拉四世在继位的时候下令把他所有的弟兄绞死;他的长子谟罕默德在1596年继位,也同样杀死了所有的兄弟。

72　忘河　地狱的河名,传说饮了忘河的水能使人忘却前生。

103　因此——拿着吧　关于大法官继续被亨利五世任用事,参看"附录""大法官"条。

144—145 我一定——不休 新王要"选一些贤明的大臣做顾问"(135行),要"亲自去会见朝廷百官"(142行),他要做一个良好的君主,而他特别提出的是:"我决不会亏待王公贵人们。"

第 三 场

14 来,亲家 浅潭屡次招呼闷宫并且搀扶他,因为他已经喝得酩酊大醉了。

15 啊,伙计 闷宫自己称呼自己。

18 肉卖得便宜 双关语。在舍莱的《被牺牲的兵士》里也有类似的话:"女人的肉从来也没有现在这么便宜过,男人可以不用面包就吃;目前一切买卖都不景气,她们也在同样跌价。"

25 大哥——陪你 巴道甫和小童另坐一桌,由台维做主人。

53 我就——逛一次 一句简单的话,然而却像闪电一样点亮了一个平凡无奇的性格。在莎士比亚的时代农村人口流入城市的情况已经相当严重,有些地主和富农也常年住在伦敦。城市的奢华和享受像神话一样在农村中间传播。台维虽然倚仗主人的势力在乡下能够作威作福,但是没有见识过伦敦风光,因此心里总觉得有些欠缺。

57 论斤的大壶 巴道甫言外有嫌浅潭的四两酒太少的意思。

67 撒明哥 闷宫唱的是一首饮酒歌。这首歌也见于奈士的剧本《夏天的最后遗嘱》中,大意是:

> 明哥老爷专会喝酒,
> 大杯小罐永不离手;
> 酒神应该对得起人,
> 来吧,把他封作将军。

唱这歌的人必须跪着喝酒,在被"封作将军"以后才许站起来。

78—79 凭圣母起誓——鼓肚子的 闷宫醉得糊里糊涂,以为火枪说福斯塔夫身体壮大。

80—81 鼓肚子?——屁包 火枪以为闷宫有意侮辱他,因为"鼓肚子"也有"吹牛"的意思。

89—90 下贱——一番 福斯塔夫急于想知道火枪带来的消息,而火枪又不肯"像平常人似的讲出来";所以福斯塔夫只好和他对唱。"考菲秋"是歌谣中的非洲国王。

91 罗宾汉,约翰和红衣 一句民歌。罗宾汉是一个为人民所热爱的英雄,约翰和红衣是他最亲近的同伴。脑子里装满了高等新戏的火枪表示看不起这些"下流小调"。

101　怯大兵　侮辱浅潭,因为他刚神气十足地说自己"在国王驾下有那么一官半职"。

105—106　拿我当——榧子吃　原文"给我无花果吃";这表示一种侮辱的手势,今译其大意。

110　要国家——归你啦　福斯塔夫利用这个诺言从浅潭手里弄到了一千镑,见五幕五场 10 及 66 行。

115　把闷宫——床上去　在有些演出里,闷宫这时候已经从椅子上溜下来,醉倒在地上了。

121—122　管他——指挥　家里有马可以供人"抢"的当然还是那帮富人! 这里莎士比亚点出福斯塔夫的局限性:如果他上台把旧秩序推翻了,一切可能会陷入无政府状态,因为福斯塔夫和他的伙伴们没有能力建立起一种新秩序来;但是承认这点当然不等于说莎士比亚就是一个如杜佛·威尔逊和梯里亚德等人所说的"热心的旧秩序拥护者"。

第 四 场

关于这场的意义,参见序言。

11—12　但愿——流产　桂嫂可能想说:但愿她的娃娃能保住,不至于流产。

13—14　要是——十一个　揣起枕头来装作怀孕是女骗子常用的手段。

17　香炉盖上的瘦妖精　指当时熏香用的小炉盖上雕刻的人物。衙役甲是一个瘦长的脸色焦黄的家伙。

22　正义——压倒了　桂嫂想引用一个格言,但是恰恰和她的本意相反。

27　小原子　桂嫂用一个"新名词"来形容衙役甲的枯瘦。

第 五 场

舞台说明　本场的舞台说明依四开本,与第一对开本有很大的不同。

1　芦草　相当于现在的长条地毯,供国王在上面行走。

2　吹了两次了　国王到来前由传令官吹三声喇叭。

13,15,17　可不是嘛　四开本归给火枪。第一对开本分给火枪和浅潭。今依汉默本校改。

28　海伦　古希腊有名的美女,特罗伊战争的起因。伊利莎白文学家常用这名字隐指情妇或娼妓。

30—31　复仇女神和她的怪蛇　古希腊神话里的三个复仇女神。她们头上缠满了怪蛇,眼中滴血,追逐犯罪的人们。

49　不要——回答我　国王自己刚说完一些愚蠢无聊的笑话!

67　浅潭——一千镑呢　福斯塔夫说这话时应该用什么口气,是一个颇难决定的问题:可能是悲哀的,自认晦气的;也可能是半得意的:"反正你这一千镑是在我手里了!"

81　烟熏不死人,怕什么　指战场上的硝烟。原文是"旗帜有什么可怕的?"因为"烟幕"和战场上的"旗帜"在英文里是同一个字,有双关的意义。

82　舞台说明　大法官——诸警官上　大法官看见福斯塔夫失去了国王的宠爱,借机会公报私仇,对他进行迫害。

88　今朝——可期　参看二幕四场 166 行。原文两次引用也稍有不同。

89　公正的办法　"公正"应着重读。约翰和大法官等人认为国王的办法是公正的,但观众和读者当然有权利作出不同的判断。

90—93　他的意思——放逐　约翰把国王的用意说得很明显:他在福斯塔夫和其他伙伴面前指出两条道路,或者向封建统治阶级投靠以图得到"优厚的待遇",或者忍受放逐贫穷。福斯塔夫和他的集团选择了后者。参看序言。

97—100　我敢打赌——欣赏　点出新王将遵守父亲的遗训,用进行侵略战争的办法来"吸引浮动的人心",巩固自己的统治。

收　场　白

译文依第一对开本。四开本把最末一句"现在——为女王陛下祈祷"移至第一段末尾,接在"无穷无尽的保证"后面。看起来这篇收场白是把两篇较短的为不同场合所写的收场白勉强凑在一起的。第一段是符合收场白惯例的:戏演得不好,请诸位多包涵。可能是由作者亲自登场致辞。第二段以下显然是后来补入的,补入的原因大概和欧尔卡苏-福斯塔夫的名字改动有关。补入部分是由一个跳舞者出场说的(见 16 行以下注)。

7—8　一出不受欢迎的戏　指哪出戏,现在已经无法知道。

9—14　我原来——保证　把戏的成功与否比作一桩海外冒险的买卖。

12　现在——处置　玩笑地模仿因破产无力付债的人们的口吻:"要钱没钱,要命有命。"

16　伊利莎白戏剧在结束的时候往往有些跳舞或歌舞剧式的表演。自此以下很明显是一个跳舞者在发言。

18—19　在场的——宽恕我了　可能是希望在说这句话的时候观众当中的妇女们会拍手;也可能这个跳舞者是一位一贯受妇女欢迎的演员。

23—24　美貌的法国公主凯萨琳　见《亨利五世》三幕四场及五幕二场。凯萨琳后来成为亨利五世的王后。

24—25　据我所知道的——而死去　事实上福斯塔夫在《亨利五世》里并没有出现,我们只是听说他贫病而死。

26—27　因为——不是他　半玩笑式的不打自招的辩解。伊利莎白英国是与罗马教廷敌对的,因此把罗拉派的首领欧尔卡苏看作"殉教"的人物。

28—29　现在——祈祷　噱头。致辞者先装作跪倒向观众致谢的样子,然后告诉大家他其实是要为女王祈祷。

主要历史人物

　　亨利四世(1367—1413)：兰开斯脱公爵约翰·干寿的儿子,生于林肯郡波陵布鲁克城堡,因此一名波陵布鲁克。1397年被封为赫佛德公爵。1398年因与诺佛克公爵不和,被李查二世放逐国外。次年返国迫李查退位,由议会正式承认为英国国王。亨利在整个统治期间都忙于应付国内的动乱。他即位后向人民征收沉重的赋税是引起普遍不满的主要原因。亨利晚年健康情况很坏,有时精神失常,和他的长子威尔士亲王相互猜忌,最后在痛苦和孤寂中死去。

　　威尔士亲王亨利(1387—1422)：即哈利(哈尔)王子,生于孟摩斯。在他的父亲亨利·波陵布鲁克放逐期间,他留在英国,由李查二世照管。亨利四世登位后,被封为威尔士亲王。关于他早年的荒唐行为,当时的材料并没有很多记载。在舒斯伯利战役发生的时候,他还不满十七岁;虽然某些记载都说他在战役中表现得很勇敢,但认为飞将军哈利·波西是被他杀死的,却没有历史的根据。他曾和罗拉派有过接触,并在若干事件中支持他们;罗拉派的积极活动者和首脑之一约翰·欧尔卡苏爵士是他早年的好友。他不赞成他父亲某些政策,曾经擅自主张出兵法国,并且在枢密院里培植自己的势力。1413年亨利四世死去,他以亨利五世的名号继承王位。不止一家纪事史提到他即位后性格和态度的改变,有的说他放逐了一部分旧日的党羽。1415年他利用法国统治阶级内部的不团结,发动对法战争,取得了一系列光辉的胜利,逼迫法王在极端屈辱的条件下签订和约。但是他没有来得及巩固他的战果,便于1422年死去。

　　汤玛斯,克拉伦斯公爵(1388—1421)：亨利四世第二个儿子。当他哥哥和他父亲闹翻了之后,他曾代替他哥哥做枢密院的领导(参看"上篇"三幕二场 32—33 行）。莎士比亚在"下篇"四幕四场通过国王的话告诉我们太子在所有的弟兄当中最爱汤玛斯（19—48 行），这是和历史不符合的；事实上有些材料甚至暗示他曾企图陷害太子。他后来在法国的波惹战死。

约翰（1389—1435）：亨利四世第三个儿子，生于兰开斯脱。莎士比亚在"下篇"里曾称他作兰开斯脱公爵（一幕三场 82 行；四幕一场 27 行），这是错误的；兰开斯脱只是约翰的生地，并不是他的爵号。当代史料都不曾提到他参加舒斯伯利战役。1405 年他会同魏斯摩尔兰削平了大主教集团的叛乱。莎士比亚关于这一段的描写和历史没有什么出入。亨利五世即位后，他被封为贝德佛公爵。亨利赴法作战时，他留在英国代摄国政。亨利五世死去后，他掌握军国大权，以稳健的政策和作战方略，暂时使英国在法的领地得以保全。1435 年他病死于卢昂。

亨弗利，格劳斯特公爵（1391—1447）：亨利四世第四个儿子。他的事迹主要见于《亨利六世》上篇和中篇。

拉尔夫·纳微尔，魏斯摩尔兰伯爵（1364—1425）：亨利四世最亲信的大臣之一。李查二世于 1397 年把他初次提升为伯爵，但是当亨利在 1399 年潜返英国的时候，他立刻加入到亨利一方，并且积极帮助他取得王位。他在本剧中的活动大体上都是符合历史真实的。他的妻子是亨利四世的（异母）妹妹。

亨利·波西，诺桑伯尔兰伯爵（1342—1408）：北方强大贵族之一。亨利·波陵布鲁克主要是倚仗他的援助获得了王位。舒斯伯利战役之后，他曾一度向国王投降并且得到赦免（莎士比亚没有提到这点），但后来再度叛变，1408年在布拉罕战役里被杀。纪事史家一致把他描写作一个奸猾自私的人物。

汤玛斯·波西，吴斯特伯爵（约 1344—1403）：事迹大致与历史相符。

亨利·波西，绰号"飞将军"（1364—1403）：莎士比亚把他写得很年轻，事实上他比太子大二十三岁。他是当代一个有名的勇士。本剧中描写他感觉不满的原因以及起事和失败的经过和历史都大致相符。纪事史家说他性情高傲，不能忍受一丝屈辱，骁勇善战，但并不是一个好统帅。莎士比亚在这个基础上创造了一个令人难忘的形象。

爱德门·摩提麦（1376—约 1409）：也是亨利四世早年的援助者之一。1402 年他在对格兰道尔战争中被俘。波西家族准备将他赎回，但亨利王拒绝不肯；后来摩提麦娶了格兰道尔的女儿，成为亨利的敌人。他曾向英国人民散发传单说李查王可能还活着；如果死了，王位也应归他的侄子爱德门·摩提麦,因为他是最长的一支(见"世系表")。注释里已经指出莎士比亚错误地混淆了同名的叔侄二人。

阿齐勃·道格拉斯伯爵(约1369—1424):事迹大致与历史相符。道格拉斯家族是苏格兰最强大的家族之一,在许多年代里都曾骚扰英国边境,为居民所畏惧。

欧文·格兰道尔(约1359—约1416):亨利四世的敌人。倚靠威尔士人民的支援,利用出没无常的游击战术,他曾多次击败英国军队。他虽然没有如期赶到舒斯伯利和波西等人会合,却始终没有放下武器。亨利五世即位后宣布的大赦当中也包括了他的名字。他的死期和地点都不能确定。

李查·斯库普,约克大主教(?—1405):事迹大致与历史相符。他似乎是一个虔诚厚道的人,对人民的疾苦有一定同情。亨利王在决定处决他时,许多贵族表示反对。他的葬地一度曾成为信徒瞻礼的地方。

牟伯莱勋爵(1386—1405):诺佛克公爵汤玛斯·牟伯莱(约1366—1400)的长子,亨利王的世仇。

巴道甫勋爵(1368—1408):诺桑伯尔兰的党羽,在布拉罕战役中重伤而死。

海斯亭勋爵:历史记载,叛党中有一个拉尔夫·海斯亭爵士,可能即此人。

李查·博尚,倭立克伯爵(1382—1439):亨利曾派遣他去攻打格兰道尔。他也出现在《亨利五世》和《亨利六世上篇》当中。莎士比亚错误地把他和他的女婿李查·纳微尔混为一人(见"下篇"三幕一场66行注)。

大法官威廉·加斯柯因爵士(约1350—1419):亨利四世的亲信大臣之一。太子殴打他以及他把太子关入监狱都不见于正式历史记载。但十六世纪的汤玛斯·艾略特曾在著作中提到这件事,可能莎士比亚即以此为根据。他于亨利五世即位后不久就被免职。

世 系 表

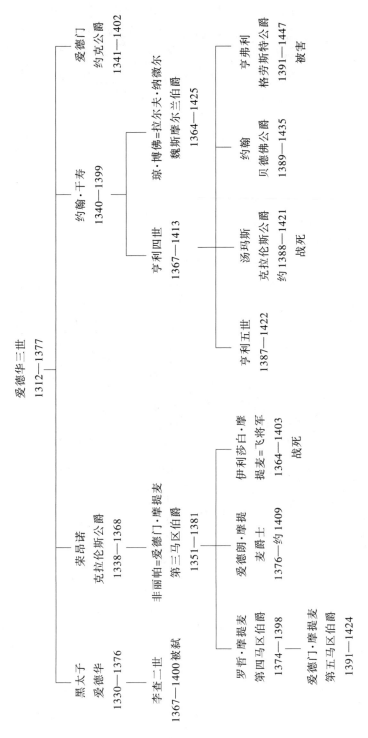

说明：(1)=表示婚姻关系。(2)此表并不完全，与戏剧无关的人物概未列入。

"中国翻译家译丛"书目

（以作者出生年先后排序）

第 一 辑

书　名	作　者
罗念生译《古希腊戏剧》	［古希腊］埃斯库罗斯 等
朱光潜译《柏拉图文艺对话集》《歌德谈话录》	［古希腊］柏拉图　［德国］爱克曼
纳训译《一千零一夜》	
丰子恺译《源氏物语》	［日本］紫式部
田德望译《神曲》	［意大利］但丁
杨绛译《堂吉诃德》	［西班牙］塞万提斯
朱生豪译《莎士比亚戏剧》	［英国］莎士比亚
罗大冈译《波斯人信札》	［法国］孟德斯鸠
查良铮译《唐璜》	［英国］拜伦
冯至译《德国，一个冬天的童话》	［德国］海涅 等
傅雷译《幻灭》	［法国］巴尔扎克
叶君健译《安徒生童话》	［丹麦］安徒生
杨必译《名利场》	［英国］萨克雷
耿济之译《卡拉马佐夫兄弟》	［俄国］陀思妥耶夫斯基
潘家洵译《易卜生戏剧》	［挪威］易卜生
张友松译《汤姆·索亚历险记》《哈克贝利·费恩历险记》	［美国］马克·吐温
汝龙译《契诃夫短篇小说》	［俄国］契诃夫
冰心译《吉檀迦利》《先知》	［印度］泰戈尔　［黎巴嫩］纪伯伦
王永年译《欧·亨利短篇小说》	［美国］欧·亨利
梅益译《钢铁是怎样炼成的》	［苏联］尼·奥斯特洛夫斯基

第 二 辑

第 三 辑

第 四 辑